八步沙

BABUSHA

长篇小说

陈玉福 著

敦煌文艺出版社

图书在版编目（C I P）数据

八步沙 / 陈玉福著 . -- 兰州 ：敦煌文艺出版社，
2019.6
ISBN 978-7-5468-1740-8

Ⅰ . ①八… Ⅱ . ①陈… Ⅲ . ①长篇小说—中国—当代
Ⅳ . ① I247.5

中国版本图书馆 CIP 数据核字（2019）第 097116 号

八步沙
陈玉福　著

责任编辑：赵　静　张明钰
装帧设计：马吉庆
封面摄影：高　樯

敦煌文艺出版社出版、发行
地址：（730030）兰州市城关区读者大道 568 号
邮箱：dunhuangwenyi1958@163.com
0931-8773121（编辑部）
0931-8773112　8773235（发行部）

甘肃同济彩色制版印刷有限责任公司印刷
开本 787 毫米 ×1092 毫米　1/16　印张 15.5　插页 2　字数 217 千
2019 年 6 月第 1 版　2019 年 6 月第 1 次印刷
印数：1 ~ 5 000

ISBN 978-7-5468-1740-8
定价：45.00 元

目　录

序章　八步沙里有一窝“疯子”

爷爷常感叹，说我赶上了好时候，生在了福窝里。这话我从小听到大，以至于从耳朵到思想都渐渐麻木了。记得小时候，跟着爷爷到沙窝里去，晚上睡在他搭的地窝子里，睁眼漫天繁星，盈仄浩瀚的星空和身下这片沙漠像水洗过的一样，似乎都大得无边无际，清透广袤。可是夜风刮过，又似万兽呼号，沙粒刮进了嘴里，硌得牙齿咯嘣嘣难受，干燥的空气就像一把无形的锉刀，硬啦啦地吹在脸上生疼，风旋黄沙，就像一只躁动的怪兽在眼前搅动，不时在不远处的天边形成一层深黄的帘幕，皱皱的，像一块洗不干净的青黄色的盖尸布，阴森诡谲。怪兽狂怒时卷起的风沙不见天日，飞沙走石，地动山摇！嗅着这沙漠的恐怖气息，我就质疑爷爷的话，难道这就是“福窝”？爷爷叹口气开始数落：“你这个小崽娃子，是身在福中不知福呐！”然后就会讲一个很长很长的故事给我听……

传说，我们武威八步沙原来是杨家将屯兵牧马的草场，更是传说中盛极一时的丝路明珠沙洲城所在，曾经也是风吹草低见牛羊的好地方，水草丰茂、绿树成荫。可是，传说也只是传说而已，不单是我，就连爷爷的记忆里，也从来没有见过故事中所描绘的绿草茵茵、水泽潋滟的景象。“八步沙，跋步难，一夜北风沙砌墙，早上起来驴上房。”更多的日子，我们都是在大风夹着沙粒吹过的呼啸声中醒来，然后全家人分吃一锅小米拌面汤后开始一天的生活。锅底上最后一碗饭永远是爷爷的，因为只有他能做到把米粒和面汤都喝下去，而碗底上只滗留出乌沉沉的沙子来。这就是生我养我的地方，腾格里沙漠边缘的一个小镇——武威市古浪县土门镇。

从我懂事起，我就无数次地发誓，长大后一定要离开这闹心的沙窝窝。我不知道当初爷爷决意承包八步沙进行治理的时候，我爹是什么心理。但是，当我爹辞掉供销社那人人眼红的工作，也进入八步沙去种树的时候，我的自尊心受到了严重的打击：同学们都骂我们家是一窝疯子。是的，我们家或许真有疯狂的基因，包括我在内。那么拼命地读书，拼命想走出去，最终却又心甘情愿地回来了。如果我爹在供销社的那份工作算“铁饭碗”的话，不，那个年代，如果你在供销社上班，那你就可以做到“一人得道鸡犬升天”。因为买糖酒、买肉食需要走供销社的后门，买化肥、买棉花、买布匹，那就更得走供销社的后门了。所以，那个时候在供销社工作，比现在的公务员牛多了去了！难怪我妈在我爹和林叔叔的追求下，最终选择了我爹。主要的原因之一，应该就是我爹那个供销社金光闪闪的“铁饭碗”。

那我现在，是土门镇的武装部长，真正的公务员。不仅如此，我还是有前途的公务员。县委书记找我谈话时，是这样说的：“小高呀，你现在是我们县最年轻、最有前途的副科级干部，如果你好好干，不久的将来，你就是县长，就有可能接我的班当上全县的‘一把手’。”

从这个角度讲，你说说，我这份工作是不是可以称作“金饭碗”呢？答案是肯定的，否则，我选择了回八步沙之后，怎么会又一次被人们说成是“疯子”呢？

今天，我跟我爹一样，辞掉了自己的工作，而且是心爱的工作，到八步沙来种树。对此，和我一起大学同窗四年的、谈婚论嫁的女朋友对我一番歇斯底里，用尽力气摇着我的肩膀让我醒醒，泪水像断了线的珍珠，浸透了我前胸的衣衫。紧接着，她一声声嘶力竭的长啸撕破了沙漠里特有的沉寂：“你是不是疯了？我们在城市上学的时候，你确实说要回家乡工作，可也没说回到这沙窝窝里工作呀？毕业时，为了你，我放弃了一家国企的招录，和你来到这个兔子不拉屎的地方工作。当时我的父母反对我们谈恋爱，可我用尽一切办法说服了他们，才跟随你来到这个黄沙遍地的镇上来工作。我知道，只要和你在一起，吃什么苦我都认了！可是现在，我没想到的是，你连国家干部的身份都不要了，这样大的事你都不和我商量一下，你就去种树治沙了？这事说来是很伟大的工程，可不是一朝一夕就能做成的，当干部，给予他们后方的支持不也一样是伟大的事吗？可是，这么多年了……你告诉我，你告诉我！”她的手颤抖着，泪水把她精心修饰的漂亮的鹅蛋脸冲成了大花脸。“你爷爷、你父亲两代人种了这么多年的树，到现在为止，献了青春献子孙，才种出多么大的一点点绿地呀，你想想这值吗，值吗？你说说，人家夏明翰是为了革命抛头颅洒热血，为了理想和真理才抛弃爱情，这个为了革命改天换地的举动我佩服。而你一时兴起，却是为了八步沙这片不毛之地……你想想，你这样做，置我于何地？”紧接着，她连续说了好几个“我恨你”后，头也不回地、毅然地走了。

她走的时候，带着满脸的泪水和决绝甚至悲壮！那一刻，我心疼，我痛恨自己不该把这样一个美丽的南国女子带进这漫漫黄沙。可是，现在想这些已经没有用了。于是，我狠下心将给她买的订婚戒指抛进了远处的沙窝里，将这一切美好的回忆彻底埋葬在了八步沙的漫漫黄沙中。

为了八步沙，我的爱情就这样被我的执着和疯狂的行为彻底葬送了！而我只能无力地看着她消失在沙地尽头的背影发呆，因为我不能违背父辈的期望和理想。治沙，种树，治沙，种树，坚毅的声音在我脑海中无数次回响。虽然我满脸是泪，但是想想爷爷和父辈的努力、坚持，想想在沙漠里延续绿色的承诺，还有保卫家乡和绿化家乡的责任……

在广袤的沙窝里，那天，我孤零零地站成了一棵树……同学、朋友得知一切后，对我退避三舍，说我和我爹一样，“避开肉架子吃豆腐，不是好东西”……我明白他们的不解和困惑，可是他们却并不理解我的感情。大漠孤烟在诗词里是壮美的，驼队逶迤在影视剧里是文艺的，而真正的大漠苍凉、无情，让人敬畏且恐惧，甚至厌恶。我之所以回来，是不甘心在沙漠面前屈服，不忍心让爷爷的努力、我爹的坚守后继乏人。在他们把青春岁月伴同汗水、泪水洒到这荒漠的过程中，八步沙裸露的丑恶躯体终于有了一块“遮羞布”，那就是三万亩的绿地。三万亩，对于浩瀚的腾格里来说，这一小块绿地何其渺小？可是，就在爷爷的稀疏白发里、我爹的深深皱纹里，却令我生出了“雄心一片在西凉”的万丈豪情。“垆头酒熟葡萄香，马足春深苜蓿长”，这才是我们家乡该有的风貌，这才是我们为之奋斗的美好家园的模样。

我扔掉公务员的职位回来了，准备接我父亲的班，到八步沙上班。我妈哭了，眼泪几乎喷在了我的脸上，比我五岁那年，一场特大沙尘暴来临后哭得更无助、凄惶。她漂亮的脸盘上那双发红的眼睛瞪着我，喷着火焰般的光芒，几乎要飞出来变成火球将我砸倒，然后再将我烧成灰烬。而我爹当年惊天动地的吼声至今还在我心头：八步沙不绿，我哪都不去！这话让我很受鼓舞，我也尝试着跟我爹一样喊了一嗓子。实话实说，我喊我爹那句话时，我就下定了决心，为了家乡的美丽富饶，这辈子就交给八步沙了……

一　抉择

巍峨的祁连山脉亘古屹立，千年不化的雪线遥遥在望。度过了冷冽厚重的冬天，料峭的清冷中，西北的春天姗姗来迟，眼看立夏了，才感觉到了暖意。但田里的麦苗、谷物却总能敏感地抓住时令，顺应着节气适时地、不经意地就长成了一片翠绿。而在沙漠里，别看太阳公公笑得欢，可呼呼的北风刮过，还是冷得人一阵阵哆嗦。

我爹到八步沙的时候，也就三十岁出头，走起路来脚下生风。匀称的身板、浓密的黑发，眉眼间棱角分明，正是精力最好的年纪。这之前，他在我们镇上的供销社上班，那时候的供销社，要风得风要雨得雨，是旱涝保收的好单位，一个月六七十块钱的工资，个个眼馋，人人羡慕。可天有不测风云，人有旦夕祸福。就在我爹在供销社里一帆风顺的时候，我爷爷在沙漠里拉运树苗时翻了车，腿被车压坏了。我爹是个孝子，对爷爷的任何要求基本上是言听计从。他没有办法违抗爷爷的“将令”，便接替爷爷进入了八步沙林场。据说在当时，全镇子的人都想不通我爹为啥要砸掉“铁饭碗”，跑到鸟不拉屎的八步沙去种树，于是，大家在背后偷偷骂我爹是“高疯子”。我妈为这事没少跟我爹闹，甚至扬言要到省城我林叔叔那里去，在林叔叔的公司里打工，然后离婚、重新嫁人。我爹听了这话特别生气，因为林叔叔是我爹妈的小学、中学同学，在他们没有结婚之前，林叔叔一直都在追求我妈妈，这是公开的秘密。林叔叔到现在为止还没有结婚，据说他心目中只有我妈，没有别的女人。所以，我妈这样说，无疑是在用刀子扎我爹的心。气过了，我爹仍然心中有数。那时，我妈肚子里刚好有了我，所以他自信我妈走不成。不仅如此，我舅舅还帮助我爹吓唬我妈，他说他找算命的看过了，我妈的肚子里怀着一个国家干部呢！我妈信命，看在“国家干部”的面子上，见好就收，勉强接受了我爹从“公家人”变成了一个农民的事实。但是，她无时无刻不在想，让我爹重新做回“体面人”，让我们家过上好日子。若干年后，还是林叔叔给了她希望。林叔叔不止一次地来请我爹到省城去，到他的绿化公司工作，可惜，让我爹一次次地拒绝了。我爹宁可面朝黄沙背朝天地在荒漠里劳作，也不肯接受林叔叔的聘请。为此，我爹跟我妈磕磕碰碰了好几年……

我妈特别要强，在她锲而不舍、坚持不懈的软硬兼施下，这一年，她终于将我爹劝服，我爹松了口答应去省城试试，但首先要跟林场做个交代，取得场长的同意后才能离开，这是我爷爷要求的。爷爷在听说了我爹的打算后，一连几天都板着脸不搭理人，长吁短叹的样子真是让见者难受、闻者无奈。可是，我爹是个打定主意十头牛都拉不回来的脾气，他已经决定跟场长摊牌了，时间就在今天。

我爹和八步沙林场的护林员吕济仁，跟着老场长一起去巡视今年才栽下的数千亩树苗。老场长姓秦，是几十年前跟我爷爷一起承包治理八步沙的六个人之一。武威人习惯把年龄比较长的人称呼为“老汉”，当初承包八步沙的六个人年龄都偏大，就被大家戏称为“六老汉”，而我爷爷就是带头人高老汉。

老场长突然蹲在一株花棒苗前惊喜地叫两个护林员：“快来看，发芽了！”最早栽下去的树苗，长到现在快两个月了，今年墒情好，有一部分率先吐出了嫩嫩的黄绿色叶芽来，蹲在光秃秃的红褐色枝干上向人们挤眉弄眼。

我爹也在不远处观察树苗的长势，真心喜悦地笑着接话：“是啊场长，您看，还不止这一株呢！还有那株，那株……啊，都长出新芽来了。”一种叫沙米的短小枯叶扎进了老场长的裤腿，我爹说：“您快把裤脚的枝叶拿下来，不然扎进裤腿里难受哩。”老场长呵呵地笑着说：“扎吧扎吧，这可是宝贝，到了夏天，它变成绿油油一片，可是防风固沙的功臣呢！”

在八步沙人的世界里，没有什么比在沙漠里种活一棵树、一片草，更值得让人高兴的事了。

老场长满脸的褶子里装满了喜悦，他爱惜地抚过一株株树苗，望着高高低低的沙梁上那些顽强直立的幼小树苗默默估算着，今年栽下的树苗成活率不错，要是夏、秋两季雨水多一些，等明年这个时候，这些树苗就彻底扎住根了。

吕济仁两手拢在袖子里，鱼泡眼抬了抬，漫不经心地扫了林地一眼，用他一贯慢吞吞的声调嘟囔：“才抽芽高兴个啥？要是下的雨少了，十棵里头也不一定能活下一棵来，还不是白辛苦。”

我爹是个急性子，回头很不满地怼道：“你这个乌鸦嘴。我看还是叫你吕气人算了。”

吕济仁缩着脖子倚在背风的沙梁下，远远抛来一句：“高山，你也就剩给人起绰号的本事了，哼！别看树发芽了，有本事你让它们全部成活！真是，我叫吕气人怎么了，气死你！”

吕济仁的懒散，八步沙人都知道，平日里沉默寡言，一身半旧的军便服总是松松垮垮，将他高大的身躯装在其中，素日里喜欢把双手筒在袖子里，让人看起来格外老成，再配上一对半睁不睁的鱼泡眼，乍一看就是一个十足懒汉的模样。又因为他温吞水的性子时常能把别人急死，所以大家就给他起了一个绰号叫“吕急人”。八步沙人都看惯了吕急人的这副样子,所以大家也不跟他较真。

我爹懒得再说，转身继续查看树苗。

老场长双膝跪地，小心翼翼地挖开一株树苗的根部，对待树木，他从来都是满怀虔诚，动作温柔细致地看了看又填埋好，然后坐到沙梁下卷起了旱烟。

我爹准备把离开八步沙到省城工作的事情跟老场长说清楚，便也跟过来坐到旁边，觑着老场长的脸色，趁他高兴的时候开了口："场长，我有个事要跟您汇报。"

老场长把卷好的旱烟棒子拿到鼻子下面嗅着。他向来看重我爹，事实上，这些年林场的事情基本上也都是我爹在处理，依赖着我爹年轻有文化、有头脑，凡事都放心地交给他管着，老场长自己乐得清闲。听到这话，他偏头看过来："唔，我也正好有个事跟你商量，谁先说？"

我爹笑了笑："那您先说吧。"

吕急人本来眯着眼睛打盹，听到他们的谈话，懒懒地睁开眼，好奇地往前凑了凑。

老场长把旱烟递给我爹，手上继续卷起另一支，满是感慨地说："岁数不饶人呐！当年在你爹的带领下，我们一起在治沙造林的承包书上摁了指头印。我们六个中我不算最年轻，可一晃眼几十年过去了，不知不觉都已经六十咯。如今老哥哥们病的病、走的走，他们倒是自在了，可把造林任务都撂给了我。高山，我愁啊！"

我爹用衣服挡着风，拿打火机给老场长点烟，静待老场长的下文。

老场长吸了一口烟，眼神锐利地盯着我爹问："高山，当年因为你爹，才有了六老汉治沙。如今八步沙的造林才完成了三分之一，你说这半路撂挑子的事咱能不能干？"

我爹向来精明，听出老场长话里有话，十分无奈地笑着说："场长，我的叔哎，您有话就挑明了说吧，还跟我在这儿打哑谜呢！"

老场长不理我爹的嬉皮笑脸，很严肃地在心里理着早就憋在肚子里的话，他重重地吸了口烟，表情凝重地看着我爹："高山，我老了，这林场场长的担子你要接过去，把八步沙交给你，我放心！"这件事要是放在今天之前的任何时间来说，也算是个好事，毕竟是高升，值得考虑一下，但此刻我爹着实有些为难，踟蹰着无言相对。

一旁的吕急人忽然坐起来，难以置信地问："场长你说啥？"

老场长瞥了他一眼，郑重地重复一遍："明天起，高山就接我的班，任八步沙林场的场长。"

我爹不愿意让老场长失望，但他心里有自己的主意，迟疑着推脱："场长，这个事我……"

吕急人却抢先一步叫道："这怎么能行？"说完，似乎觉得自己的表现出格了些，又自圆其说："我是说，场长您怎么能说退就退呢？"吕急人气不打一处来，眼望面前的棵棵树木，心说，老子也辛辛苦苦地在这里种了这么多年的树，凭什么您上嘴唇一碰下嘴唇就说让高山当场长，难道我以前的功劳都成空气了！他用力地在沙地上啐了一口，摊开手看了看自己那经年种树累变了形的骨节，心想，老子种树比高山早，担水种树，腰都累弯了，这脸被风吹得沟壑纵横，蚊子都能安家了，他高山半路出家，有我付出的辛苦多吗？每天起早贪黑，住地窝窝，有一次差点让煤气熏死！老场长就是有眼无珠，看不着别人干活，我这没功劳还有苦劳呢，他倒后来者居上了。

老场长一听笑了："这怎么就不能行？我早瞧出来了，急人，你干活肯吃苦大家有目共睹，种树造林期间没少辛苦，这我都看在眼里了，可是小辈中，论管理能力，高山可是个能做大事的，有思路还有创新能力，他能带着大家把林场做得更好。老实说，把八步沙交到他手上，我放心。济仁，你也是咱们林场的老人了，种树技术可是你的强项，要积极发挥特长！往后可要跟高山搭好伴儿啊！他搞管理，你搞技术和护林，兄弟强强联手，就能创造奇迹！"

吕急人欲言又止，眼神闪了闪，转过头不说话了。

事已至此，我爹不得不摊牌了："场长，这个重任我还真不能接。实话跟您说吧，我明天就要离开这儿，到省城上班去了。"

我爹的话像晴天霹雳，打得老场长措手不及。他惊愕得声音一下子提高了好几个度：“啥？你要走？”

面对老场长近乎咆哮的质问，我爹微微有些心虚，但是我母亲期盼的大眼睛在他眼前像过电影似的忽闪着，无数细碎的往事涌上心头。这么多年，这个女人在这个沙窝子和他安家，受了那么多的委屈。当初结婚时细腻的、白白的皮肤，由于生活的操劳和风沙的侵蚀，干瘪得像晒干的丝瓜皮，皱纹、色斑铺满脸颊。俗话说，嫁汉嫁汉，穿衣吃饭，这回一定要让老婆、孩子到城里享受美好时光去，让她也享受到城市女人那样优渥的生活，让她干瘪的脸蛋重新注入营养的水分。让她涂脂抹粉，再现芳华，成为大城市的一道风景。想到这里，他清了清嗓子，坚决地说：“对，我在省城有个同学，是绿化公司的总经理，几次三番请我去当副总，这次再不去，我媳妇又该闹着回娘家了。”

老场长的脸色充分说明他是真的很恼火。他直接粗暴地反对：“不行，我不同意。”

气氛僵了，老场长呼哧呼哧大口吸着旱烟，一不小心呛了一下，佝偻着腰猛烈地咳嗽起来。我爹急忙给他拍背，被老场长赌气地推开。

吕急人见机劝和，替老场长顺气：“场长，人往高处走，水往低处流。人家高山是高就去呀，您不能挡人高升发财的路。要是我有这么好的机会，我也毫不犹豫就去。”

我爹瞪了一眼吕急人，把他狠狠地拉到后面去，尽量柔和地对老场长说着自己的难处。我们家上下九口人，小姑姑和叔叔上着学，还有爷爷的亲兄弟——那个鳏寡孤独的二爷爷也全靠着我们家养活。而自从那年拉树苗的车翻了，爷爷被压坏了腿，就不能干活了。我爹说：“您看，作为家里的老大，我肩上自然担着一家人的责任，时时得为家里的柴米油盐打算。再说，那年从供销社辞职回家，老婆要不是肚里有了娃，早就和我离婚了。村镇几百里的人家都说我是傻子、疯子，这您是知道的。所以，这次我不能再让娃他娘失望了，也不能再干疯事、傻事了！老场长，民以食为天，家里实在是困难，而且去了省城，孩子还能上个好学校。”

老场长也了解我们家的处境，听我爹说完这些，渐渐地平息了怒气，看着我爹，落寞地长叹一声，默默地从兜里掏出纸和烟袋又开始卷烟。我爹和吕急人互相看了一眼，三个人都沉默起来，各自想着心事。

每年的这段时间，正是风沙天最盛的时节，时而猛烈时而狂乱的大风裹挟着沙尘，一路呼啸着从荒漠深处吹来。那沙粒呼呼啦啦碾过地面，也把人们的心碾得一片荒凉。在远远的西北边天际，一片黑中映红的云彩翻涌着，不动声色地爬上山尖。这时候已经是下午光景，太阳高高地挂在西边的天空，很快被乌云遮挡，渐渐变成晕黄而朦胧的一坨。那些云彩一会儿变成张牙舞爪的怪兽形状，一会儿变成波涛汹涌的威猛海洋，颜色也变得光怪陆离，红蓝相间的电光在乌云里头乍隐乍现，以迅雷不及掩耳之势涌向天幕正中，张牙舞爪一路往东南方向的八步沙杀来……

这一天是 1993 年 5 月 5 日，是一个黑色的日子，也是我们八步沙人终生难忘的日子。这一天，因为一场罕见的沙尘暴，我们的八步沙乃至武威市，载入了历史史册。

此时此刻，沙梁上的沙粒簌簌而动，细微的沙粒已经飞起来，扬到了我爹他们的头上。老场长抹下帽子抖沙时，顺便往沙梁后看了一眼……他呆住了：黑风暴来了！天呐，黑风暴怎么悄没声息地来了？

老场长见我爹和吕急人也在抖落身上的沙尘，才意识到大事不好了，便惊慌地大喊：“黑风暴来了，快跑！”

两个年轻人被老场长的大喊声吓了一跳，顺着他的目光往西北边一看，不由得都傻了眼。从天边滚滚而来的黑风暴中夹杂着极光闪电，恐怖极了……这情景，看上去不像是黑风暴，倒像是书中说的大地震来临时的前奏曲……我爹不敢把自己心里的揣摩说出口，只催着老场长和吕急人赶紧跑。逃跑是人在遇到危险时的本能反应，但如果真是类似大地震那样的自然灾害，跑又能跑到哪儿去呢？

我爹和吕急人不管不顾身后的黑云翻滚、天塌地陷，搀住老场长跑了起来。

紧接着，天地在狂风怒号中黑成一片，能见度只有二三十步了……

他们艰难地在风沙中跋涉。呼呼的风沙吹得人站不住脚，我爹不知道特大沙尘暴的厉害，只感觉像是传说中的世界末日到了……

就在我爹他们在沙漠里跌跌撞撞逃命之前，我家来了一位客人，是我爹和我妈的同学林叔叔。我妈对林叔叔的到来十分开心，准备杀一只鸡来款待他。林叔叔的小车停在我家院子门口，吸引了村里一帮子老少围着看稀奇。相对于那辆锃光瓦亮的小车，我更感兴趣的是林叔叔从省城里带来的各种糖果。林叔叔坐在我家的旧沙发上，一边给我剥糖纸一边和我妈说着话。当然，林叔叔看我妈的眼神里都是温暖的阳光，连我都感觉林叔叔的眼神像火炉，烤得我妈浑身难受。

我妈是个好客的人，沏了一杯花茶端过来，热情地对林叔叔说："大林，你先喝口水，我这就让人骑自行车去林场找高山回来。这人，今早还跟我说你要来家呢，可他倒好，又跑去林场了。"

林叔叔含笑接过茶："没事儿，他闲不住我知道……老同学，你不去找了，他一会儿肯定就来了。"

我妈说话既快又脆，抱怨着说："咱们老同学好几年没见了吧？我去杀只鸡给你们下酒，你俩难得一见，今天就好好聊聊，把你的成功经验给高山传授传授。他那个死心眼子，前些年供销社里上着班，我也就不说啥了，可他放着好好的钱不挣，却跑到沙窝里种树去了。你说说，他这不是越活越回去了吗？这两年，说实话，我没少和他闹别扭！”

林叔叔笑得意味深长：“淑芳，你当初看上的不就是他那份死心眼子吗，要死要活的非得嫁给他。我心眼活，可你那时正眼都不看我一下。”

我妈扑哧笑出了声：“那都是陈芝麻烂谷子的事了，还老提它做啥啊？”

林叔叔酸溜溜地说：“算了，你就护着他吧！不过，他要不去沙漠植树这么些年，有丰富的经验，我们公司还不请他去呢！”

我妈拿起面板上的菜刀准备去杀鸡，听到这话很意外的样子，转头笑道：“我知道大林这是给我宽心呢！怕我怨怅你的老同学。你稍坐坐，我去做饭，这个点，高山也该回来了。”

林叔叔用他的大哥大接了一个电话后，急忙起身拦住了我妈：“淑芳，你别忙活了。我马上就去市里办事呢，饭就不吃了，高山我也不等了。事情都是说好的，你给他拾掇拾掇，越快到省城越好，我都给他把办公室布置好了。”

我妈既感激又真诚地挽留林叔叔：“咋这么急，连饭也顾不得吃？好歹也等高山回来嘛。”

林叔叔从桌上一大包带给我家的礼品中，掏出了一本漂亮的大红本子笑着递给我妈说：“淑芳，这是我们公司给高山的聘书，今天我就是专程送聘书来的。咱那个老同学，我还不清楚嘛，人又清高脾气还倔，他这回能答应去我们公司，可真是精诚所至金石为开啊。”

我妈放下菜刀，双手接过聘书，一脸喜悦：“看你说的，他这回准去。”

林叔叔摸了摸我的头顶，抬脚就要走：“那这事我就交给淑芳你了，我在省城等着给你们全家开欢迎会！”

我妈一边高高兴兴地送林叔叔出门，一边替我爹打着保证：“你放心吧！他这个人你是知道的，只要答应了的事，就一定会去的。”

我在一大堆糖果里翻翻捡捡时，听院外的小汽车“嘀嘀”响了两声喇叭，是林叔叔要走了。紧接着，我妈笑容满面地进来，一把抱起我，狠狠地在我脸上亲了一口，开心地说：“儿子，咱家的好日子来咯！你高兴不高兴？”我深深地觉得，我妈这句话并不需要我的答案，因为她已经确定了，幸福已经在向她招手了。因此，她抱着我转了一个圈，高声笑道：“今天高兴，妈给你们杀鸡吃。”

直到现在我还记忆犹新，那天的鸡最终还是没能吃成，就在我妈磨刀霍霍的空当，突然毫无预兆地起了大风，紧接着就像黑夜到来了一样，整个村庄都被卷进黑暗里去了。暗无天日，狂风呼啸。屋里不开灯就什么也看不见。几分钟之后，电灯也灭了，我妈急忙取了蜡烛点上。我那时只有五岁，还理解不了这样突如其来的异常天色意味着什么，更不懂得我妈满面的惊恐和慌乱，犹自在黑暗中尽情地享受着糖果给我带来的快乐……

屋外的风一阵紧似一阵，呜呜叫嚣着，像是什么大型野兽在发威怒吼，拍打得窗户哗哗地响。这时候，我爷爷奶奶相扶着推门进来了，我妈急切地对他们说：“爹、妈，你们二老看着刚娃，我去小学接秀娃去。”我叫高志刚，秀娃是我姐姐高志秀，才上小学一年级。

我妈毫不犹豫地要冲出屋去，被我爷爷拦住了：“这么大的风，你出去了能干啥？”奶奶也说：“你现在不能出去，这黄风黑浪的，出去了危险。”我妈忧心忡忡地从窗户向外张望，急得就要哭出来了，双手不停地搅在一起：“这鬼天气，我的秀娃呀……”

外面除了鬼哭狼嚎般的风声，什么都看不到。我听见爷爷叹口气，恶狠狠地咒骂：“不除掉这造孽的黑风暴，怎么得了啊？”

荒漠深处，黑风暴劲头稍减。我爹从沙梁上的沙子里爬出来，抖落满身沙尘，又急忙去刨旁边的沙堆，挖出了老场长和吕急人。

老场长吐掉嘴里的沙子，看了眼天色，催促着我爹和吕急人赶紧走：“趁风小了些，我们得尽快回到护林站，我估摸着这场黑风暴还不肯消停。”

三个人大概辨了辨方向，互相拉扯着在沙漠里踉跄前行。天地昏暗难辨东西，风沙又吹得人睁不开眼睛，只能凭借感觉走。不知道走了多久，他们发现迷路了。这样的大风天气下，在偌大的沙漠里迷路在所难免。还好有老场长这个“沙漠活地图”，他眯着眼睛往四周看了一圈，用手指着相反的方向说：“我们走反了，这冤枉路走的……”

沙漠里寸步难行，三道身影蹒跚着，顺着老场长重新指认的方向艰难跋涉。难怪叫八步沙（跋步沙），后来我爹说，他从没有像这次一样对八步沙绝望过，行走在沙漠里，他原本并不坚定的心意渐渐变得明朗了。就像我妈说的，这个鬼地方真不是人呆的，这次一定要离开八步沙到省城去，真正地做一回城里人。

行行复行行，当我爹他们筋疲力尽，艰难地回到林场时，已是夜里十一点多了。留守值班的护林员史金泉正焦急地看着窗外坐立不安。为了排遣寂寞和紧张，他扯着嗓子唱着凉州贤孝。屋内一盏油灯随着他的唱腔忽明忽暗，伴着撕裂的声音分外凄切。

我爹上前拍门，史金泉打开了门。他在昏暗的灯光下看到我爹他们时，吓了一跳，惊慌大叫：“你……你们是人是鬼？”

我爹吼他：“你胡扯什么？哪来的鬼？是我们回来了！远远地听你吼嗓子，把狼都吓跑了！”

史金泉拍着胸口，呵呵地笑着，看着三个像是刚从土里头刨出来的“僵尸”，问：“吓死我了，你们怎么才回来啊？为了壮胆，我才吼凉州贤孝。你们不在，我这六神无主的。”

我爹扶着气喘吁吁的老场长坐到炕沿上，急忙找水给他喝。

吕急人啐掉嘴里的沙子，一屁股歪在炕上骂道：“妈的，差点没被老毛黄风卷走。”

老场长喝了水缓过气来，吩咐史金泉：“起了黑风迷路了。金泉，你快去看看院里拴的骡子，刚一进院跟那畜生打了个照面，把它惊着了。”

史金泉咧嘴笑开了:“也不怪骡子惊了，你们这副鬼样子，把我都差点吓死。”

我爹和史金泉是自小的玩伴，顺手给了史金泉一个“爆栗子”。但看看老场长和吕急人的样子时，就知道自己跟他们也差不多，被尘土染得除了两只眼珠是黑的，一张嘴是红的，其他地方像涂上了一层土，活脱脱从土里出来的一样。史金泉笑着说：“你们一说话红口白牙，不说话就眼珠子是黑的，跟电视剧里的僵尸一模一样。再配上我这拐了几道弯的凉州贤孝，你们说骡子能不受惊吗？”几个人听了哈哈大笑起来。

老场长胡乱洗了把脸，盆子里的水就浑了、黑了，他只好对三个年轻人说：“你们回家去洗吧，这水都稠了，不能用了。这回看着不像是普通的风沙，应该是传说中的黑风暴。今天晚上大家都不得安生。眼看后半夜了，你们都回家去报个平安吧，家里人该等急了。我留下来值班。”

我爹不放心：“这架势显然就是黑风暴了。我们都走了，您一个人留在林场咋行？”

史金泉也不同意：“今黑里本来就是我值班，我跟您一起。”

老场长盘腿坐在炕沿上，就着油灯点着了他的烟卷，不容置疑地吩咐：“啥都别说了，你们都回去，金泉记得明天来的时候到商店去买包蜡，估计这作孽的大风刮断了线路，修好怎么着也得两三天。”

史金泉点头答应。

我爹还要再说什么，老场长催促：“别瞎耽误工夫了，这房子比我们当年住的地窝子不知道强了多少倍。好了好了，都回吧！济仁你经过我家门口的时候，给你婶说一声，不然老婆子又要提心吊胆地睁眼到天亮了。”

吕急人痛快地说了声“好”就出门了。我爹和史金泉走出门，屋外依然是黄风黑浪，飞沙走石。但比起黑风暴来，这已经是小风小浪了。

老场长追出来又喊："都大半夜了，黑灯瞎火的不好走，都把手电带上。"

他把几只手电筒分发到我爹他们手上，催他们赶快回家。

似乎这一天注定就是一个泪水涟涟的日子。趁风沙小了，我妈从学校接回姐姐后，正要吃饭时，念高中的小姑姑风风火火地跑了进来，进门就惊慌失措地告诉我妈，听说我舅舅家的小宝表哥和同班几个同学被大风卷走了，至今没有找到。我妈大叫了一声就靠在墙上怔怔地发呆，我和姐姐被吓得大哭。平常放假，舅舅经常带小宝表哥来我家玩，每次来都给我带些羊骨子，在炕上一起抓骨子，可开心了。夏天来还会教我编蝈蝈笼，上沙窝里去逮小虫子，秋天去摘枣子。上次来，他还送了我一个沙包呢，说下次来带我做游戏。我不明白大风卷走是什么意思，难道他在和风沙做游戏？可是和沙子做游戏多脏啊，一定是弄得满身满脸的沙子。但是我妈那一声惊天动地的叫声吓坏了我们，我想，小宝表哥一定是被风吹到很远的地方去了，如果被刮到树上了，他那么矮小，怎么下来呀！

晚上，我们被一阵丁零当啷翻找东西的声音惊醒了。我和姐姐趴在被窝里傻傻地看着我妈从柜子里找出来一幅画卷。那是一幅早就被收起来的观世音菩萨像，我妈恭恭敬敬地又张挂了起来。我妈跪在那里虔诚祈祷，反复地念叨着请救苦救难大慈大悲观世音菩萨保佑我爹平安回来的一些话……

我不明白我妈念的是什么，也不知道我妈为什么要这样，便问道："妈，我爹咋还不回来？"

姐姐懂的比我多一些，她心有余悸地问："妈，今天的老毛黄风好可怕，我爹是不是也被风卷走了？"

我妈气坏了，恶狠狠地转头对着我们骂道："睡你们的觉！再胡说，我一顿笤帚把打死你们！"

我看了一眼门后面的笤帚，乖乖地闭上了嘴，可是姐姐却大哭了起来。

我妈擦着自己的眼泪烦躁地走过来，顺手抓了一把林叔叔拿来的糖果塞给了姐姐和我，而后又继续去求救苦救难大慈大悲观世音菩萨，保佑我爹早点回家。也就在这个时候，屋门被推开了，一个满身是土的人大步进来了。他的样子狼狈又诡异，以至于我和姐姐都没有认出是我爹。我妈呆了呆，惊喜地扑过去拽住我爹的胳膊，声音都变调了："你回来了，你可算回来了！"

我爹拨拉了一下头发里的沙土，我妈帮助他脱下了外衣。我看得清清楚楚，我爹衣服上的尘土扑簌簌往下掉。我妈轻轻地放下我爹的衣服，然后又拿笤帚替我爹扫裤子上的土。我妈虽然扫得很轻很轻，但那扫下的土还是弥漫了半间屋子，我闻着的分明是厚厚的、腥腥的黄土味……

我妈利索地打来了一盆水，放到了脸盆架子上。我爹一边洗一边说："这都几点了，娃们咋还没睡？快弄口吃的，饿死了。"我妈抹着泪说："你不回来，我们能睡着吗？"

我爹痛快地洗着脸，含糊道："哭啥？我这不是回来了嘛。"

我们古浪县在一个峡谷里，虽然五月了，但早晚很有些清冷。所以家里的火炉子还在睡觉的屋里，要等到真正暖和了才搬往厨房。

我妈早留了饭在火炉上煨着呢！她手脚麻利地端了锅碗到桌边，接过我爹擦得脏脏的毛巾："你要是再回不来，我们娘仨就剩上吊了。"

我爹伸头看了一眼炕上："胡说啥呢？家里没事吧？我们去巡林，遇上了黑风暴，迷了路。"

我和姐姐正在比赛谁的糖纸更好看，我献宝似的举着让我爹看。我爹伸手揉了一把我的头，笑着说："志刚，黑里少吃糖，糖吃多了，长大了可牙疼。"

我们姐弟不以为然，在被窝里继续笑闹。

我妈盛好饭放在桌上，红着眼睛抱怨："这日子什么时候是个头啊？你就不能离开这个破地方吗？也省得我们经常为你担惊受怕的。"

我爹吃得狼吞虎咽，回答："你叨叨啥？我今天已经给老场长说了，明天就不去林场了，大林喊了好长时间了，再不去，那家伙就要跟我绝交咯！"

我妈不太相信，歪头看着我爹再一次证实："真的？这回你是真想通了？"我从来没看到过妈妈的眼睛里会放光。

我爹吃着饭点点头："那还有假。"

我妈难得露出点笑意："那咱家可算是有盼头了，大林今天来过了，亲自给你送红本子来的。呶，这些都是他带来的。"

旁边方桌上是林叔叔带来的好些花花绿绿的礼品，我本来很好奇想打开来看看的，可是被一场大风刮得全家人手忙脚乱，此时听我妈一说，便光着屁股跑到沙发上倚在我爹旁边，想要看看那些漂亮的纸盒子里有什么。

我爹撂下碗，拿起那个红本本，打开看着笑了："哟，还真是副总啊！他们公司副总一个月的工资是我在林场一年半的收入。"

我妈今天的脸色特别奇怪，她总能在笑和哭之间随意转换，听到我爹这样说，她却眼睛里含着泪水笑了："你总算开窍了。等你在省城安定下来，就把孩子们接过去念书，也省得窝在这里受罪。今天的一场风正赶上散学，卷走了十几个娃娃呢，我哥哥的……我哥哥的宝娃被风卷走了，到现在还没找到……"

我爹顿时震惊，他一下站起来，大声说："你说什么？怎么会？"

姐姐胆小，被我爹的一声大喊又吓得哭起来，我赶紧机灵地跑回被窝，偷偷从被子一角向爹妈看去。昏暗的烛光跳了跳，闪烁间，我分明看见爹的眼睛里骨碌碌滚出一串泪珠来，毫无理由地，我鼻头一酸也哭上了，我知道小宝哥真的不见了，不是被刮到树上下不来那么简单。

哭得最厉害的要数我妈了，她肩膀一抖一抖的，极力压抑着哭声不传出来，但眼泪像是断线的珠子不停地掉下来。我妈断断续续地跟我爹又像是跟自己念叨着："宝娃……宝娃……那可是我哥的独苗啊……我们的孩子一定要去省城上学，离开这个鬼地方，我一刻也待不下去了！”

我们家遇到了前所未有的困惑，在希望与绝望间挣扎着的两代人，隔着一堵墙在各自的屋里烦恼。爷爷“吧嗒吧嗒”抽着他的烟锅，眼睛盯在自己的一条废腿上，间或叹上两声。他在权衡，如果我爹离开八步沙，他继续进沙漠去种树的可能性。儿大不由父，对于我爹的选择，爷爷没有理由反对，一大家子人的吃喝花销都背在我爹的身上，他也希望日子过得更宽裕一些。但是，这个硬气了一辈子的老汉，在腿废了之后，命令我爹放弃工作进林场顶替自己，已经觉得亏欠了我爹不少，现在若要阻拦他，又怎么张得开嘴？爷爷为自己而悲哀，并深深懊恼着拖累了我爹的前程，可又有一股无名之火在胸中蹿上蹿下，脑海里又浮现出当年承包八步沙时的场景。他们六个老汉在承包书上按下了红指印，合同上写得分明——永久性承包。那时候他还是村支书，还有进军大沙漠的胆气和力气，他们向领导表态一定治理好荒漠的诺言掷地有声。如今，几十年过去了，八步沙的治理任务才完成了三分之一，奈何雄心犹在而廉颇老矣。这一切，都是这条不争气的腿惹的祸，要不是自己的腿废了，一定会毫不犹豫地再次到八步沙去治沙造林。想一想这些闹心事，真的是愁闷痛心啊！

“唉！”爷爷在炕头声声叹息，他的烦忧没有人理解，奶奶自然就以为是他在担心我爹的安危，便劝他说：“儿子不是回来了吗？你就踏实睡吧！”

一句话激起了爷爷的无名怒火，把几天来的憋闷一股脑儿甩向奶奶：“踏实啥？今天那大林子干啥来了你知道吗？人家给送聘书来了，咱儿子要到省城当总经理发财去呀，撂下八步沙那摊子不管了，你说说，我咋能睡得着？”

奶奶是个好性子的人，传统里最受尊崇的贤妻良母大约就是她这样的。一看爷爷发火，倒也忍不住发了两句牢骚，只是话语间还是耐心且柔和的：“你这个倔老头子呀！自己半辈子钻沙窝，那沙子还没吃够啊？儿孙自有儿孙福，你就不要为这事多想了，儿子也是三十出头的人了，他要做什么就由他去吧！咱们在这里受罪也就罢了，你不能眼见着咱孙子孙女在这里跟你吃沙受罪吧？”

爷爷却是百炼成钢的脾气，根本听不得劝，继续发火道："你懂个啥？简直是头发长见识短。谁都不愿意干，让沙子埋了庄稼地再埋了房子，我们吃风拉屁去呀？”

奶奶真的是好脾气啊！在这种情形下，她只能选择默不作声了……

我爹一个劲地在屋里来回走动，我妈的哀哀哭泣让他更加烦躁不安，他一把一把不停地薅着自己的头发，突然间，他一个九十度的大转弯，拾起沙发上的聘书认真仔细地端详，用他那粗糙的大手无比爱惜地抚摸着那烫金的字体，指甲盖里日积月累的泥垢在油灯下泛着瘆人的青光。

忽然，他“刺啦”一下把那红艳艳的精致聘书一撕两半，顺势扔进了地上的火炉，火炉里顿时爆起红红的火焰，待妈妈赶到，火焰已经张着大嘴将证书吞噬了……我妈惊得暂时忘记了哭天抹泪，扑上去，手立即被火苗烫了回来，她惊怒交加地质问我爹："你这是犯了啥病呀？好好的烧它做啥？”

我爹咬牙，痛心而认真地对我妈说："我决定了！我哪都不去了！我们活着不就是为了娃娃嘛，如果连娃娃都保不住，活着还有什么意思？我不走了，就在八步沙种树。八步沙不绿，我哪都不去！”

“啊？”我妈急了，“你说什么？”

我爹这下子冷静下来了："是啊，走很容易，但留下却需要勇气！我不能看着黑风怪把我们的家园吞了。所以，我这辈子要和它斗争到底！我要继续在八步沙种树，让黄沙长出绿色，挡住黑风怪的路！”

我妈初时有些愕然，等她反应过来时，便瞬间愤怒了。今天，她的脑子里一直有一种深深的恐惧，这个鬼地方，不知道什么时候再来一场黑风暴，那会不会卷走她的娃呢？

我妈第一次与我爹闹腾，是我爹放弃了供销社的“金饭碗”，以至于她到现在了还耿耿于怀。而这一次，她心中的怒火带着燎原之势，势不可挡，她睁大愤怒的眼睛指着我爹的鼻子吼叫：“好好好，高山我告诉你，你要留在八步沙你留，我走！我的娃娃再不跟着你受这风沙的祸害了，你跟你的八步沙过去吧！”

我爹也火了，没有像往常那样阻拦我妈，更没有像以前那样温言软语地劝说，而是用比我妈更大的声音跟着吼道：“你走！你走了就别回来。今天大风卷走的是别人家的娃娃，下一回可能就是自家的娃娃了。咱们活人咋能只顾自己？沙漠治不好,妖风就止不住！我,高山！还是那句话,八步沙不绿,我哪都不去！”

我妈号哭着收拾衣服，一副要回娘家的势头。

许是我爹的吼声太大，惊得爷爷不顾夜风寒凉到院里来探看。在风地里，他终于听到了自己最为期待且满意的答案，便用略略有些对儿媳妇幸灾乐祸的心情，大声提醒我爹早些睡，末了还特意加重语气提醒我爹：“天亮了还得去林场上班呢！”

我爹是孝子，隔着门答应一声，把自己房里的烦恼严严实实关起来，不愿意爷爷奶奶跟着操心。而爷爷则心满意足地回了屋，那一把花白的胡子抖动着，愉悦地跳着舞。其实，尽管屋外风声犹在，儿子屋里的动静，老两口早听得明明白白，奶奶哭笑不得地埋怨爷爷故意跑出去火上浇油。爷爷此刻烦恼尽消，心情大好地任由奶奶数落，脑袋挨上枕头便打起了呼噜，且睡得格外香甜，早把之前的纠结和对儿子的愧疚尽数奉送给了周公。

早上起来，我爹立马就去了八步沙林场。而我妈则拉着睡眼蒙眬的我出门，准备回娘家跟我爹展开长久的对抗，以期他能屈服而改变主意。事实上，我妈这套办法在我爹那里已经没有什么威慑力了，而她却并不自知，还在卖力地施展。奶奶则一如既往地等候在院里，见我妈出来了，果断地拉住她一番苦口婆心：“我们女人家，嫁鸡随鸡嫁狗随狗，他们要干什么就让他们去折腾吧。你着急什么？嫁汉嫁汉穿衣吃饭，你嫁给高山了，就是高山的人，还发愁吃不上饭？再说了，你今天走了，过些日子还得回来。可是‘出门时门槛低，进门时门槛高’。你今天理直气壮地走了，过些日子你怎么回来？要是以往，高山一定会去请你回来。可今天你看不出来吗？高山他已经是吃了秤砣铁了心了。听你爹说，以他的估计，这场黑风暴已经把高山他们栽植的三千亩林子都吹光了。依着高山的性子，他一定会补栽补种。你想想看，这一折腾，没有一两个月，他还能回来去请你吗？你把志刚带走了，志秀要上学你带不走吧？我们老两口你带不走吧？你过上三天五天可以，可时间长了，你想志秀了咋办？你想我们老两口了咋办？到时候，你怎么回来？”

奶奶的金玉良言成功地将我妈留了下来。奶奶的劝解半真半假，有诸多的哄骗在内，譬如她说跟我妈绝对是一条心，譬如说等我爹回来劝他回心转意等等……

一个家庭想要和睦相处，必须得有润滑剂，奶奶就是我们家的润滑剂。而爷爷骨子里就是一个十足的大男子主义者，总以自己固有的思想而对有些事产生很多不满，在他认为，像我妈这样动辄挡在爷们前头指手画脚的行事风格，那是对男权主义的一种挑衅，爷爷说放在以前，就该一封休书发还娘家。估计他所说的“以前”，应该是很早很早以前。武威人的传统里一直有女人不上桌的规矩，尤其在来客时，女人是不能和男人一桌而食的，男人出门宴客也从不带女人一起去。当然，如果到了奶奶那个年纪，这一规矩就自动失了效，这个年纪的老太太反被当作尊崇的对象，能够安心坐于上座而不必担心被谁说闲话。这是祖辈传下来的规矩，却似乎从我妈这一代开始，慢慢有了被打破的趋势，妇女们但凡不是性子太过懦弱的，都有向陈规陋习示威而不屈的心志。以我妈为代表的新女性，倒也敢于跟爷们叫板，拿“回娘家”这种举动来小小地威胁、挑战一下，以此证明自己在家庭里也有不可替代的地位。

岂知凡事过犹不及，我妈自以为这次也能像过去若干次一样，闹上一闹，事情就会顺着她希望的结果进行。但是，这一回，我爹的决心出乎她的预料，也超出了她的控制范围。

我爹一大早赶回了八步沙林场，大家正在一边谈论昨天的黑风暴一边收拾工具，研究补种补栽的可能性。老场长痛惜新栽树苗可能遭到的破坏，天刚刚亮就跑到八步沙去察看了，林区一片狼藉，惨不忍睹……

今年栽下去的三千亩树苗半棵不剩，就连往年已经成活了的、胳膊腕子粗的小树也被连根拔起。老场长跪在沙地里号啕大哭，不能自已。他责问老天的无情，也责问这世道的不公，然而，回应他的是风暴过后依然迷蒙的天色和空气里飞扬的沙尘……

这场沙尘暴给林场造成的损失不可谓不大。相对于林场的惨淡，整个古浪的损失就更加不可估量。根据后来的县志记载，1993 年的“5・5”特大沙尘暴灾害中，古浪县死亡 23 人，受伤 173 人，风沙卷走或掩埋了大量的羊只、良田，造成全县直接经济损失近 3000 万元，成为中国沙尘暴灾害中一次死亡人数最多的县。

老场长哭过后，坐在沙丘上发了一会儿呆。冷静过后，心想，高山走了，再没有合适的人接替他担任这个吃力不讨好的场长了。怎么办？难道就这样让八步沙黄了？这时候，他想到了高老汉，当年就是他带头到八步沙植树，把他们集合在一起，承包了八步沙。后来高老汉腿受伤了，是他自告奋勇接替高老汉当上了场长。现在，一场黑风暴，三千亩林地没有了，难道就为这个原因让八步沙黄了吗？实在不行就让吕急人干这个场长吧。这个人除了自私一点，怎么说也是八步沙的老人呀！他虽然不是六老汉的后代，可他也有进步的表现呀！把场长交给别人干，这八步沙砸在别人的手上，就与我没有什么关系了。可是，高老汉肯定不同意让这个爱占便宜怕吃亏的吕急人干场长。也就是说，现在的八步沙除了这个吕急人，再不会有人当这个场长了。可是，怎么才能瞒着高老汉把这个场长交给吕急人呢？想来想去，老场长想到了民主选举这个办法。他得马上回去，回去召集大家选举场长。只有这样，才能给高老汉有个交代呀！想到这里，老场长急急忙忙回到了林场。

老场长回来了，刚进门就听到吕急人不阴不阳地发着牢骚，说沙漠里种树本就是白费功夫，而做这件事的人都是吃饱了撑的。言语之中多有鄙夷和嘲笑。这话一出，大家显然都生了气，却又懒得和他计较，都阴沉着脸不理不睬，任由他大放厥词。在众人心目中，吕急人除了自私点，其实心眼子不坏，就是心态不够积极，不够阳光，说过的风凉话也不止这一句两句，往往他随口丢出的一句话，害你生了半天的闲气，而人家说完早就当作随风飘散的一阵气体罢了，你若较真，不过是恶心了自己而已。

老场长刚想找吕急人谈话时，我爹就大踏步进来了。他正好听到了吕急人这句话，便顺口反击："我说叫你吕气人还真叫对了，如果我们都是傻子，那你爹在内的老一辈人就是傻子头了呗？"

众人哄堂大笑，吕急人闹了个尴尬。严格说来，吕急人的爹也是第一代治沙队伍中的一员，只不过在签订治沙承包合同时，他没有勇气按下那个手印。所以，他虽然一直在林场里干，但"六老汉治沙"的故事里却没能浓墨重彩地留下他的名字。后来吕急人顶替他爹进了林场，一直为六老汉里没有他爹的名字而耿耿于怀。若不是因为有一份国家补贴的造林补助，每个月拿着百十来元的"工资"，吕急人或许早就离开林场了。

老场长看了看我爹，昨天的谈话还言犹在耳。他想着我爹一定是来跟大家告别的，所以老场长无奈地跟我爹开了一个玩笑："你都是要走的人了，还管人家急人干什么？"我爹愣了一下，坐在了老场长的跟前，把一根卷好的卷卷烟递到了老场长的手里。

经历了这场黑风暴，老场长也想通了，人各有志不能勉强，何况看看林区受灾之后的那副惨淡光景，每个人治沙的信心都会大打折扣。眼前的年轻人是他最为看重的接班人，但他却没有理由去留住。为此，老场长内心里惆怅而落寞。为了掩饰自己的心境，他吸了一口卷卷烟，努力撑起笑脸，勉励我爹去了省城好好干，还开玩笑地提出以后再去省城就找我爹带他下馆子去。大家似乎并不意外，他们一直觉得我爹原本就是“公家人”，迟早还是要离开这里的，只是相处几年，都有些舍不得。

大家听老场长这么说，都停下手中的活计向他看来。我爹含笑，极其认真地告诉老场长：“老场长，你的馆子恐怕是下不成了。”老场长吃惊地问：“高山，你……”

“老场长，我今天不是来告别的，而是重新报到来的。”我爹的决定令大家惊诧不已。众人愣怔半晌才醒过神来，然后对我爹这个出人意料的转变百思不得其解，他们实在想不通，在沙窝里种树和去省城当副总经理之间，我爹是如何对比优劣的，还要继续留下来，这不是犯傻吗？

能把我爹留住，这对老场长来说绝对是个惊喜，他的激动心情不亚于我爷爷黑夜里在院中的喜悦，以至于难以置信地再次确认道：“你是说不走了？”老场长问完，紧张地盯住我爹，生怕他是说了一句玩笑话来逗自己开心的。

我爹郑重地、一字一句地说出了自己的抉择：“对，我不走了。从今天开始，就在八步沙安心种树。八步沙不绿，我哪都不去！”

这是我爹的抉择，也真真切切是一个誓言，更是一个承诺。人说君子一诺价值千金，其实承诺是无价的，如果履行并实现了就叫千金一诺，甚至某些时候不止千金。而没有兑现，只是嘴上说说，那它就什么也不是，比之某种气体排放于空气中的分量相差无几。而事实上，我爹说的话掷地有声，他的基因里有大西北男人说一不二的铿锵激扬和铮铮铁骨，此后半生，他都在为践行这一承诺竭尽全力。

我爹在这一天正式成为八步沙林场的场长，后来他曾不止一次地向我描述那天的情景。老场长听到他的话，老泪纵横着连声大赞：“好小子，老汉我没有看错你。”

我妈伤心之余还是带着我回了娘家，当然不完全是“离家出走”，而是听说我舅舅、舅妈舍不得埋掉已经死去的小宝哥后，找了个借口回娘家，看看我爹是不是真的不来接她。

见到躺在床板上的小宝哥时，我吓坏了，舅舅哽咽着说，大人们从水渠里捞出小宝哥时，小宝哥已经没有了生命体征。而小宝哥被淹死的地方，距离舅舅家仅有几百米的距离。家就在前方，几分钟就能到，而小宝哥却永远留在了家门之外，任凭我的舅舅、舅妈几乎哭瞎了眼睛……

小宝哥静静地躺在那里，没有了一丝气息。我不知道小宝哥在临死的时候是不是特别的绝望……我大胆地握了小宝哥僵硬冰凉的手，接下来就是放声大哭……小宝哥就这么死了，我一点都不害怕，但结果却远远比我想象中小宝哥被风沙吹到树上下不来要可怕得多。

由于我妈妈的劝说起到了效果，我舅舅、舅妈这才把小宝哥埋在了沙漠的洼子里。之后，我和妈妈就住在了舅舅家。一个星期过去了，我爹没有来央求她回家。一个月过去了，我爹还是没有一点点信息。

我奶奶知道我妈的心思，就提出到舅舅家来一趟，要领我妈回家去，却被暴躁的爷爷挡住了。我爷爷料定了我妈耍完“三板斧”后自然会回来，便坚定地对我奶奶说：“坚决不能助长资本主义的歪风邪气！”我爷爷吹胡子瞪眼说这话的时候，我奶奶忍不住笑了半天。

在奶奶的记忆里，我爷爷当村支书的那些年月里，村里那棵白杨树的枝杈间，大喇叭每天都会准点响起，播放着昂扬又热情的红色歌曲。爷爷站在沙梁上吼着要同大沙漠斗一斗的架势，颇有大将军挥斥方遒的气度。爷爷的英雄形象，早就在奶奶的心里树起了丰碑。所以，我爷爷在她心目中不但是永远的英雄，而且是吐口唾沫能砸出坑的大男人，即便跟着他上刀山，下火海，吃糠咽菜，就是黄毛怪把她吹成风干腊肉，她都认了。有一次，奶奶给我讲爷爷的英雄事迹时告诉我，她这辈子能够追随着我爷爷，是她最大的成功。

二　接力

风沙过后满目疮痍，麦田里铺开了厚厚的一层黄沙，原本碧绿的麦苗覆上灰黑色的尘埃，蔫头耷脑地在风中摇摆。水渠边歪歪斜斜地躺着一棵棵杨树、柳树，褐色的根系裸露出地面，那生生断裂的枝杈尖锐地朝着天空。它们将伤痛直白地坦露，控诉着这场天灾的无情。人们的心情跟天色一样，阴沉迷茫。太阳照常升起了，可是失去了往日的温度，像一个烙得半生的煎饼，惨白中一点昏黄贴在雾霭蒙蒙的天幕之上。天若有情天亦老，它麻木而残忍地俯视世间百态，任由刚刚失去孩子的家庭悲痛欲绝、撕心裂肺，空气中飘荡着的不单单是浮尘，还有呜咽和惨淡，消极与悲凉。

生活在这片土地上的人们，天亮以后纷纷走出家门，看着眼前的景象，仿佛刚从噩梦中醒来，脸上还是愣怔懵懂，片刻之后才恢复了清醒，惊慌失措地奔向自家的田地，然后颓败地蹲在地头长吁短叹……

相对于垂头丧气的大多数人，八步沙林场的职工们已经抖擞精神，准备开赴沙漠进行补种补栽工作。为了给大家加油，鼓舞士气，林场的广播里放起了一首当时的流行歌曲：“拍拍身上的灰尘，振作疲惫的精神，远方也许尽是坎坷路，也许要孤孤单单走一程……”

我爹新官上任，满怀壮志地先跑了一趟县林业局，找朱局长解决树苗问题。三千亩荒漠，至少需要十万株的树苗，刚经过春季造林大面积的栽种，林业局也犯了难，到哪儿去找这么多的树苗？我爹有股子拗劲儿，追着朱局长不放松，连朱局长上厕所，他也紧紧跟随，硬是逼着林业局从几家国营林场里凑出了十万株树苗。后来朱局长逢人便说我爹是个无赖场长，我爹不以为意，若不是要无赖，当年的八步沙可就真的变成荒滩了，为了林场，当一回无赖又如何？

风风火火的补种补栽开始了。八步沙作为农民自发组织的集体林场，自然比不得国营林场条件优越，树苗运送到治沙点上还是原始办法，毛驴车负重就会陷在沙子里寸步难行，只能靠人力肩扛手提，一捆一捆送进沙漠。

沙漠植树是个苦差事，同时又是个技术活。“一棵树一把草，压住沙子防风掏”，这是我爷爷无意间发现的一个规律，一直被八步沙人作为技术指标沿用至今。那还是几十年前，也是一场风沙过后，爷爷到田里去看灾情。那是谷子快要成熟的时节，沙尘一夜之间打落了沉甸甸的谷穗，令庄稼人无比心疼。爷爷走到自家的谷地里，发现几分地的谷子都变成了“光杆司令”，枝头上原本昂首挺胸的“千军万马”统统覆没，与沙子一起滚落尘埃，再也捡拾不出来了。

突然，他看到靠近地埂边还有一溜儿没有受灾的谷子，饱满的谷穗在风中向他频频点头致意。爷爷激动地跑过去，捧着谷穗爱不释手，高兴之余才注意到这里头的一丝玄机。地埂边杂草繁茂，芨芨草长成了一排天然的屏障，大风刮来时，沙子一部分被挡在了地上，一部分则吹到了别处，所以这个地方的谷子才免受侵害。为了证实这一猜想，爷爷沿着长草的地方挨个儿看过去，发现事实正如他所料，凡是草木茂盛的地方，庄稼几乎都完整地保留下来了。爷爷之所以后来敢于挑大梁承包八步沙进行荒漠治理，跟他这次的发现息息相关。通过这一次的发现，他有信心让风沙低头，也有信心在沙漠里把树栽活。后来用草方格治沙的雏形和原理就是这么来的。八步沙一直用这个技术指标进行治沙造林，每年春、秋两季的造林运动中，收购大量的麦草秸秆运进沙漠，每栽下去一棵树苗，就在它顶风的一边同时栽下一把草作为防护圈，为树苗的成活提供保障。因此，麦草也是治沙造林中不可或缺的一大利器。

一天，负责运送麦草的史金泉急急忙忙跑来跟我爹说，毛驴车陷在沙窝里动不了了，我爹当机立断，派一边的和生和吕急人跟史金泉去看看。

“实在不行就人背！”我爹坚定地说。

吕急人冷笑一声，指着荒漠里零星的几个人反驳我爹，并给他兜头泼冷水：“人背？你有几个人？那就光背草，树还种不种了？”

我爹没有遗传爷爷的暴脾气，平素就是很有耐心的一个人。他明白吕急人的不情愿，便包容地看了一眼吕急人，安顿他带着大家继续干活，他自己下沙梁亲自去背草。林场最年轻的护林员和生，去年刚顶替他生病的父亲来到八步沙，小伙子血气方刚，一把掀开吕急人，跟我爹下了沙梁。和生向来憨厚，别人都以为他老实巴交，其实他并不笨，心里头亮堂着呢。他知道，没有麦草做防护圈，即便栽下树也活不了。几个人默默地看着我爹的背影，忽然都扔下手中的铁锹等工具，追着我爹跑了过去，没有人理会站在原地的吕急人一脸的恼羞成怒。

沙梁那头，一个个扛着麦草垛的身影蹒跚而来。荒凉的沙海里，他们负重前行的样子，如同驼队逶迤，又像顽强挺立的胡杨。

连续阴霾的天气终于在十几天后云开雾散，天地重现清朗。这时候已然入夏，坚强的人们和农作物没有向黑风暴屈服，而是一起挺了过来。放眼望去，稀疏的麦苗依然高唱着希望之歌，用绿色装点着庄稼人的梦想。

林场的补种补栽如火如荼地进行，我爹已经连续二十多天没有回过家了，就在沙窝里效仿爷爷他们，简单地搭了个地窝铺，在沙漠里拼命。我妈终于在一个早晨拉着我的手回到了家里，不仅如此，她还坦然地准备了一些吃食，挎着篮子又出了门。爷爷奶奶望着我妈的背影，笑容里有说不尽的欣慰。我奶奶告诉我，那是我妈给我爹送吃的去了。至此，我们家又恢复了和谐安宁，我妈不肯低头的历史第二次宣告结束。

我妈去了沙窝里，找到我爹时，看着他黝黑清瘦、满面风霜，埋怨的话语噎在喉头，良久之后变成了号啕大哭。此刻，我妈的热泪里也许饱含复杂，但直击心灵的却是对我爹的心疼，沙窝里的生活把一个而立之年的汉子过早地摧残成了一个瘦小的小老头，怎不令她伤心？虽然我妈还是不能理解我爹的选择，但并不阻碍她一颗心在泪水里逐渐柔软。在娘家的这些天，她跟着失去独子的舅舅、舅妈数次哭晕而感同身受，耳边却是我爹那掷地有声的话："今天大风卷走的是别人家的娃娃，下一回可能就是自家的娃娃了。咱们活人咋能只顾自己？沙漠治不好，妖风就止不住！"

我妈嘴上没有服软，但她心底里却认同了我爹说的话，在补种补栽接下来的整个过程里，她的身影活跃在八步沙的荒漠里，用实际行动表达了对治沙的支持，也是对我爹的支持。我爹看到我妈清瘦憔悴、渐渐苍老的脸，又心疼又惭愧。刚谈恋爱的时候，我爹发誓这辈子一定要好好工作，给予我妈最好的生活，可是若干年过去了，不但没有改变生存状况，却让老婆孩子和自己一起在八步沙这个鸟不拉屎的地方受罪。我爸看着我妈，拿着我妈递给他的馍馍，眼圈红了。我妈说："咋，你干了让我伤心的事，你倒不高兴了，那我心中的苦跟谁诉去。"我爹扔下手里的馍，一下把我妈紧紧揽在怀里，说："一切都是我的错，对不起。当初谈恋爱时，说让你过上好日子的承诺现在都成了泡影。你长得那么漂亮，本来应该有更好的生活。如果你当初选择老林，可能会比现在更幸福。是不是跟着我后悔了？"我妈抹了一下眼泪，用力地推开我爹，说："你这是什么歪脖子理论！感情的事，当初是自己选择的，我永远不后悔，跟上你了，就是吃糠咽菜我也认了。"自从我妈到八步沙后，八步沙的老少爷们儿都说我爹的精神面貌发生了极大的变化，首先是我爹的话多了、精神好了，其次是我爹治沙造林的决心更大了。

补栽补种的工作结束后，我爹累病了。大家提议让我爹住医院治疗，可我爹死活不去。我妈没办法，亲自去镇上的诊所请来了医生。我爹没办法，只好在办公室里让医生吊上了瓶子。不仅仅是我爹，八步沙人都累坏了。

也许是八步沙人的实干精神真的感动了上苍，这一年夏、秋季的雨水充足，拾掇完田里所有的农活后，八步沙接着一场秋雨，人们一鼓作气，把秋季造林的任务也如期完成了。看着生长良好的树苗还有植被，我爷爷高兴地提出，非要在八步沙的露天地里睡一夜不可。我爹告诉他，他们住过的地窝子早就在八步沙失去了踪影，根本就没有地方去睡。现在是晚秋了，晚上的沙漠里异常冷，不像是夏天……可我爷爷还是坚持要去。我爹没办法，只好到武威城里买来了一顶红色的双人帐篷，拉到了八步沙。晚上，我爷爷在帐篷里给我爹说了不少话，归根结底就一句话，他说我爹是他的贵人，是八步沙的恩人。我爹明白我爷爷说这话是什么意思。我爹热泪盈眶，看着我爷爷，久久地说不出一句话来……

从这一年开始，我爹每一年都陪着我爷爷在八步沙的露天地里睡一个晚上。直到 2005 年，也就是八步沙 7.5 万亩沙漠治理完成后，我爹陪着我爷爷最后一次在八步沙林地里那顶红色的帐篷里睡了一个晚上后，我爷爷就安静地走了。弥留之际，我爷爷断断续续给我爹说了不少话，主要意思是：高山，我已经 85 岁了。我本来活不了这么大的岁数，可我不能走啊！八步沙治理不好，我去了没有办法给我那几个老弟兄们交代呀！现在好了，八步沙治好了，威胁我们土门镇土地、家园的隐患彻彻底底消除了。不仅如此，你们还把触角伸到了黑岗沙。这样一来，我们古浪县的威胁也没有了。果然是青出于蓝而胜于蓝啊！高山，我有你这样的儿子高兴、骄傲啊！临死之前看到了八步沙满眼的绿色，对得起国家的托付！随后他就闭上了眼睛，再也没有睁开。这是后话。

这一年，八步沙人过得很充实。

很快就到了 1994 年的新年前夕。新翻盖的林场三间土坯房依然简陋，但有了办公室、会议室、储藏室，初步具有了一个场部样貌。会议室的内墙刷得雪白，侧面的墙壁上整整齐齐挂着三幅黑白照片，按照先后顺序，依次是蒋老汉、和老汉和史老汉。蒋老汉死于去年的煤烟中毒，而和老汉与史老汉则都患上了肝癌，在短短的一年内相继离世。墙壁上的照片里，三位老人家面容安详，但他们身上发生的种种，于八步沙来说、于武威人来说就当得起毛主席说的那八个字：生的伟大、死的光荣。

八步沙深处还建了一院小土房，那是护林员歇脚的地方，也叫护林站。普通的农民收拾完地里的庄稼就算农闲时节，但护林员们还要每天不间断地去巡林，随时看护树木不被牲口糟蹋，不被附近的村民砍伐。蒋老汉年纪大了，嫌每天一个来回跑起来折腾，干脆在护林站住下来，从家里带点干粮和面粉，自己生火做饭吃，免了许多脚力。他是个多面手，会盘炕，还会盘灶，用土坯垒了一个简易灶，像模像样地过起了护林员的野外生活。

那是一个朔风怒号的早晨，按照林场制订的护林值班表，挨着我爹去替换蒋老汉了。荒漠里风雪交加，我爹骑着自行车好不容易赶到了护林站，掀开用农家自己纺织的笨布做成的黑不溜秋的门帘，小土房里呛人的气息熏得我爹猛烈咳嗽起来。他一眼看到了土炕下蜷成一团的蒋老汉，急忙上前查看。蒋老汉脸色惨白，涎水直流，这是中了煤毒。我爹三两下撕掉门上的帘子，拿铁锹捅开因为寒冷而用土坯封住的窗户，屋子里的空气一下子流通开来，光亮也透了进来，我爹这才看清，土炕的另一边还躺着一个人，是史老汉。土炉子边上堆着半袋散煤，是昨天夜里史老汉给蒋老汉送来取暖用的。想必突然下雪，史老汉没有回去，跟蒋老汉一起住在了护林站。

空气清新了，史老汉趴在炕沿上大声呕吐。我爹喂蒋老汉喝水，却发现他中的毒比史老汉要严重许多，基本上到了奄奄一息的地步。我爹吓了一跳，嘱咐了史老汉几句，就骑上自行车往最近的一个村上去找大夫。卫生院离八步沙太远了，根本就来不及，只能寄希望于村里的赤脚医生。附近村上的王大夫是个身体胖大的老头，听闻我爹说的情况，知道救人如救火，便一屁股歪在我爹的自行车后座上往护林站急赶。驮着一个胖人在沙地里前行，我爹筋疲力尽了才遥遥看到护林站的土房房。王大夫看我爹大汗淋漓，实在没有办法走了，便自己甩开肥短的双腿跑起来。我爹只觉得胸肺疼痛难忍，这是缺氧的表现。可是两个老汉还在护林站呢，是死是活还不知道……他稍微缓口气，又骑上了自行车……

史老汉喝了王大夫给的葡萄糖水，已经没有什么大碍了，但蒋老汉的情况不容乐观，一直处在昏迷状态。王大夫对我爹说，虽然打了强心针，但恐怕撑不了多久，要他赶紧想办法把人送到镇上的卫生院去。这里是荒漠深处，前不着村后不着店，连个电话都没有，要怎么把蒋老汉送到镇上去救治呢？为此，我爹犯了愁。除了两条腿，再就是一辆自行车。如果在土路上，那没问题，可在沙漠里骑自行车送人谈何容易？为了抢救蒋老汉，我爹骑着自行车，到最近的村子里调来了一辆拖拉机，把蒋老汉送到了镇卫生院。这时候，我爹已经累得筋疲力尽了，他在卫生院的长条椅子上躺下就起不来了。

蒋老汉最终没有醒过来，而这件事成了我爹的一块心病，他咬着牙下了决心，等将来手里有了钱，一定要买辆车代步。

这一年注定是特别悲伤的一年，送走蒋老汉不久，和老汉又出了状况。与史老汉一样，他们都在感觉自己力不从心的时候，早早把儿子送到了八步沙锻炼，准备接自己的班。和生发现他爹饭量锐减已经有一段时间了，一直催促着他到镇上的卫生院看看，但农田里的活儿一茬接着一茬，刚刚给自己那一亩三分地播种完毕，林场的春季造林又开始了，看病的事情就拖延了下来。开春的造林结束之后，和老汉骑着毛驴去八步沙巡林。这一天，他巡林未归，和生从一棵才抽芽的榆树下找到了昏迷的父亲，此时和老汉的肝癌已到了晚期，回天乏力。送去医院得到确诊后，家人不忍心告诉他实情，哄他说是严重的胃病，再不能进沙窝里去劳动了。和老汉一再要求医生给他做手术，治好了就可以继续去种树、去巡林……可是，就算这病能治，医疗费从哪里来？几家人的日子都过得一贫如洗，面对数千块钱的治疗费，也只能望洋兴叹。那个年代的古浪农村，大多数家庭仅够温饱，高昂的医疗费于他们而言就是天文数字。

八步沙的荒漠里，那个曾经骑在毛驴背上漫山歌的刚强身影没再出现过。和老汉临终时颇不放心地叮嘱儿子和生说：“爹半辈子的心血都在八步沙，你要替我好好看住那些树，一棵都不能少！”

无独有偶，几个月后，史老汉又病倒了，被确诊为肝硬化腹水。有和老汉的先例，史老汉很平静地接受了自己的命运。他拒绝住院治疗，随身带着止疼药片，依然每天去八步沙林区坚持护林。随着病情的持续恶化，史老汉直到连坐都坐不住了，才泰然安排自己的身后事。史金泉忘不了，他爹不无骄傲地说：“爹这一辈子啥都没有给你留下，只有八步沙的那一摊子树，你接着去种吧！”然后又交代，等自己死后埋在八步沙最高的地方，他要亲眼看着八步沙变绿……

两位老人临终的遗言惊人的相似，都是对八步沙的念念不忘和热爱。尽管风沙漫天、苍凉荒芜，但这是养育他们的地方。也许，每一个中国人的思想里都有根深蒂固的故土情节，所以才有世世代代传承不绝的扎根繁衍。人和树木都是一样的，只要有根就不怕风雨，也因为要扎根，对土地的依恋就会热切而执着。如果可以把我们三代人比作一棵树，我常常觉得，生活在新时代的我们，已然是枝繁叶茂、花团锦簇的美好树冠，我爹那一代应该是支撑美好的坚强树干，而我爷爷那一辈则是拱在泥土里努力汲取养分的树根。

在爷爷的描述里，不止一次地出现过这样的情景：

茫茫荒漠里六个年老的身影佝偻前行，他们一步一跪地栽着树苗……

一棵树苗栽下去，紧接着浇上一瓢水。瓢底的一滴水也舍不得浪费，用来滋润自己干裂的嘴唇……

幼小的树苗在风中孱弱摇曳……

看到一棵棵长了叶子的树苗，苍老的脸上笑容灿烂……

夕阳西下，简陋的地窝子旁边升起烟火……

几块石头搭建成的简易灶上烧着一口铁锅，锅里的几颗土豆就是他们的晚饭。六个老汉围着锅灶说说笑笑吃着土豆，背后是无垠的沙漠……

有人扯开嗓子唱上了凉州小调：

西路军来到咱武威

解放了凉州三县百十个乡

鲜血染红了八步沙

守哈了这片好地方……

我爹领着林场六家人，老老少少 40 多口人，站在遗像前默哀。为了这片家园，为了能在风沙中活下去，出路只有一条，那就是治沙造林。老子干不动了还有儿子，儿子干不动了还有孙子……这跟故事里的愚公移山何其相似？可惜，在愚公移山的故事里还有一个从天而降的神仙移走了大山，八步沙人却只能依靠自己的双手，一棵一棵地种下希望，一寸一寸地织就梦想。

我爷爷这一辈老人，生于中华人民共和国成立前后，沐浴着新中国的光辉成长，他们或许说不出什么华美的词汇来表达对家国的热爱，但生于斯长于斯的这块土地，无论多么贫瘠都不会让他们产生埋怨，他们的血液里流淌着泥土的芬芳，言语里传递着乡音的味道，把祖祖辈辈流传下来的这块热土看得比性命还重要。正是因为这种情怀，他们宁可忍受风沙的侵害，也要无怨无悔地坚持着故土难离的执着。也许这就是他们辛辛苦苦、竭尽所能想要治理荒漠、保住家园的动机。

春蚕到死丝方尽，蜡炬成灰泪始干。当我长大以后从书本里看到这句诗的时候，脑海里并不是诗人所要表现的对爱情的执着坚忍，而是一张张苍老的容颜，一双双粗糙的大手。他们弯着腰在沙漠中艰难跋涉，而身后是万亩绿色的森林拔地而起。前人栽树，后人乘凉，他们里面有我的爷爷，还有很多或健在，或逝去的八步沙人的面孔，我觉得他们才是这首诗里描绘的主人公，是最值得人们记住和尊重的人。

冬日的一个下午，我爹正在八步沙林场会议室里安排冬季治沙造林培训事宜时，县里林业局的朱局长来了，与他同行的还有李县长。

我爹在土坯办公室里接待了县上的领导，开玩笑地说难怪外面喜鹊喳喳叫，原来是来了大贵人。又叫史金泉去找茶叶来招待领导。朱局长跟我爹打得交道多，对我爹很是了解，调侃地笑道："你高场长哪回见了我不是哭穷就是说锅都揭不开了？"言下之意，我爹说的"招待"实则是在说大话，是油嘴滑舌。

林场的确困难，我爹也不必遮掩，搓着头嘿嘿笑，把白开水坦然地放到领导面前。

李县长看了一眼新刷的办公室墙壁，亲切地对我爹说："高山同志，我们这次来是给你们解决难题来了！"

我爹知道，大家伙也都知道，年底了，李县长肯定是来给林场送造林补助款的。八步沙林场在国家三北防护林体系的范围之内，每年都有一笔造林经费补贴。八步沙林场是农民组建的集体林场，全靠着这份补助发工资呢，虽然每人每年的总收入只有一千八百块，与国营林场的职工自然没法比，但补助虽然微薄，大家的积极性还是很高。

李县长从秘书手中接过牛皮纸袋，递给我爹，含笑说："打开看看。"

我爹双手接住，打开看了一眼，故意做出夸张的声调："李县长，这么多钱？"

朱局长失笑地插言："你小子也有嫌钱多的时候？别做这副样子了，知道你是嫌少呢！回回哭穷还哭出花样来了？"

被朱局长识破，我爹咧嘴笑着，把纸袋子交给史金泉保管，顺嘴应付着说："朱局长明察秋毫，我们怎么能够瞒住你老人家的火眼金睛呢？"朱局长对我爹从来都是爱恨交加，但更多的是爱，他喜欢我爹敢想敢做的劲头，于是他假意瞪了我爹一眼，脸上却绽开了笑容。

李县长微微叹口气，颇为欣慰地说："高山同志，'5·5'沙尘暴给咱们县造成了不可估量的损失，庄稼损毁、人畜受害，但是八步沙能够积极应对，及时补栽了三千亩的树苗，你们的行动给全县人民带了个好头啊！国家拨下来的造林补助款虽然不多，但我专门送过来就是为了让你们过个安心年，也感谢大家这一年的辛苦。"

我爹搓着手，脑海里快速斟酌着接受领导夸奖的时候是不是应该说一句"这都是咱们应该做的"诸如此类的话。可是，我爹最终还是没有说出来。李县长望着我爹不好意思的窘样，笑了。

李县长略有些激动地拍了拍我爹的肩膀，激励道："国家的林业建设，三北防护林建设，就需要像你们这样有头脑、有觉悟的好同志去建设。"

这回，我爹向来能言善道的一张嘴却怎么也说不出话了，能言如他，其实是最说不出场面话的一个人，只嗫嚅着，反倒有些难为情。

朱局长适时插科打诨，摇着头对李县长笑道："李县长，您就不要夸他了，不然回头又该跑到我办公室，赖着要树苗去了。您是不知道，沙尘暴后补栽，他硬是逼着我到国营林场去给他解决了十万株树苗，等苗子装了车，两手一摊又说没有运费，耍起了无赖。"

李县长失笑，这件事当时传遍了半个县委大院，他也听说过我爹追着朱局长到厕所，硬是拿到了朱局长的批条。大家把这事当成笑话来说的时候，他就对八步沙林场和我爹赞叹不已，要是人人都能像高山那样执着地在沙漠里种树，还愁治理不了咱家乡的沙化问题吗？

我爹实话实说："那个时候本来就没钱嘛！可是没钱也得种树啊。县官不如现管，您不帮忙可让我找谁去呢？"

一句话逗笑了李县长："县官不如现管。你高山是连带着把我这个县官也评论了啊！"李县长半开玩笑地说。

朱局长目光转了一圈，开玩笑说："大家伙儿看看，这就真真是个无赖场长嘛！"

办公室里挤满了人，大家满堂哄笑。从此，八步沙林场有个无赖场长的事儿就传扬开来，我爹却满不在乎。"会哭的孩子有糖吃！"他如是说。

三 逃避

转眼春节已至，空气里是燃放鞭炮后的热烈气味，孩子们穿着簇新的衣裳欢笑打闹，家家户户猪肉炒酸白菜的浓香弥漫在乡村的上空。大红的对联贴上了门楹，五彩的幡胜把家门装饰得鲜艳、缤纷，年的味道全都有了。“雪圃乍开红果甲，彩幡新剪绿杨丝。殷勤为做宜春曲，题向花间贴绣楣。”幡胜在当地叫“版帘子”，赤橙黄绿青蓝紫，七种颜色，七种造型，其漂亮的流苏与大红的对联交相辉映，从巷道里走过，家家争艳、户户锦绣，过年的喜庆就在五颜六色里蔓延开来。

除了这些，武威人过年还有一个最重要的节目——“闹社火”。河西走廊，尤其是作为古中国三大城市之一的凉州，曾经与今天的北上广一样繁盛，而社火这一民俗则由来已久。传说东汉开国皇帝刘秀被敌人包围，当时正值春节，为了脱困，文臣武将装扮成了一支庆祝新年的社火队。刘秀装扮成了春官老爷，摇着蒲扇走在最前面；左右丞相装扮成了沙公子，紧紧地跟在春官老爷的身后，走着十字步儿；武将装扮成鼓子匠，跟在左丞相的后边，打着漂亮的鼓子；皇宫里的娘娘们和文官则装扮成腊花子跟在右丞相的后边，敲着锣锣，扭着十字步儿走得欢……由此，社火队大摇大摆、闹闹哄哄地骗过了敌人，成功脱逃之后才建起了一代王朝。从此，社火就兴起来了，且经久不衰，直到今天。

当然，也有人说是杨家将西征时被敌人包围，没办法逃脱，在当地老百姓的帮助下，扮成社火队成功地逃出了敌人包围圈。暂且不论哪个版本才是最准确的，但从传说里可以看出，社火由来已久，而且绝对是一个充满金戈铁马气息的民俗表演。因此，在社火队伍中很有一些讲究。譬如，春官老爷的扮演者一定是当地非常有名望的老人，能够被大家推举做春官老爷，那是一个老人最高的荣誉，证明你在当地是受人尊敬、受人爱戴的。又譬如，数十个鼓子匠，打起腰间的皮鼓精神抖擞，要打出武士的霸气和勇气，那么鼓子匠就要求魁梧挺拔的小伙子去扮演。而腊花子则需要女性或者身材瘦小的男子扮演。总之，社火之所以冠以一个“闹”字，自然是越欢腾越红火，越热闹越有看头，这样才能引得四邻八乡的村民们都来捧场，都来喝彩。

我爹为了增加八步沙的人气，决定与村里合作，组织起社火队来闹一闹，除了给八步沙带来欢乐祥和的气氛和吉祥如意外，还有增加人气的意思，同时，顺便为八步沙年后的治沙造林做一个宣传。于是，他和大家一合计，牵头组织了今年的社火队，把村里能发动的村民们都发动起来。闹社火需要购买相关的行头器具，这又是一笔开销。我爹在林场开了个会，跟大家伙儿说明了这次闹社火真实的用意是为了吸引村民们到八步沙来，借此宣传治沙造林的重要性，呼吁人们重视绿化，保卫农田和家园。大家一听，都觉得是有意义的事情，便纷纷同意由八步沙林场凑钱去城里买来了行头，促成了社火队的成立。

农闲无事，一年里头又难得开心几天，村民们都愿意凑个热闹，社火很快就闹开了。老场长被大家一致推荐为春官老爷，乐得他满脸的褶子都活色生香起来。而和生、史金泉也扮上了社火里的沙公子。其他的八步沙人都装扮成了鼓子匠、腊花子、膏药匠、丑婆子等角色，敲锣打鼓地欢庆春节。

一支社火队往往得有几个负责人联络演出事宜，这些人都被称作“会长”，我爹就是其中一位会长。他做这个会长不单是为了跑演出、外交，还联系社火队到各村、各乡镇去拜年的事情。过去的社火词是现编的，社火闹到哪里就把社火词唱到哪里，大多是一些恭贺新春、祈求风调雨顺的吉祥话。而今年，我爹拉着几个年轻人，把社火词改了改，统统换成了治沙造林的主题，并让“沙公子”提前练习，记住了这些新编的社火词。

社火队首先在八步沙亮相。随着几串鞭炮的炸响，社火闹开了。喜庆的鼓点刚一响起，就引来了无数人观看，村民们扶老携幼赶来看热闹。大家跟在社火队后面，浩浩荡荡，尽情挥洒。调皮的孩子甚至不顾会不会刮破新衣服，爬上了半大不大的榆树，骑在树杈上观看，偶尔向人群中扔一个哧哧冒烟的鞭炮。看着被鞭炮惊吓的人群，他们幸灾乐祸地做着鬼脸嘻嘻哈哈。这个时候的恶作剧能够被无限包容，大家继续将目光投向社火表演，没空理会欠揍的捣蛋鬼们。

社火队走进了八步沙林场的大院。门口一千响的鞭炮还在噼里啪啦，老场长穿戴着春官老爷的行头，已经走到院里摆好的香案跟前。武威的风俗，春官老爷能在自家的香案前上一炷香拜一拜，就意味着这一年得到了上天的庇佑，一定会家宅平安、五谷丰登。

老场长脸上挂着一副长长的髯口，春官老爷的行头穿戴起来，让他活脱脱就是一个赐福的天官。他以手指沾酒祭天祭地，香案前拜上三拜，一套礼仪行云流水做下来，春官老爷就被请到高位上就座，社火队便拉开场子上演精彩。

鼓声、锣声奏响了欢乐的序曲，载歌载舞的社火闹开了花团锦簇的美好生活。花花绿绿的服装和涂脂抹粉的扮相充满喜感，更别说“沙公子”“丑婆子”等抖着袍服错步扭来的呆萌样子，人群里阵阵笑声和掌声此起彼伏。

“沙公子”在社火队中不仅仅是“春官老爷”的左右手，而且起着领唱的作用，必须得有一副好嗓子。一阵有规律的鼓点过后，沙公子甲开唱：

这个地方好（哎）地方，

这里的沙子穿上了绿衣裳，

六老汉治沙是我们的榜样，

我们今天来给八步沙来拜年！

锣鼓声起，叫好声不断……

沙公子甲唱完，沙公子乙亮开高昂的嗓门接唱：

八步沙六老汉治沙（呀）忙，

他们的下一代接了班，

如今的八步沙变了（呀）样，

八步沙的功劳上了榜。

看过社火表演的人都明白，这个时候就是两位“沙公子”在互相较量了，谁都不能服输。沙公子轮流唱过几曲后，把看点转移到了其他角色的身上：

高高山上一捆捆儿材，

骨碌碌碌（儿）滚到八步沙来，

这一个曲儿谁也不要唱，

六位鼓子匠请到里边。

“沙公子”在社火队中相当具有话语权，六位鼓子匠一听，迈起独特的步调蹦到场子中央开始他们的表演，把打鼓这个技艺表演得虎虎生风，眼花缭乱。鼓子匠是武士打扮，金黄的武士服滚了大红色的边，前胸和袖口还嵌着金灿灿的亮片铆扣，腾挪跳跃间，身上明亮的服饰与手中鼓槌上五颜六色的流苏渲染出缤纷的喜庆。鼓子匠的表演进退之间步伐有度，六角形的队形兼有勇武和潇洒，欢腾的鼓点就像越来越沸腾的人心。这还不是鼓子匠最好的节目，接下来，鼓子匠按照六角形的图案翻开了鼓子，这才把社火表演推向了高潮……

鼓子匠翻鼓子累了，“沙公子”又把节目派给了高跷队。

高跷队表演的一般都是我们耳熟能详的人物和故事，比如《西游记》里的师徒取经，还有就是包青天巡按八府……他们踩在跟人齐肩的高跷上，还要卖弄地扭着身形做出各种表演动作，引得人们赞不绝口。不仅如此，他们还高高在上，把糖果撒向四周，看着人们“哄”一下子去捡拾糖果，他们就又迈开腿，驾驭着高跷悠然穿过人群，把欢乐和艳羡留给其他人。我小时候仰着脖子看高跷表演，特别羡慕那些敢于踩高跷的人，他们装点了我整个童年里关于过年的美好感受。

这时候，我爹让学生娃趁机把治沙造林的宣传单发到了村民们的手上。

有人大声念着宣传单上的标语：

治住八步沙　保住庄稼地

八步沙不治　村民们不富

治沙造林　绿化家园

改善八步沙生态环境 造福土门镇子孙后代

植树造林滋沃土 防风固沙保良田

保护树木 就是保护自己

……

八步沙别出心裁的社火队春节期间在周边的乡镇、村庄闹了整整十天，正月十五才落下了帷幕。由于宣传到位，过年后自愿报名到八步沙参加植树的村民达到了好几百人。正月十六上班后，每天陆陆续续前来八步沙报名的村民都有不少。看着村民们在场部大院出入，我爹的笑容就像盛开的菊花一样。这个效果正是他期盼的，可以说是达到了预期的目的。

正月到二月，报名工作进行了一个多月。这期间，史金泉负责报名登记，我爹和其他人收拾工具，做好春季治沙造林的前期工作。

可是，就在大家踌躇满志，准备大干一场的时刻，林场老一代治沙人、六老汉之一的雒老汉却打起了退堂鼓。雒老汉是六老汉中年纪最小的一位，今年已经六十二岁了，身体还十分硬朗。可他已经打定了主意要离开林场。我爷爷是第一代八步沙治沙人的场长，所以雒老汉就到我们家来找爷爷讨主意。

自从我爷爷腿坏了，被迫窝在家里不能到八步沙去种树了，他的脾气就格外暴躁，并时常有些英雄末路的感慨。雒老汉来访，爷爷是高兴的，两个人相对着吸旱烟，共同缅怀了一番当年在沙窝子里生活的时光，言谈之间，爷爷对那段岁月充满了向往。他不无羡慕地感叹："老雒啊，你看你身体没啥毛病，还能进沙窝子劳动，不像我这腿脚不灵便，有那个心却没有那个力气了。"

雒老汉浅笑着给我爷爷戴了一顶小小的"高帽子"，赞叹地说："老支书，你是个心强的人，要不是前些年拉树苗翻车压坏了腿，你的身体比我好呀！"

爷爷果然高兴，抚着伤腿开怀道："好汉不提当年勇咯！那份承包合同，咱们哥六个可都按了手印、下了保证的。我们六老汉半生辛苦换来八步沙的万亩林木，也还划算。"

看着我爷爷的豁达，雒老汉微微有些失神，那些共同的记忆、并肩战斗过的情景历历在目。当年，他们六个人按下手印，不单单是签了一份合同，还有党员对党的承诺在里头，他们都是老党员啊！而且，自己那时还是生产队的队长，其他人要么是村干部，最差也是生产队的干部。

"一定要把八步沙治理好，不然将来见到马克思，人家都要笑话咱们不是合格的党员咯！"老秦玩笑着说的话，大家却都在心里默默认同。那时是何等的豪言壮语，可如今自己却要打退堂鼓……

雒老汉无奈而轻愁，出神地盯着烟锅子里残留的一丝丝青烟，问我爷爷，更多的则是自言自语："老支书原来是这么算账的。可我怎么就算不过来了？"

爷爷很不解地看了一眼雒老汉的脸色，关切地问："老雒，你这是话里有话呀！今天来找我是有啥事？"

雒老汉知道我爷爷的脾气，真要说出自己的想法时难免支支吾吾。他避开爷爷的眼神，嗫嚅着像一个做了错事的孩子："老支书，我……我想退出林场。"

爷爷一听这话一下子就火了，他心心念念着想要去八步沙却去不了，别人身体好好的还要嚷嚷着退出，这事他不能容忍。于是，爷爷拔高了声音，对着自己的老部下不容置疑地吼道："啥？你要退出？不行，我不同意。"

雒老汉鼓足勇气说出了心里的话，反而没有了顾虑和心虚，出奇平静地反驳我爷爷："你不同意也不顶事儿，现在你又不是支书了，也不是场长了。"

爷爷的炮仗子脾气一点就着，扔了手里的烟袋锅子，勃然大怒地对着雒老汉发威："即便我啥也不是，可按了红手印的合同还在我这儿，你说不想干了，那也得我点头！"

雒老汉从来都是好性情，这次是怀着破釜沉舟的决心来跟我爷爷谈，被爷爷一顿吼，也微微生了气，涨红着脸努力忍了忍，极其僵硬地扯出一个淡笑："你不同意，我找老秦去，再不行还有其他几家人，我挨个儿找他们说去。这个沙我不治了，谁爱治谁治去。"

我爷爷也颇为笃定地冷笑一声，带着点得意积极给雒老汉泼着冷水："老秦已经不是场长了，现在是我儿子当场长，他也不能同意。"

雒老汉激动起来，两个老人就像是孩子似的互相赌着气，你一言我一语，你一矛我一枪，谁都不遑多让。但雒老汉一辈子都是个老好人，毕竟跟我爷爷对阵有些发虚，他颤抖着嘴唇，略有泄气地说："那我就找高山侄子给他求情下话去，牛不吃草强按头的事，他一个小辈也不能强迫老汉我吧？"

说完这句话，雒老汉掀开帘子"噔噔噔"地出去了。

我爷爷觉得还没有谁敢跟自己这样叫板呢！拐棍"砰砰"地捣着地皮，气恼地冲着门外大叫："你这是自毁炉灶，捅自家的锅底。"

奶奶正从外面回来，闻声快步进门，赶紧给我爷爷的茶缸子里续了水，不解地问："这是做啥呢？老雒咋还气冲冲地走了？"

爷爷余怒未消，一屁股坐进椅子里，张口一说话倒把奶奶逗笑了，他说："人家要当蒲志高叛变革命咧！"

奶奶失笑不已，虽然不知道两个老汉之间发生了什么，她也不甚在意。爷爷的暴脾气有个好处，往往争吵过后，对方还在气恼难当地想不通，他却一转眼就把不快抛到了九霄云外，看着别人还会来一句："你这是咋了？"

奶奶捋了细麻绳准备纳鞋底，低声笑道："你呀，臭脾气一辈子都改不了。"我爷爷接上说："改了我就不是治沙的高老汉了！"

武威人把说软话求情叫"下话"，顾名思义就有委曲求全的成分在里面。雒老汉在我爷爷那里碰了一个大大的钉子，转身来林场找我爹"下话"。他倚老卖老，觉得我爹作为晚辈，肯定得买个面子给自己，再说了，我爹脾气好，这是大家公认的。

我爹正在办公室里写计划，与会计史金泉计划着即将开始的春季造林事宜。门帘掀起，雒老汉与乍暖还寒的春风一起步入了林场办公室。屋里还生着炉子，暖融融的夹杂着老茯茶的清香。我爹招呼着雒老汉坐下，又让史金泉给老汉沏一杯酽酽的茯茶来，八步沙的老汉们都爱喝这个。

史金泉倒了茶来，又去埋头忙自己的事情去了。雒老汉含笑抿了一口茶水，茯茶的温润令他心里熨帖了很多，正琢磨着怎么跟我爹张嘴，我爹已经开了话头。

其实，就算今天雒老汉不来，我爹也打算找他谈一谈。八步沙林场的林区虽然不大，但沙漠里种树非常不容易，每一棵树都被八步沙人如珠如宝地爱护着，因此划分了几个片区由专人负责看护。林区管护划片分为六块，每家管着一块，平时巡林就是看着不要让附近村民们的牲口闯入糟蹋树木，还有防止冥顽不灵的村民砍柴割草、破坏植被。昨天，我爹去巡林时发现，雒老汉负责管护的那片是最差的，树木上挂满了羊毛，林地里羊屎蛋子铺着一层，被啃掉树皮的那些树是活不成了。我爹当时就觉得气血上头，但想一想雒老汉素日的表现，认为是他出了什么事才疏忽了林区管护，正要找他问个究竟呢，老汉自己倒来了。

雒老汉垂首坐下，往后缩了缩身子："高山侄子，我……我说什么也不愿意管我管的林区了。"

“雒叔，那是你们六老汉半辈子的心血，您就这么放弃，就不心疼吗？”我爹尽量和缓地对雒老汉说。

雒老汉表情僵了僵，很不自在而又情绪激动地问我爹：“高山侄子，我今天来找你就是说这个事的。你说是树皮重要还是脸皮重要？”

我爹还不知道雒老汉心里是怎么想的，更不知道他已经找过我爷爷了，便很疑惑老汉怎么突然说出这摸不着头脑的话，便十分有耐心地问他：“雒叔，您是不是遇到了啥困难啊？快，咱爷俩好好唠唠，这阵子我也是工作太忙，前两天我就看见您负责的那片林场到处都是羊粪蛋，有些树的树皮都被羊啃掉了。我想，您一直对工作挺负责任的，不可能这样放任你们老哥几个的心血而不顾啊！说说看，究竟出了什么事？”

雒老汉这才红着眼圈，告诉了我爹一件事。

四　羊倌

武威市的古浪县是国家级贫困县。古浪穷啊！那一亩三分地里的庄稼只够一家人堪堪混个肚子，那还是老天爷怜悯，少刮几场风、多下几场雨的情况下的收成。作为全国重点贫困县，没有副业收入，脱贫就是猴年马月的事情。这其中有一部分精明人悟出了这个道理，在营务庄稼之外动上了脑筋。俗话说靠山吃山靠水吃水，八步沙人既无山可靠又无水可依，只能将目光放在沙窝里。广袤的腾格里沙漠，若是天年好一些，几场雨水过后，也能长出些草棵子来，何况还有八步沙偌大的林子，那里面丰茂的草就是羊的好饲料。村民们有了这个打算，便纷纷养起了羊，闲暇时赶到沙窝里放牧，既经济又省事。为了寻求出路，几乎家家都养了几只羊。因为这个需求，就出现了一个特殊的群体——羊倌。有些羊倌不但放牧自家的羊，还代放别人家的羊，大的羊倌甚至管理着有数百只羊的羊群,这样的人家往往因为养羊放牧而家境殷实,人称“羊户子家”。

在八步沙边上的土门村就有这样一户人家，姓刘。老刘年老歇业后就把放羊的营生交给了儿子刘尕五。为什么叫尕五？刘家弟兄五个，刘尕五排行老小，占了个“五”字。人多力量大的农村，也因着刘羊户子家人多势众，一贯在周边的羊倌中是领头人物，他家的羊群在哪一片，别人家的就不往哪儿赶，惹不过总还躲得过。刘尕五其人，二十来岁的年纪，小时候特别不爱念书，别人家的娃娃背了书包上村校，他就半路往柳树丛里一躲，或者拐出村一径跑到沙窝里去玩，其他孩子朗朗地读着“鹅鹅鹅，曲项向天歌，白毛浮绿水，红掌拨清波”时，他就撵蚂蚁、掏树洞、逮野兔子、捉壁虎……总之不学无术的事情没少干。

后来，老刘发现自己这个小儿子每天揣着馒头却没有去上学，反而到处胡溜达，便气哼哼地对儿子说："你小子现在逃学不好好学习，以后没文化可怎么办？"

"我放羊啊，多自在。"刘尕五歪着头，不屑地回答他老爹。

老刘背着手气愤地问："那羊大了呢？"

刘尕五扬起脸："卖钱！"

"卖完钱呢？"

"你给我娶媳妇！"

"娶完媳妇呢？"

"生孩子呀！"

"孩子长大了呢？"

"跟我一样，放羊！"

这一番与儿子的对话，气得老刘哭笑不得，从此，老刘便打消了逼着儿子上学的念头，干脆带他放起了羊。嗨，这刘尕五还真是个放羊的料，放了三天半，那一手"炮肚子"（也叫炮鞭）就打得特别准。没有几天，那领头的头羊就被刘尕五用炮肚子制得服服帖帖了。于是，老刘就把羊鞭交到了刘尕五的手里。现在，刘尕五接了他爹的班，已经很少有人叫他的名字了，大家都称他"刘羊倌"。

那天，雒老汉一大早赶去八步沙自己的片区巡林，才到林子边缘就听到了"咩咩"的羊叫声。雒老汉急忙跑进林区，一大群羊肆无忌惮地在林地里啃食植被，看地上的羊屎蛋子数量，这群羊进来已经有段时间了。雒老汉气愤地冲过去，把羊群往林子外头赶。

羊群在圈里饿了一夜，清早放出来正是贪婪进食的时候，好容易遇上这么一块肥美的草场，哪里肯轻易离开？雒老汉这边赶出去，那边的又闯了进来，正在气恼的当口，刘羊倌不知从哪个犄角旮旯里钻了出来，一看有人敢跟自己过不去，就大声叫骂开了："老家伙，你为啥撵我的羊？"

终于找到了羊的主人，雒老汉气喘吁吁地说：“你说为啥？三番五次给你们说不让在八步沙放羊，你还来？”

刘羊倌不服，漫不经心地问他：“咿呀，这就奇怪了！八步沙是你家的？”

雒老汉管护林区，这种问题回答得多了，随口回道：“不管是谁家的，规定了不能放羊就是不能放。”

刘羊倌假装不懂，看了看雒老汉是一个人，又在心里快速衡量了一下，怎么看雒老汉也不是自己的对手，便放肆地龇牙笑起来：“啥规定？我咋不知道？我是土门村的人，你雒老汉也是土门村的人，咋还光撵我的羊？”

雒老汉这才认真看了看眼前的羊倌，原来正是他们一个村的蛮不讲理的小淘气，比自己的小儿子大不了几岁的刘尕五，也不由得带了几分铁面无私的口吻道：“不管是哪个村的人，谁来放羊我就撵谁！”

刘羊倌是野惯了的性子，大字认不得几个，倒总把些小人书揣在怀里翻来覆去地看，自觉身上的那份痞气正和小人书里的那些大英雄符合，平日里拿羊群当自己的兵将来过过书中大将军调兵遣将的瘾头。在他看来，雒老汉撵着羊群就是撵着他的兵将，胸腔子里那股混账劲就一下子激发出来，很有些嘲讽地讥笑道：“哎哟，你这个老汉是拿上鸡毛当令箭哩，自己谋（mǔ，掂量的意思）不着自己是哪个了嘛！”

雒老汉没想到刘羊倌这么一个碎娃娃敢这么跟自己说话，动怒地质问道：“我认得你，是羊户子刘的小娃子是不？按辈分，你还得叫我一声大，有你这么说自己大的吗？”

刘羊倌撇嘴，嘴里叼了根干树枝子，不以为然地回道：“我可没你这样的大。在我眼里，连光知道吃草拉粪的羊都比你亲。”

这一句话当真可恶，恶言相向的人，雒老汉也见过，但如此没有教养的年轻人，他还是第一次碰见。雒老汉气急，弯腰拾起地上的一根树秧子，照着刘羊倌就抽过去：“你这个崽娃子，敢骂老汉我不如畜生？”

刘羊倌挨了揍自然不服，扑上前和雒老汉厮打起来。

雒老汉年迈，被年轻的羊倌按在地上，一顿拳头打得翻不起身来。

雒老汉撩开衣襟让我爹看他身上的伤痕。

我爹起先并不知道在雒老汉身上发生了什么事，看着雒老汉青青紫紫的瘀伤才知道了这件事。他气愤难耐，埋怨雒老汉没有及时来跟自己说。如果雒老汉第一时间来告诉他，作为场长，这个头他是一定会替雒老汉出的。林场管护艰难也不是一天两天的事了，附近的村民愚昧蛮不讲理的也不是一个两个，但仗着年轻就打骂老汉们的事还真是第一回碰到，莫说我爹，就连一旁的史金泉都气得站了过来，挽起袖子就要去找刘羊倌拼命。

雒老汉急忙拦住史金泉，表示完感激又说，一回两回可以来告诉我爹，可见天淘不尽的闲气，他总不能回回都来找场长告状吧？场里不乏年轻人，还个个孔武有力，但雒老汉觉得，自己一把年纪了，没有道理大事小事都找场里解决。这样的心思固然有不愿意麻烦别人的原因，但最大的顾虑其实是他丢不起这个人。年轻的时候，雒老汉也是在村里当过干部的人，自觉还有一份脸面在，若要把自己被羊倌打了的事说出去，他觉得自己就会颜面扫地。所以，宁可打落牙齿和血吞，都不想把挨打的事情闹得人尽皆知。今天也是处处碰壁，谁都不同意他离开林场，这才迫不得已把心里的伤疤和身上的伤疤一起抖搂出来，他是铁了心要退出八步沙了。

我爹总算明白了雒老汉的心病。雒老汉一辈子就是个老好人，平时一个人都不得罪，现在为了护林，不但得罪了刘羊倌，还挨了一个年轻娃娃的打。这样的事情，别说是雒老汉了，就是任何一个人也接受不了。我爹默默地抽了一根烟，平息了一下激愤的情绪，对着颓丧的雒老汉叹息道：“所以，雒叔您就觉得脸面大过一切，窝在家里不管不顾，任由人家赶着羊糟践我们的树林？八步沙有句顺口溜说‘春种夏活秋剥皮，冬上拔着钉滚碶’！这是在打我们的脸，在嘲笑我们八步沙人种不活树呐！”

雒老汉微微红着眼圈，大有士可杀不可辱的悲戚，委屈地说：“我也六十多岁的人了，黄土埋到了脖颈子，年轻时当生产队长，一辈子受人尊敬。现在为了看个树吵吵嚷嚷，被那毛都没长齐的崽娃子骂成畜生不如，还挨了人家的打，我的老脸也没地方放了。”

我爹对雒老汉的遭遇感同身受，但不忍有之，不满意更有之。雒老汉的心情他能理解，如果老汉肯当时就告诉他这事，我爹有的是办法帮雒老汉去争回这个脸面。实在不行，还可以通过派出所解决。对于这样不知道大小的混账东西，一定要狠狠地教训一下。可是老汉悄没声息地不让人知道，还把林区撂下不管，这是我爹不能接受的，无论什么情况也不该破罐子破摔。要是谁都有了这个心思，那八步沙还种不种树了？林区不管护，那种树还有必要吗？三分种七分管，八步沙跟其他地方不一样，自然地理条件限制了树木的生长，这是八步沙脆弱的一面，树木根本就不具备自愈能力，死了一棵就是死了，需要重新栽种，从小树苗再慢慢长大，这个过程需要几年甚至十几年，因此管护就显得尤为重要。而雒老汉自暴自弃，放任树木被糟践而逃避不管，就尤令我爹气恼，所以就不得不批评他了。

一番有礼有节的批评，雒老汉听得心服口服，可他还是过不了自己心里的那一关，低着头为难地说：“你是场长，说的也有理，这个批评我得接受。不过，今天来不单是这事，我还有事给你下话呀！”

我爹很痛快地点头，又给雒老汉续上茯茶：“雒叔，有难心事您尽管开口，只要我能帮上忙的，绝无二话。”

雒老汉迟疑了片刻，现在才发现我爹要比我爷爷还难对付，虽然没有一句重话，但就是让他不由得生出些胆怯和心虚来。不过，这两日来的憋屈郁结在胸，逼得他不吐不快。他深吸了几口气，借着茶杯的遮掩，眼睛看着脚面轻声说：“我想着退出呀！”

此话一出，我爹和史金泉都十分诧异，相互看了一眼表示不可思议。

我爹颇有耐心地劝解：“雒叔，您这是啥念头？快收回去。莫说是我，就是老场长、我爹，还有其他几家人都不会答应的。”

史金泉接过话头，不解地说：“林场现在慢慢有了起色，我们正要大干一场，您老怎么能说退出就退出呢？是不是还为刘羊倌的事转不过弯来？那我带几个人去给您讨个说法去。”

雒老汉站起身来再次阻拦，拍了一把自己的大腿，几近哀恳地叫道：“大侄子，你们还嫌老叔的脸丢得不够大吗？你们就让我清清静静过几天安闲日子吧！”

史金泉恨铁不成钢地看了一眼雒老汉，一扭身坐到旁边不说话了。

我爹总算彻底明白雒老汉的来意了，看来他是吃了秤砣铁了心要离开八步沙了。面对钻进牛角尖的雒老汉，我爹暂时还想不出怎么去做他的思想工作，只能选择沉默相对。

雒老汉唉声叹气地蹲在长椅边上，似乎全身的精气神都被抽空了的样子。他语气沉沉地又申明：“我是下定了决心走呀！”

办公室里静静的，谁也不说话，火炉上“哧哧”冒着热气的水壶提醒主人水开了。史金泉平日话少，此时生着气更不愿意说话了。我爹掐掉手里的烟头，走过去提开了水壶，又耐心拨了拨炉里的炭火，眼睛却瞄到了蹲着的雒老汉那一头花白的头发上。看到这里，我爹心里顿时难受起来。他慢慢走过去，搀起雒老汉将他安置在椅子上，给他递上一支烟，极其诚挚地说：“雒叔，不是我非要拦着，我知道您心里是舍不得八步沙的，这八步沙能够变成现在这个样子，哪个角落没留下您的汗水呀！去年几个叔伯相继离世，您就开始闷闷不乐，话少了，饭量减小了，精神也垮了。这些我都理解，我们大家跟您一样伤心。叔，您是八步沙的功臣啊，怎么能打退堂鼓呢？”

雒老汉拿烟的手一抖，默默低下头去。

我爹的眼前浮现出一幅幅画面来，那些场景里每每都有雒老汉的身影。在我爹的语言里，雒老汉的神思也飘向了从前。

那个时候，六家人刚刚承包了八步沙，一到假期，几家的娃娃就跟着大人进沙窝帮忙干一点力所能及的小事，可以说，这些娃娃们就是在沙窝里打着滚长大的。老哥六个挖的地窝铺简陋潮湿。沙漠不比别处，白日里阳光晒着窝棚能闷死人，一到晚上气温骤降，把人冻得直磕牙。老人们普遍认为女娃娃娇气受不得苦，所以每天干完活，早早就让各家的姑娘们回家去了，而男娃娃“泼皮”，可以留宿，地窝子就成了他们几个小子的游乐园。

沙漠里没有什么休闲娱乐的游戏，大家打发时间的方式就那么几种，要么打牛九牌、要么喝上下五千年散酒侃大山，再不然就是扯了嗓子漫花儿，最高雅的活动就是磕磕巴巴地读报纸，但几个人都没有正经念过书，完整地读一篇文章简直不可能。因为有娃娃们在，酸溜溜的话儿显然不合适，喝酒又怕带坏娃娃，那就只剩下打牛九牌了。

牛九牌是武威的地方性纸牌游戏，俗语叫“掀牛”或者“挖牛”，三个人一局，余外还有数个“坐家”，大家轮流坐庄斗牌。现在有拿扑克牌来玩的，但过去的牛九牌都是专门制作，细长的纸质牛九牌或塑料牌上下两头用红色和黑色标明点数，中间绘以工笔人物肖像画，不同的人物对应着牌页的大小。最常见的就是水浒人物了，比如画了宋江的那张就是最大的牌面，俗称“天”，而一张“天”配上八和十就能组成一个组合，叫作“一路摆”，用来吃掉由二三四组合而成的“一窝鱼”。牛九里头以“牛”和“喜”为主，牛是九，喜是五，又以两张以上的牛对和喜对，或者“三牛”“三喜”为赢得其余两家的决胜牌。当然，如果你手里的牛和喜成了同花色的一对，就被称之为“母牛”和“母喜”，那便没有了威力，不顶用了……总之，武威人的“掀牛”独具地方特色，玩法和讲究变化多端、不一而足，独有一套输赢计算方式。

一人一张拿够了牌，雒老汉是头家，一看在手是一副“重天摆”和“三老虎”，可惜只拿了一张牛，没有可以赢人的东西，便说要扣牌。二家里坐着史老汉，底家是和老汉。史老汉不掀，和老汉应该有好牌，就很豪气地叫了“我掀”。旁边老场长轮到坐家，伸长脖子往和老汉的手里看，脸上露出了讳莫如深的笑。

底家要掀，雒老汉只能出牌。他先打出了一张“天”，这是最大的牌，自然谁也要不起。和老汉要了一掀，但没有接住，老场长就劝他放弃。和老汉挥挥手表示不服，仰着下巴又要第二掀。雒老汉嘴里念叨着估算二家和底家的牌，思谋片刻又打出“三老虎”来，他这一把出得有些冒险，“三老虎”只有“三天”或者“三牛”才能吃掉，而自己前面出了“一扇天”，手里还有“一副摆”，“三天”就不可能了。看和老汉的架势，莫非拿到了“三牛”？要是他真有“三牛”，那自己就必输无疑。结果二家不要，和老汉也拍起了大腿，“三老虎”是大牌，他只有一对牛，接不住。雒老汉放了心，眨巴着眼睛又说了一句扣，却挑衅地看向和老汉，问他还掀不掀了。

三个人斗牌，另三个人当“坐家”观战，都劝和老汉不要掀了。和老汉搓着头为难，但左看右看自己手里的牌势，如果不掀太可惜，就一副豁出去的架势，把手往地上拍了一把，表示还要掀。“他顶多就抱着一窝鱼子，还能有啥好牌？”和老汉很笃定地在心里说。

雒老汉淡定地抽出牌，要甩到场子上时却憋不住了，得意地嘿嘿笑了起来，把“一副摆”很有气势地摊明了。几个老汉往里一看都笑起来，和老汉绷大眼睛不敢相信地说：“你咋还有‘一副摆’呢？我这不是上当了吗？”

老场长在一旁笑着说：“我说叫你不要掀你非得再要，这回还掀不掀了？”

大家一致劝和老汉认输，和老汉也有些后悔，但还是不服气地问雒老汉接下来要出啥。

雒老汉望了一眼二家里的史老汉，笑着说：“不论我出啥，你也没机会了。我一张花十交给老史，你还敢再掀吗？他手里肯定还有‘一扇天’。”

史老汉点头，亮出他的牌，果然手里还有一张“天”牌，除了这个还拿着两窝“鱼”，还有一组小三副。和老汉也把自己的牌亮明，原来他连小三副都不吃，就指着一对牛抓牌，再有就是“四喜儿”。

和老汉指着自己的牌让大家看：“你们说，这个牌不掀，直接扣掉能甘心吗？”大家都笑起来。和老汉认输，起身去做饭，还满脸可惜地说：“你说轻易能拿上‘四喜儿’吗？我是拿了个头家牌啊！如果是我的头家，你俩就输得连明儿个的饭都承包了！”

老汉们笑得前仰后合，雒老汉咧着大嘴笑得最嚣张：“我就是等着叫你掀哩，不然这会子做饭去的就是我了！”新的一轮又开始了，和老汉去拿锅做饭，其他人继续热火朝天地玩。

老汉们掀牛的赌注往往是谁输得多谁做饭，其次是去巡林。沙地里划道道计数一目了然，几把过后，总输家就垒石块搭灶，开始给大家做晚饭，晚饭后第二个、第三个输家就骑着毛驴到八步沙深处巡林。六老汉们就是这样在大沙漠里自娱自乐，认真地守护着他们辛辛苦苦在林子里种下的树木，还有红柳、骆驼刺、花棒等适合在沙漠里生长的植物。

八步沙的伙食主要是各家摊份子拿来的面粉，还有清油、土豆、酸菜。这些东西都是大家轮流背进沙漠里的。几个大男人本也没有什么高超的厨艺，胡乱揪了面疙瘩下锅，竟也能做出一顿香味四溢的晚饭来，大家把这个饭叫作“手把揪片子”。娃娃们吃得尤为欢实，直言比家里头的饭香。只可惜沙漠里风大，一碗饭吃到底，碗底上就积了一层沙粒。饶是如此，六家人没有谁喊过苦、喊过累，各家的娃娃、婆姨也没有谁哭着喊着不让当家人去受那份罪，反而是只要空闲了就背着米粮送来。

那个时候的八步沙里，经常有这样的情景：毛驴车在前面缓慢行走，车里拉着铁皮水桶往沙窝里运水，娃娃们打打闹闹，撵着驴车在后面接水喝……

我爹清楚地记得，有一年春天，雒老汉和我爷爷进沙漠巡林，一去就是七八天杳无音信，把家里人都急坏了。于是大家自发地发动所有人去找，在沙漠深处发现他俩昏倒在了沙梁背后，再晚去一会儿，他们就渴死在那儿了。原来，他们发现了一株野生的白榆树。那是一棵半死的白榆，一条腿粗的树因为干旱少雨快要干死了，这是他们不能容忍的事情。两个人就把他们喝的水全浇了那棵白榆树，而自己却渴得再也走不动了……

“是啊，那株白榆树现今成了我们进沙漠的指向标，看着它就能辨清方向，不会迷路了。”雒老汉的思绪久久沉浸在那些难忘的记忆里，颇为向往的神情出卖了他内心的真实世界。

我爹语重心长地说：“雒叔，那么苦的日子都熬过来了，您现在却突然提出要离开，我是怕您将来后悔啊！您刚刚还说你们用自己喝的救命水救活了那棵白榆树，怎么还想着要离开呢？八步沙的绿色是你们用青春和汗水一步一个脚印地浇灌起来的，您要是放弃了，等于放弃了以前所有的付出。就为了一个淘气的刘尕五，放弃您付出一生的心血和承诺，值吗？”

谁说不是呢！雒老汉在留恋和留脸之间犹豫不决，深深地吸了一口烟垂头不语，烟雾缭绕里，一张黝黑的脸沧桑而痛苦。

我爹叹了一口气：“雒叔，您再想想。或许还有其他的办法。”

雒老汉蓦然抬头，浑浊的眼睛盯住我爹问：“别的办法？那……那我让兴国来可以吗？”

办公室里凝滞的气氛顿时活跃开来，史金泉望了我爹一眼，脸上绽开了笑容。我爹呆了呆，继而又愉快地笑道："可以啊，太可以了。雒叔，兴国来可以，但您也闲不下，还得做咱们的顾问呢！"

雒老汉神情舒展，似乎卸下了千斤重担一样全然放松，难得有了点欣然的笑意，摇摇头说："我老了也干不了啥了，兴国来就好了嘛！"说着起身往门口走，脚下也有两分解脱了的轻快。

事情最后的处理结果超出了预期，天知道我爹心里有多么喜悦。一个年轻人的加入不单单意味着接班和延续，雒兴国可是地地道道的高中毕业生，八步沙林场太需要有文化、有知识的新鲜血液了。史金泉跟我爹一个心思，他早已敏锐地捕捉到了雒老汉这个决定有多么令人期待。雒兴国能来，那就是林场的新生力量。我爹和史金泉之所以对雒兴国的加入充满希望，是因为仅仅靠自身经验已经跟不上林业科技的发展需要了，新技术的应用把文化的重要性凸现了出来，林场正迫切需要一些像雒兴国那样有知识的年轻人。

我爹高兴地追出去，冲雒老汉的后背喊："雒叔，让兴国明天早上就来报到，春季造林马上就开始了。"

雒老汉摆摆手表示知道了，然后拐出了场部大院。

五　挣扎

雒兴国今年 20 岁，在县里读高中。去年高考时，离录取分数线差了 23 分，复读了一年，今年终于考出了比上一年更好的成绩，可分数线也相应地提高了，他又一次没能考上大学。小伙子有些心灰意冷，干脆赌气不念书了，跟着村里的副业队去邻市打工，半年下来受了些苦，不但把心气儿磨平了不少，还把原来麻秆似的书生身体锻炼成了满身肌肉的棒小伙。雒老汉对此也准备认命，打消了让儿子继续复读考大学的念头。只是，雒兴国上学时，有个女同学跟他要好，人家虽然也名落孙山，却去了村小学当民办教师，雒兴国就怕那女孩子因为自己安心当个农民而看不上自己了。可实际上，那个姑娘不是“势利眼”，昨天两个人遮遮掩掩着见了一面，姑娘告诉他，自己并不在乎身份，只要他懂得上进就行，还支持他今年到新疆去打工。听说那里的工资高，雒兴国想着多挣点钱，将来也好向人家提亲。

真是计划不如变化，盘算好的事情全都被他爹打乱了。雒兴国面对雒老汉要他到林场去上班的事万分不情愿，梗着脖子叫嚷着，抗争着。

“爹，林场我不去，您打死我，我也不去。”雒兴国的牛脾气比起他爹来真是青出于蓝而胜于蓝，为此，父子俩嚷得惊天动地。

雒老汉也气恼，平生就好个面子，怎么能出尔反尔呢？便也强硬地对着儿子一顿吼：“不行！你就是死也得给我死在林场。我已经答应高场长了，明天一早你就报到去。”

雒兴国眼睛里转着泪花，不明白向来偏疼自己的老爹哪根筋不对了，委屈地问道："那你咋不让大哥、二哥去，凭啥苦活累活就是我去？"

雒老汉也有苦衷啊！老一辈人的心目中，娶媳妇单过的儿子在某种程度上就几乎跟你平起平坐了，户口簿上，人家可是户主了，他哪里还能随意使唤呢？何况是这种顶替自己去受苦的事情。就算哪个儿子愿意为老爹分忧，不是还多着儿媳妇那一关吗？雒老汉只能对着小儿子实话实说："你大哥、二哥娶媳妇分家单过了，我只能指派得动你。"

雒兴国怔了怔，从来没有意识到娶媳妇还能多出这么一个优势来，想起正跟自己秘密要好的姑娘，他不由得红了脸，为了以后的好日子也顾不上害臊了。他继续嚷嚷："那我不娶媳妇了？进了沙窝风吹日晒的，一年半载过去就给折磨成干瘦小老头了，谁家的姑娘还愿意嫁啊？再说了，沙窝子里去了能挣上钱吗？没钱拿啥娶媳妇？本来……本来英子还说跟我好，等我今年去趟新疆挣了钱回来就请媒人上门。您这不是害我吗？哪有当爹的是您这样的，盼着儿子走背字呀？"

一口气说完，雒兴国只觉得心都要从胸腔里跳出来了，只希望老爹看在自己的实际困难上改变主意。那个鬼地方他才不要去，整日里跟风沙打交道，把人折磨得不成个人样，他十分怀疑他爹额头的皱纹里是不是随时都能抖搂出沙子来，或者里面还有一只过冬的蚊子也不一定呢。

雒老汉也很意外，儿子的吵嚷声里竟然提到了这么重要的事情。原来在不经意间，儿子已然长大成人了，懂得为自己的将来打算了，还悄没声息地把终身大事也解决了个七七八八。雒老汉欣慰的同时又有些愧疚，半辈子都扑在了八步沙的治沙造林上，不知不觉，那个拖着鼻涕、细胳膊细腿的小子就长成了高高壮壮的小伙子了。看着他嘴唇上方青青的胡茬，雒老汉是骄傲的。但是，儿子瞪着眼、梗着脖子的神情又提醒他，此刻还不是心软的时候。他硬起心肠拍了一下桌子，使出最后的撒手锏："放屁！是你爹重要啊还是那八字没一撇的丫头重要？你要不去八步沙，就不要认我这个爹！”

雒兴国果然被雒老汉彻底唬住了，无奈而激愤地跺了跺脚，一转身跑了出去。

村小学在农具厂和村委会大院的边上，过完年刚开学，校园里的背阴处，沿墙根还残留着一线雪痕。正是下课时间，孩子们追逐嬉闹，欢笑嘈杂。一位年轻的女老师与学生们玩耍，两条辫子在她的肩头跳跃着青春的舞步。雒兴国站在校门口偷偷往里看，校园的味道触痛了他的鼻翼。揉了揉酸酸的鼻头，雒兴国打了一个响亮的喷嚏。年轻的女老师并没有注意到校门口的动静，老校长却晃晃悠悠走了过来。等雒兴国意识到准备要走时，老校长已经站在了他的面前。

“小伙子，你找谁？”老校长已经认不得这个他曾经教过的学生了。

雒兴国下意识地站直，仍然像小时候被老师提问时的情形，急忙回答：“没，没找谁……”

老校长狐疑地打量了他一遍，很负责任地警惕起来：“这里是学校，看你这个年纪也不像家长，说，你鬼鬼祟祟的到底要做什么？”

雒兴国张嘴想要争辩，老校长严厉的目光却让他迟疑了一下，如果跟他说自己来找英子，估计老校长就得拿棍子赶人了，他只好讪讪地笑着，转身走开了。

老校长或许觉得这是一个游手好闲的混混，锐利的眼神刮了一眼雒兴国，亲自动手关上了学校的铁门。

雒兴国走了几步，背后传来上课铃声，他带着丝丝哀愁、满腹心事，极不情愿地离开了学校。此时此刻，雒兴国竟不知道该往哪里去。

雒兴国胡乱溜达着，还是回了家。刚进院子，就闻到了妈妈的味道，那是晚饭熟了……清油炸羊胡花的香味飘满了院子，引诱着雒兴国流下了哈喇子。哎，不对呀，妈今天不是去了姑爷家看外孙子去了吗？还说了要在姑娘那儿住几天……妈妈不在家，那晚饭肯定就是老爹的手艺了。想到是爹做的饭，雒兴国一下子泄气了。可是已经闻到饭菜的香气，肚子就很不争气地“咕噜噜”唱起了空城计……他不由得咽了咽口水，一步一蹭地走进了屋里。

父子俩互相赌气，谁也不肯让步，沉默地吃着手把揪片子，只有筷子和碗碟碰撞的声音以及各自嘴巴里咀嚼、吞咽饭菜的响动。也许，彼此还一边吃饭一边动脑筋，为了如何说服对方而费力琢磨。

屋里安静，就显得屋外的动静格外清晰。正在尴尬中，外面一个清脆的女声传来："兴国在家吗？"

雒兴国眼皮抬了抬，偷偷看了一眼老爹，略有扭捏地放下碗走了出去。

雒老汉木着脸，极力装出不屑一顾的淡定，等儿子出去，他赶紧起身，悄悄走到门边向院里看去。

院子里俏生生地站着一个姑娘，夜黑看不清长相，但今天兴国已经嚷嚷过了，是那个叫英子的姑娘来了，怀里还抱着两本书，跟儿子面对面站着说话，好像挺般配的样子。雒老汉嘴角扯开了一丝笑，走到窗口处，继续看着这对年轻人，他想知道，他们的关系究竟发展到了什么程度。

院里，雒兴国站在英子面前局促地挠着头，不好意思地问："你怎么来了？"

英子大方地笑道："我不是带信让你今天下午去趟学校吗？你没去找我，我只好自己来了。"

雒兴国想起自己下午在学校门口的糗样，还微微有些懊恼，都这么大了，见了老师还会紧张成那样，这让他觉得丢脸，只好顺口撒谎："我忙，所以……"

英子明白雒兴国是害羞。农村里还是封建，她和雒兴国自由恋爱，在城里不算什么，要是在村里传开，那就成惊天大新闻了，会被大家当成笑料来谈论。英子也胆怯，只能借着同学的关系假意送书，来看看雒兴国为什么爽约。听了这话，英子便笑嗔道："你有多忙我还不知道。不是说要再复读一年吗？我给你找了参考书，可你总不来取，我只好送来了。"

雒兴国心里的痛苦没办法说，瞥了一眼自家窗户里的灯光，只觉得灰心。

心爱的姑娘含笑站在面前，这么美好的英子，如果自己去了八步沙，恐怕就只能是望尘莫及了。想到这里，雒兴国干脆直白地说：“其实，我骗你的。复读了两年也没考上，我今年不准备复读了。”

英子早就听雒兴国说了要去新疆打工，于是便点点头给他打气：“哦，三百六十行，行行出状元。不论干啥，只要用心做，都会有出息的。”

雒兴国深叹英子的确是个好女孩，他没有看错她。为了能够对得起两个人自小的情谊，他不能容许自己有事瞒着英子。这样一想时，他释然了，不无落寞地又说：“可是，我爹今天说，非让我去八步沙林场呢。”说完急忙盯住英子的眼睛，此时，他的心情复杂得难以描述，既不希望看见英子对他失望，又情愿英子对此能明明白白地有个态度。但是，他还是希望以后继续有英子这样的好朋友。

英子愣了一下，雒兴国清楚地看到她意外的表情，他的心就沉沉地冰凉了一大半，颓败地转头不敢再看下去。是啊！雒兴国，你凭什么会以为英子真的不计较你的身份，愿意像很多农村妇女那样一辈子跟着你翻地、割麦，泥头泥脚地蹉跎光阴呢？英子是有文化的人，是受人尊敬的老师，尽管她现在只是一个民办教师，但依然是区别于自己这个农民的。雒兴国纠结着、痛苦着，正要开口体面地告别，结束这段不可能有结果的感情时，英子却突然笑了。

英子一把揪住雒兴国的袖子，眼神明亮得如同夜空中的星星：“那也挺好的呀！绿化八步沙、保卫我们的家园，这是环保的主要内容啊！也是大事业，我支持你！”

被英子揪住袖子，两人离得那么近，英子淡淡的体香让他心里突然升腾出一股暖意，如喷泉一样汩汩上涌。雒兴国定定地看过来，不确定地问：“英子，你真是这么认为的吗？”

英子爽朗一笑：“对呀！那可是既伟大又高尚的工作，比我在村校当民办老师还要有意义。告诉我，你啥时候去？”

雒兴国已经懵了，脑袋里晕乎乎的，比夏天跳进河里狗刨了一阵子还觉得爽快。于是，他微微气喘道：“我爹说明天。只是……”

英子打断他，开心地说：“太好了！明天星期天，我和你一起去，顺便看看我们去年在八步沙里义务植的树长得怎么样了。”

雒兴国还在发蒙，不敢相信眼前的一切。

英子把怀里的书按到雒兴国手里，替他做了决定：“就这么说定了，明天你在村口等我，咱俩一块儿去八步沙。”

雒兴国木木地点头，说出来的话不似自己平时的声调：“那……那我明早等你。”

英子笑着剜了他一眼，一转身快步走出了雒家的院子。

雒兴国呆呆地盯着院门，驻足目送着英子的背影。直到此刻，他还是没有回过神来，像在做梦一样。

偷偷目睹了院里两个年轻人见面的雒老汉，这时候把心妥妥地放到肚子里了。他回到饭桌前，把一碗饭吃得呼噜山响。这是个好女子呀！如果真的成了我雒家的儿媳妇，我不就可以昂首挺胸地走在人前了吗？

雒兴国眉头舒展，脚步轻快地回来了。这时候，他明显地感觉到屋里的气氛已经不再沉闷了。父子二人相互看了一眼，雒兴国难为情地低下了头。

雒老汉笑眯眯地问儿子：“那女子就是英子？”

兴国微红着脸，鼻子里嗯了一声。

雒老汉适才完完整整地听到了他们的谈话，对英子的深明大义非常赞赏。这个犟牛一样的儿子，自己没有说动，却被那丫头三言两语说动了，就乖乖地听话，愿意去林场了。英子这丫头，这件事办得漂亮，令他甚为满意。雒老汉不由得点头称赞：“是个好女子！”

兴国脑子转得极快，明白他爹是听到了自己和英子说的话。心爱的姑娘得到家长的称赞，他有些莫名的骄傲。可是，关于去林场报到的事，兴国有自己的打算。虽然英子同意他去八步沙，但他的心里依旧是不情愿的，即便不是为了英子，他也没想过把自己的人生和前途交给八步沙。

前些天英子推荐给他一本书，是女作家三毛的作品，说实话，他看不进去，主要就是因为书名，一看到沙漠，他就条件反射地排斥。但英子笑骂他不懂感情，不懂浪漫。兴国嘴上没说什么，心底里却是反驳、质疑的，如果在沙漠里流浪也叫浪漫的话，那自己的老爹他们，难道半辈子都是在浪漫之中度过的吗？天呐，不要幼稚了好不好？一辈子灰头土脸，弯腰撅屁股地种树，什么时候是个头啊？再说，“5·5”沙尘暴的教训还不足以说明沙漠的残暴无情吗？反正，兴国对沙漠既厌憎又畏惧。沙漠沙魔，那就是一个魔鬼，无论如何让人生不出什么亲近和好感来。

大不了先去应付几天，等找个合适的时机再离开林场，这样既不得罪自己的老爹，又能兼顾英子的情绪，真是两全其美。兴国有了盘算，嘴上不再抵触，低声嘟囔道：“好有什么用？很快她就看不上我了，人家可是老师。我将来可是个黄天背上老日头，在大沙漠里下苦的农民，钱少还老得快！”

雒老汉看不上儿子不自信的没出息样儿，想了想便安慰他：“那有啥？不还没转正嘛！等你将来把我们八步沙治理成世外桃源，说不定英子也会想到咱们的八步沙来工作的。所以，你们配得上。”

兴国单纯得厉害，抬头热切地盯住老爹：“世外桃源？真有这个希望吗爹？”

雒老汉逼自己坦然起来，心里打着鼓，脸上却十分镇定地回答：“那当然。我们也是有想法的八步沙人。你想想，八步沙绿了，不就成了鸟语花香的地方了？到时洋房别墅任你挑，给你个省城的高楼大厦你都不换。”

原来老话说的果然没错，爹妈还是偏心幺儿子。如果八步沙真的成了世外桃源的话，英子和自己的事肯定就板上钉钉了。可是，八步沙就那个样，怎么可能成为世外桃源呢？这样的事情，肯定是老爹给自己宽心的。这样的结果，别说我不相信，恐怕我爹也不相信吧。想到这里，兴国故意咧嘴笑了，给老爹一个他已经看到了那个想象中的“世外桃源”的表情：“爹，我听您的话，我明天就去林场报到。”说完，收拾了碗筷，积极地刷锅去了。

兴国没有看见自己老爹此时的脸色，那眯着眼睛的样子，十足十就是一块辛辣的老姜。雒老汉自以为成功地哄骗了儿子，自以为儿子已经相信了那个遥不可及的“世外桃源”了……他掏出烟袋慢悠悠地卷了一根旱烟，心里含着笑嘀咕：“不给点秕谷子，哪能套上雀娃子！”

六　默契

场部大院挤满了人，都是报名去义务植树的，里面就有我大舅舅和大舅妈两口子。一场沙尘暴生生夺走了宝娃表哥，舅妈几乎哭瞎了眼睛，悲剧却无可挽回，那个年仅八岁的生命带着亲人无尽的怀念化作了一抔黄土。这一切，都是可恶的黑风暴惹的祸！在哀戚伤痛中萎靡了这么长时间，再走出家门时又到了一年中风沙最猖狂的时节，他们这才深深理解了我爹的心思。现在回头再想一想我爹的话，舅舅便觉得万分有道理，“我们活着不就是为了娃娃嘛！沙漠治不好，妖风就止不住。”我爹说的话字字敲打在他的心上，所以，舅舅决意治沙，大约也是有一份对风沙刻骨的仇恨在其中。

和生和史金泉坐在条桌前做登记，一遍遍地告诉报了名的人几月几号进沙漠。

我爹满意地看着院里的人群，看到越来越多的人对防沙造林的认可并乐于加入，他的眼前仿佛出现了八步沙荒漠一寸寸变成绿地的动态景象。

老场长笑着接过我爹递给他的烟，他对我爹的夸赞从来不吝口舌：“高山，你这招真高！过年闹社火时宣传得也到位，没想到能吸引来这么多人！”

“人多力量大嘛！动脑筋和干活都一样，人多了就能想出办法来，这是大家的功劳。”我爹骨子里有如泥土般实诚。

老场长吸着烟跟我爹唠叨，他昨天也见了雒老汉，听了他想要退出林场的请求。毫无悬念，雒老汉在他那儿也碰了一鼻子灰。当初六家联合承包时有约定，哪有说走就走的道理？不过，他听说雒老汉让我爹给说转了，要让小儿子来顶替，老场长就气顺了很多。

我爹还是有些担忧，虽说他看好雒兴国，但就怕那娃娃才出学校门，年纪太轻吃不了苦。

老场长微有懊恼，在我爹跟前继续唠叨："老雒呀真是年纪越大脸皮子越薄了，他是活出花花心思来了。看林子、护林子，打架骂仗不是常事？就他老脸值钱？在八步沙护林，哪有不得罪人的道理？难怪你爹夜黑里来找我抱怨呢！"

都是老小孩的行为。我爹忍不住大笑："秦叔，您也知道我爹那个脾气，估计昨天雒叔也没落什么好。不过，林区管护再有困难，总打架、骂仗也不是事，伤和气还伤身体。以后不论对谁，还得尽量以说服教育为主。毕竟法制社会了嘛！再说咱们林场也会及时编写一些制度，来规范工人和外来入侵者，这样我们将来遇到问题就有据可循了。"

老场长在鞋底上磕了磕烟灰，站起身出门，对我爹越发欣赏："要不说年轻人脑子灵泛呢！林场有你们，我们老家伙们放心。"

雒兴国如约前来报到，从场部院里络绎的人群中走过，来到办公室门前。英子对着踟蹰的兴国努努嘴，示意他大胆进去。雒兴国掀起门帘站在旁边，意思让英子先进。英子好笑又好气地瞪了他一眼，大大方方地走进了林场办公室。

刚送走老场长，我爹正准备出去帮忙，看他们进来便热情地招呼："哟，王老师、兴国来啦？快请坐。"

英子笑着打趣："高山哥，你咋还跟我这么客气！什么王老师啊，你还是叫我英子吧，不然我也叫你高场长了！"

我爹含笑打量了一眼英子和雒兴国，他很敏锐地觉察到了两个年轻人之间甜腻的关系。当下自由恋爱在农村还不被接受，老人们的封建思想根深蒂固，认为婚姻必须要遵守父母之命媒妁之言。看来这两个年轻人的恋爱道路已经开始了呀！他也不说破，转而对雒兴国进行了一通鼓励，欢迎他成为林场的一分子。

雒兴国最关心的问题并不是八步沙的明天如何，而是他爹说过的另外一个话题，就是在林场工作有没有出路的问题："高山哥，我爹说，将来的林场是花的世界，是世外桃源，还说在八步沙工作，也可以成为正式职工，这是真的吗？"

听到这样的话，我爹的第一反应就是雒老汉为了说服雒兴国，看来是下了一番功夫的。但他也意识到，这是雒老汉为了哄这娃娃来八步沙编的借口，可见雒兴国开始肯定是不愿意的。这前面的话没有任何问题，可这后面的话就不好回答了。雒老汉这是把包袱甩给了我爹。说了实话，雒兴国肯定不干。如果为了留人，我爹就得帮着雒老汉圆谎，将来谎话穿了帮，雒兴国也不能只怨他这个当爹的。雒老汉打得好算盘！我爹哭笑不得，脑子里快速想着该怎么回答。

英子聪明，一个眼神就大概明白了问题的关键，赶在我爹前面打岔："高山哥，你知道吗？你们现在可是我们的偶像呢！"

我爹很不解，但乐得此刻有个话题给自己解围，便颇有兴味地看着英子笑道："哦？我们就是一帮子钻沙窝吃沙子的，撅着屁股干的土农民，咋还成偶像了？"

英子满脸的欣喜和发亮的眸子带着崇拜，一脸的与有荣焉："农民又咋了？八步沙林场治理荒漠的先进事迹都上报纸、上电视了，你们是名副其实的英雄了，不知道是多少人心目中的偶像呢！"

我爹似乎有点明白英子话里的意思了，便又打量了一眼旁边的雒兴国，笑着道："你们年轻人还真时髦，追星追到我们八步沙来了。"

果不其然，英子调皮地使了个眼色给我爹，一本正经地说："高场长，其实我今天是陪兴国来的，我这个老同学马上也要成明星了，我怎么也得送他来吧！"

雒兴国微红了脸，英子聪明的打岔让雒兴国忽略了疑问，腼腆地低声道："英子，你别胡说。"

我爹用眼神求证，英子微不可查地点了点头，他心中了然，爽快地接话道："英子老师的意思我明白了，我一定把兴国培养成咱八步沙的明星，将来让你也脸上有光。”

英子再从容大方，被我爹道破也不由得羞赧，和雒兴国双双红了脸。我爹也向英子点了个头，两人默契地笑了。

而雒兴国还在害羞中一脸懵懂。

雒兴国的事皆大欢喜，有雒老汉的动员和哄骗在前，加上英子的极力促成和我爹的配合，三方默契地合作下，将雒兴国成功地留在了八步沙林场。我爹一直都很佩服英子的眼光，那个时候林场还在起步阶段，她是凭什么肯定将来的八步沙会有所作为，而劝雒兴国留下的？很久之后，在英子和雒兴国的新家里，英子才告诉我爹，没有任何依据，她就是为了一颗不肯屈服的心，还有和我舅舅一样对沙漠的仇恨。因为，那年的沙尘暴，她是二年级的班主任，而我的宝娃表哥正是她班上学习最好的一个娃娃。如果没有那场风暴，她断定大家能够看到宝娃考上大学的一天。英子一直有个遗憾，就是没能上大学。不是她不上进，而是家里姊妹多，家境不好，没有让她复读的条件。她多么希望村里能多出几个大学生啊！也好圆一圆自己的大学梦。英子为着这个原因，才极力促成雒兴国留在了八步沙林场。只有治理好荒漠，风沙才不会继续为害。那八步沙的明天，就是光辉灿烂的了。

这些天，林场里依然热火朝天地迎接着治沙造林的队伍。林场大院外的墙上用白灰刷了标语：“治沙造林，绿化八步沙。”这斗大的九个字鲜艳而张扬，似乎表明了八步沙人治沙造林的决心。我爹和史金泉为了把大字写得好看，之前可是在地上练了又练。史金泉把过年给大家伙儿写对子的劲头拿出来，终于完成了自己的四个字。等到我爹也写完，两厢里一对比，都各自夸耀着自己写的某一笔比对方的要好，甚至还拉了和生跟钱老汉去评判。可惜两个裁判几乎都是文盲，他们只是胡乱应付着夸赞。可不管怎么样，大家还是非常开心的。

一般情况下，这种场合，吕急人是不参与的，他就像一个离群索居的另类，对什么事都嗤之以鼻，与其让他丢冷话来刺激你，还不如自动把他忽略。尤其在我爹当了场长以后，吕急人除了做些场里分派给他的事外，其他的事情，包括力所能及的事情，他一概不理会、不问津。八步沙林场的人都习惯了他的阴阳怪气，每天早晨看他懒洋洋地前来点个卯，然后懒洋洋地出了场部大门去巡林，他给大家的印象仅此而已。

不过，吕急人负责管护的林区却是几大片中最齐全的了，他能把附近放牧的羊倌挨个儿叫出名字来，与他们相处得也十分融洽。那些羊倌见了他都要礼让三分，从不把羊群赶到他负责的片上去放牧。大家都很好奇他有什么秘诀，也有向他请教的意思在内，但吕急人总是鼻子里哼一声，用那种只可意会不可言传的眼神瞭你一下，然后懒懒地、自得地走过去，什么话也不说。

“有啥了不起的？不过就是没有当上场长，跟神经病似的。”雒兴国第一天巡林见到吕急人，遭到他的蔑视以后还在耿耿于怀，见到英子后，他如此在英子面前抱怨。

英子像姐姐般地开解雒兴国：“你行啊兴国，才去了几天就知道了林场这么多的内部情况！对了，你咋知道人家是因为没有当上场长就变成那样的？”

雒兴国挠着头笑，得到英子的夸奖让他很开心：“我也是听别人说的，如果不是高山哥改变主意又留下来，吕急人很有可能接任场长呢。不过那么一个自私强横的人，要是当场长，八步沙就彻底完了，估计我们住的地方都要成沙漠了。”

英子笑着说：“你们才几个人，都是大老爷们，还传闲话！”说着话锋一转：“你看，林场也没你想象的那么不能忍受吧？加油，我相信你！”英子知道，兴国就是一个刚刚步入社会的小呆瓜，还需要好好地锻炼。兴国扭身从兜里扯出一条红纱巾，温柔地给英子围上，蓝天下，红色的纱巾与英子美丽的面容交相辉映，站在沙丘上，像一幅美女图。

两个人四目相对，彩霞顿时飞上双颊，羞得不知说什么好……兴国不知道下了多大的决心，才红着脸抓住了英子汗津津的手，眼睛里喷着爱的火焰，喃喃地说："英子，你真美，简直，简直像个仙女。"

英子羞涩地甩手跑了，一边跑一边回头喊："兴国加油，你是我的偶像！"雒兴国点点头，使劲地追了上去……

雒兴国开心极了，每次跟英子见面，他总有不少的收获和惊喜……

这一天，吕急人一如既往地去巡林，他自然是不在乎别人如何议论他的，谁吃谁的饭，谁干谁的活，谁怎么说就让他说去，天塌不下来。

吕急人晃晃悠悠地蹬着自行车进了林区，正要找个暖和避风的沙坡睡觉，却听到了羊叫，循声过去，看见一大群羊正在他的片上吃草。是谁这么不懂事，跑到这儿给自己添堵来了？

吕急人心里窝着火，大声喊着走到了跟前："哎，谁家的羊？有没有人管？"

树背后钻出一个瘦猴样的小羊倌，一边低头系着裤带一边趾高气扬："我家的，咋了？拉个屎都不让人消停啊？"

吕急人刚好站在高处，听声音就知道是谁，抓了一把沙子扬到羊倌的头上，瞪眼骂道："我当是谁，原来是狗娃你这个怂啊！"

羊倌狗娃也认出了吕急人，抬手刨着帽子上的沙子，嘿嘿笑道："哦，是三大呀！"

狗娃殷勤地迎上前，从怀里掏出一盒香烟来孝敬吕急人。

吕急人伸手接过一支，转身往林区外的沙坡上走，林区是不允许抽烟的，以免引起火灾。

狗娃更加殷勤，赶紧掏了打火机给吕急人点烟。

吕急人坐到沙堆上，美美地吸了一口香烟。这烟就是香，难怪叫它香烟呢，就是比自己随身带的烟袋里的旱烟好入口。一支烟两三口就吸没了半截，狗娃又抽了一支，笨手笨脚地给吕急人别在耳朵上，讨好地挨着他坐到了一旁。

吕急人满足地吐出一个烟圈，看着它被风瞬间吹得不成样子，转头问狗娃："不是早跟你爹说这儿不让放羊的吗，咋还来？"

狗娃笑得理直气壮，两手一摊回答："三大，不让到外面放羊，那羊吃啥啊？没了羊，我们家吃啥？"

吕急人伸脚踹翻了自己的侄子。

狗娃挨了一下，搓着腿无辜地嘟囔："三大，你干啥还动手了？我说的是实话嘛！这么多羊，不赶出来放，难道还圈在家里跟人抢着吃？八步沙的草白白长得那么高，不让自己的羊吃，留给哪个？"

吕急人责备地瞪了一眼侄子，从耳朵上取下另一支烟，往只剩了烟屁股的那支上接，很不满地说："你懂个屁！那你不会赶到别人的片上去放，故意给你大找事呢？"

狗娃抠着鼻子嘿嘿笑，颇有些幸灾乐祸："别人的片上更不让放了，下话又下不进去，闹不好还要打架咧。那天，刘羊倌还和雒老汉打架来着。"

吕急人没好气："那你就不怕我也捶你？"

狗娃故作委屈，怪声大叫起来："三大如果都不顾我们的死活，那我们养羊的人家可就真没活路了。"

吕急人比较满意狗娃的态度，含笑叱骂他："尽给我惹事。你去告诉刘羊倌，让他买点罐头啥的去看看雒老汉，别把自己的路走绝了。"

狗娃高兴地站起来，拍着自己屁股上的沙土爽快道："哎，都听三大的。他们说，过两天我们几家杀羊凑份子请三大喝酒去。"

吕急人嫌弃地推了一把狗娃，让他离自己远一些，狗娃屁股上的沙尘顺风刮到他的脸上来了。吕急人抬手遮挡着风沙，也站起来，在狗娃的屁股上又踢了一脚，命令他："羊脖子给老子留着！"

狗娃忙不迭地答应。

“我去那边转转，你的羊就在这边头边脑的地方放吧，差不多了就赶回去，别落了别人的眼，让你三大难做。”吕急人甩下这句话，转身往另一边去了。

狗娃不敢违逆，在他身后点头如捣蒜。

七　春潮

轰轰烈烈的春季造林运动开始了。今年的规模不同往年，通过八步沙林场的宣传和县上的支持，不少的村民自发报名，还有县上各机关单位组织的队伍，总有近千人的架势。车辆停在公路那边，进沙漠依然要徒步，而且每个人都不能空手，或背草或扛树苗或拎水桶还有种树的工具等等……老场长卸下肩上的一捆树苗，站在沙梁上看着长长的队伍走来，顿时激动起来，这样的劳动场景勾起了老场长在他风华正茂的年纪里治沙造林的记忆。

浩浩荡荡的人群投入到广袤的大沙漠，瞬间就显得微不足道了。对于腾格里来说，这些人类何其渺小，跟一队蚂蚁走在荒漠里没有什么区别，大漠拿出狂暴的风沙毫不留情地对付这些充满豪情的血肉之躯。在这乍暖还寒的时节，朔风夹着沙粒一遍遍地从人的身上扫过，粗糙而冷硬的空气就像是后娘的手，拂上脸庞阵阵生疼。

护林员们此时都担任了技术指导，到处跑着给大家做植树示范。我爹亲自带着由附近村民组成的一个小队，向他们传授沙漠种树的一些必要知识。只见他跪在沙地里，把一株树苗小心地栽进挖好的沙坑里，填埋沙土的时候利落地抓了一把麦草，在树苗一边围起了一道小小的屏障。起落间行云流水，村民们还没有反应过来，一棵树已经栽好，我爹熟练的动作引起了人们一片称赞之声。

有村民不解地问：“高场长，栽树为啥还要用麦草把它围一半？”

这个问题是许多人的疑惑，我爹耐心地给大家解说：“为了防风呀！有麦草做防护圈，抵御了多半风力，树苗就能安然扎根。一棵树一把草，压住沙子防风掏嘛。”

另一个村民问得更细：“一把草就能压住沙子？不如多压点麦草进去呗！”

我爹不由得好笑，诙谐地说：“风沙不但吃树苗子，还吃票子。一斤麦草五分钱，只够分三把、压三棵苗。收你家麦草的时候，可没见你大方多给几斤，跑到这儿败我的家来了。”

众人哄堂大笑，都按照我爹刚刚示范的流程栽起树来。看着容易做着难，村民们笨手笨脚、歪歪扭扭地种了一排下去，与旁边我爹又快又整齐地栽下去的形成了鲜明的对比。大家这才知道，看似简单的劳动，要做好还有很多学问，便逐渐收起玩闹的心思，认认真真地效仿着干起来。半个上午过去，腰酸腿疼的、龇牙咧嘴的人比比皆是，人群已不复初进沙漠时那般踌躇满志了。本以为是谈笑间樯橹灰飞烟灭的事情，没想到实际情况却成了“万马齐喑究可哀，同向春风各自愁”。原来荒漠治理竟是这个样子的,里面的苦累超过了人们的预料。看看还在佝偻着腰默默劳作的林场工人们，其他人真是别有一般滋味在心头。

咬了牙坚持着干到了中午，平时做农活习惯了的人还可以，县里机关来的干部同志们却都一屁股歪倒在沙地里，哎哟呻唤着开始休息。大家三三两两坐下来，从包里拿出自带的干粮吃午饭。这又是一项考验。馒头烙饼就着凉透的白开水，八步沙治沙造林期间的一顿午饭仅此而已。

中午有一个小时的休息时间，有些人吃饱了就跑到沙梁上去看风景，这类人多数是来自县城机关里的女同志，她们大多有一颗浪漫的心，还有充满想象力的头脑，首次进入真正的沙漠，劳累之余更有新奇的感觉。而另一些人却趁着中午难得的好阳光，四仰八叉地躺在沙坡上小眯片刻。

我爹身旁围着一群村民说说笑笑。有人提议：“高场长，你是有文化的人，给咱们讲个故事吧！”

我爹爽快地答应：“行，我就给大家讲一个。”

年轻人鼓掌期待。

我爹起身，指着荒漠缓缓道：“大家伙听过杨家将征西吧？其实，咱们这儿就是当年杨家将屯兵牧马的地方，过去这里是风吹草低见牛羊的草场。后来，树木被砍伐，草坡一块块消失，水流也逐渐干涸，慢慢就变成了今天这个样子。”

一个村民插言问道：“不是老辈儿传下来说这里先是有个沙洲城的吗？”

我爹拉开架势继续讲，沙洲城的传说由来已久，甚至还有“先有沙洲城后有凉州城”的说法，武威人口口相传，既当作故事又当作历史来听。究竟有无实据可查，因为年代久远，谁也说不清楚，但不可置疑的一点就是这里曾经土地肥沃、水丰林茂，存在过人类文明。传说之类大多具有浓郁的神话色彩，种种关于沙洲城的传奇故事，都离不开一段人与仙相爱相杀的桥段。故事里总有一个具有绝对权力的可恶的掌权者，然后美丽的仙女爱上了当地的纯朴小伙儿，不被礼法允许的爱情触怒了天神，一场天灾毁灭人类，真心相爱的两个人被迫分开，但女主人公舍命搭救，这才为人类带来了一线生机，繁衍了血脉……

传说尽管离奇，但又何尝不是人们理想的体现？我爹含笑给大家普及沙洲城的情况：“全国有四百多个沙洲城，我们这儿就算其中一个，说明咱们生活的这片土地过去是有过草场的，并不是一开始就荒无人烟。”

村民们更加好奇了：“高场长，既然这儿以前是草场，现在还能恢复吗？”

我爹循循善诱：“能啊，为啥不能！只要咱们都来种树，树木把风沙挡住了，将来就一定能让沙漠变回草场。到那个时候，你们就会成为比杨家将还厉害的人了。说不定也有人像今天一样，坐在这儿讲起咱们的故事呢。”

村民开玩笑地冒起了酸水：“真要到那个时候，人家肯定是坐在树荫下讲故事，哪像咱们黄天背上老日头啊！”

我爹笑他：“啥人家？那是咱们的后人呀！孙子、重孙子……前人栽树后人乘凉就是这么来的。”

大家深有感触，七嘴八舌道："对着哩！为了咱们的后人子孙，这个沙得治！"

众人你一言我一语地聊着天，沙漠里一阵一阵的谈笑声随风飘远。

沙梁背后有人颇有兴致地唱起了花儿，清亮亮的声嗓、酸溜溜的词儿，给大家提神又解乏：

石崖头上的山丹花，

刺玫花把人的手扎，

人前头见了不好搭话，

你大眼睛一闪了给个回答

……

吕急人在远离人群嘈杂的地方找了一块沙坡斜躺着闭眼休息。

有人鬼鬼祟祟靠近，吕急人听到了动静但懒得睁眼，眼皮子抖了一下，说明他是醒着的，来人便快速往他的兜里塞了一包烟。

"别来这一套，有啥事就说！"吕急人这才睁开眼睛，看见来人是他们村的一个熟人，叫小娃。

小娃谄笑着坐在吕急人边上道："三哥，我屋后有块林子，年年栽树都活不下几棵，人说是树苗子不行。你看，你们林场的树苗能匀给我一点不？"

吕急人一听瞪起了眼，掏出烟扔回了小娃怀里："滚！我就说你小娃不是个心甘情愿来挖沙种树的，原来还打着这个主意呢？"

小娃把烟又塞回去，世故地说："三哥，这烟你先抽着，兄弟这不是专门找你来的吗？今晚让我家婆娘到你家去跟嫂子学针线，不白学。"小娃连说带比，做了个数钱的手势。

吕急人不动声色地往四周看了看，确定没人偷听，才故作为难道："你倒是眼睛毒，看出这些树苗都是精挑细选来的。不过，林场的树苗子是花大价钱从其他的大林场买回来的，场长说了一棵都不能少，你这不是让我为难吗？"

小娃急忙拍马屁，讨好地对吕急人说：“三哥一向对人和善谁不知道？这个忙务必要帮啊！再说了，当初要不是高山又留下来，你可就是场长了，几棵树苗子的主还做不了？”

吕急人哼了一声，不说成也不说不成。

狗娃掐准了吕急人的脾气，执着地继续问道：“三哥，你看这……”

吕急人想了想，低声道：“明晚上我值班，林场后墙根等着，利落些，别让人看见。”

小娃连连答应，笑着离去了。

八　愚公

俗话说一年之计在于春，经过了一个月的辛苦劳作，大家披星戴月在八步沙鏖战，终于如期完成了今年的造林工作。这当中有些人整个过程都坚持下来了，比如我舅舅，也有些人干了几天或者是十几天就不来了，都能理解，在沙漠里植树毕竟不是个轻省活，吃不了苦或不愿意吃苦也在所难免。尽管上千人的植树队伍到后面就剩下了几百人，但总体还是跟预期的差不多，栽下去了近四千亩树苗，比往年多增加了近一千亩。放眼望去，随着沙坡的起起伏伏，一块块林地在沙漠灰黄色的皮肤上刻画的线条棱角分明。奋战三十天，育林四千亩，苦虽苦，但这个辛苦异常有价值。

每年春秋两次造林活动，是八步沙人最辛劳的时节。我爹常说："人与沙漠的抗争是一场没有硝烟的战争。"人们将树木栽进沙漠，逐步有了盎然生机的同时，沙漠也不会坐以待毙，它天生就是一个暴戾份子，总会以各种破坏行为来负隅顽抗，或者刮一场大风吹跑幼嫩的树苗，或者一夜间把沙梁移平，让前一天才抽了芽的树木裸露在外，干枯而死……人们只好日复一日地奔波在与沙漠抗争、无休止的补种补栽劳动里，八步沙人与沙漠旷日持久的拉锯战一直在进行着……

沙漠里风大、紫外线强，我爹红黑色的脸庞就是沙漠对他的"馈赠"，也是他跟沙漠较量的见证。一场造林结束后，我爹他们几个年轻人还生龙活虎，年长的老场长、钱老汉等人却脱了一层皮。尽管如此，八步沙人依然没有彻底放松的时候，因为紧接着令护林员们最头疼的日子也来了。随着春暖，地面上的植被开始返青，林区里因为有专人管护，茂密的青草郁郁葱葱，看起来格外喜人。也正因为这样，八步沙相对于白惨惨的荒漠就成了引人瞩目的“肥肉”，使得那些养羊的人家垂涎三尺。每年，为了管护林木，护林员们没少和村民之间发生冲突，忍受着他们的恶言相向。在此之前，大家都习惯了类似事件，并没有觉得矛盾尖锐到了不可调和的地步。但是，自从雒老汉被刘羊倌打了，我爹的心里就压了一块大石头，他想了很久，终于想出了一个自认为能够解决问题的好主意。

这一天，就在林场会议室，我爹召集了一次不同寻常的会议。这个“不同寻常”有两层意思：一是会议的内容，二是会议的形式。院子里支了一口大锅，里面煮上了白水土鸡，远远地就能闻到手抓鸡肉的肉香。

参会的除了林场六家全部40多口人外，还有十多个新面孔，他们都是周边各村的村干部，是我爹花了好几天工夫，逐个拜访，特意邀请来的。

这一个月大家都辛苦了，每个人脸上都有不同程度风吹日晒的痕迹。大家有说有笑地等待着会议的开始。

我爹清了清嗓子，看大家都安静下来了，便缓缓开口，把刚刚结束的造林结果做了通告，给八步沙人提气鼓劲，也让各村的村干部对八步沙今年的治沙造林有了一个大致的了解，然后话锋一转，正式进入今天会议的主题：“不过，三分种七分管。只有管护得当，我们才不至于白辛劳。否则‘春种夏活秋剥皮，冬上拔着钉滚碶’就成了常态。所以，今年我特意制订了一个管护方案。今天我们把各村的支书、主任们请来做个协商，来个约法三章。”

会议室里静悄悄的，几位村干部互相交换了眼神，不知道我爹请他们来，除了吃手抓鸡肉外，到底还要他们做什么。

我爹不疾不徐，跟讲故事似的接着说：“过去有句话，‘一夜北风沙起墙，早上起来驴上房’，大家都不陌生吧？”

人群里隐隐有笑声，女人和孩子的嬉笑被各家男主人用眼神严厉制止了。

我爹继续道："我们和我们的先人已经吃够沙子的苦头了，还想让子孙后代继续吃下去吗？谁都不想，所以才开始种树。治沙造林是造福子孙后代的大事，是为了我们的娃娃将来有一块地，有一口粮，还要能够安下个家。"

有人开始点头认同了，我爹很满意，一边观察着大家，尤其是那几位村干部的脸色，一边微微提高了声音问道："为了这个目标，我们现在就要担起责任来。我们多栽活一棵树，娃娃们将来就少吃一粒沙。可是，把树栽活不容易啊！栽要有人栽，管还要有人管，栽下去、管得住，才能活下来。我说的是不是这个理呀？"

众人点头，窃窃私语。

吕急人却慢悠悠地插话道："说起来容易做起来难，管得住个别，管不住多数，那管到多会儿是个头啊？"

我爹瞥了一眼吕急人，微笑着将目光定格到了雒兴国脸上："兴国，你来给大家伙儿讲讲愚公移山的故事。"

雒兴国被突然点名，红着脸愣住了。这个小伙子向来腼腆，年纪轻脸皮薄，说话动辄脸红。只是，来林场才两个月时间，原本白净的脸盘子也糙黑起来，此时脸红倒看不出来，只是因为不好意思，扭捏着不知所措。

我爹打趣着鼓励他："兴国是咱们林场文化水平最高的人，放心大胆说一说，如果连这点胆子都没有，将来还怎么能够做八步沙的主人，把喜欢你的姑娘娶回咱八步沙来呀？"

全场哄笑，这倒激起了雒兴国的牛劲儿。他暗暗做了两个深呼吸，鼓足勇气开口，讲起了愚公移山的故事，当然一开始还结结巴巴着，可看着大家慢慢被吸引，他的故事便越讲越顺了。

讲到最后，雒兴国沉稳有度，从容自信的声音也大了很多，流利地叙述道：

“即使我死了还有儿子，儿子又生孙子，孙子又有儿子，子子孙孙无穷无尽，可是山却不会增高加大，还怕挖不平吗？”

雒兴国高中毕业，肚子里也算有墨水，把愚公移山的故事讲得虽然不是多么声情并茂，但足以使大家都听得明白。我爹带头鼓掌，紧接着，会议室里掌声响成一片。雒兴国含笑，还带着点不自在，跟上学时一样向大家鞠了一个躬，会议室里顿时哄笑声更响，农村人都是在电视机上看见过鞠躬，在现实生活中哪里能受得了这个洋气的礼节。

会议室外，英子静静地听着里面的声音，脸上的笑越来越灿烂。从门缝里看进去，雒兴国摸着鼻尖尴尬的样子分外可爱，英子心里就荡起柔柔的情愫。兴国成熟了呢！都敢在人前长篇大论地讲书本里的故事了，她怎么能不为兴国鼓掌叫好？英子觉得与有荣焉，在门外也轻轻鼓着掌。

史金泉提着暖瓶出门去灌水，刚好与英子打了个照面。英子的动作僵在手上，保持着半鼓掌的姿势愣住了，目前她还不想让自己和雒兴国自由恋爱的事情被更多人知道。

史金泉是八步沙林场仅次于我爹的第二位掌门人，他早就觉察到了雒兴国和英子的事，对年轻人的新婚姻观也倒不以为意。况且兴国现在成了林场自己人，而眼前这个姑娘的积极促成也起了至关重要的作用，史金泉就更加支持和理解两个年轻人的自由交往。他热情招呼道：“英子来啦，干啥站外面？进去听。”

英子并不知道史金泉的想法，她急忙摆手，推辞道：“不了不了金泉哥，我和嫂子们是来给大家做饭的！”说完转身快步离开，很快进了林场的厨房。

史金泉无奈地摇摇头，好笑地去了办公室灌水。

英子进了场部厨房，站在空地上拍了拍自己的胸口以示安慰，暗自庆幸着没有被史金泉看出破绽来。她今天来找雒兴国，是因为她爹已经知道了她和兴国的事。正如兴国一直担心的那样，英子的爹坚决不同意他们交往。老汉看重名声和面子，一来反感自由恋爱，认为这种事是私相授受、有伤风化，二来也看不上雒兴国的家世，觉得自己的姑娘在学校教书是体面人，雒兴国既没有工作，还接替雒老汉进了八步沙，在沙漠里刨食能有什么前途，便严厉地警告英子跟雒兴国断绝来往。英子自然跟她爹大吵了一架，把上门来提亲的人赶了出去。眼看着她爹找棍棒要来教训她，英子便一溜烟地跑出门，到林场来找雒兴国。农村早婚，英子才刚二十岁就遭遇了包办婚姻，这令她十分郁闷。莫说现在还小，不愿意定亲，即便真要结婚，那也还有兴国呢！她才不想把自己的一辈子交给那些莫名其妙、通过七大姑八大姨扯成亲戚的陌生人身上。英子从来就是一个有主意的姑娘，她敢于挑战封建思想，追求自由恋爱，就有掌握自己命运的魄力。适才看到兴国越来越成熟,英子顿觉信心百倍,便开心地开始摘菜、洗菜，满目青青的菜蔬就像是展开叶子的树木，竞相焕发出了生机，恣意伸展的叶片更像她情窦初开的心，她的心情也一如这季节一般躁动起来……

会议室的掌声停下后，我爹端正了神色，郑重其事地对大家说："兴国给大家讲了愚公移山的故事，是说人做事要有苦心、耐心和恒心，要我说，咱们不单要做愚公，还要当包公哩。管护林木，没有包公的六亲不认，就管不住人为的破坏。为了子孙后代过上好日子，就不要怕得罪人。各位书记、主任，这就是我今天请你们来的原因。"

漪泉村的村主任很痛快地回应:"高场长，你今天是给咱们上了一课嘛！行，你说咋办？我们全力配合。"

台子村的支部书记不无赞赏地接口道："高场长的口才比镇长还厉害哇！"

我爹幽默地回敬:"书记、主任们，如果我真是镇长，这会子还用费唾沫吗？一个红头文件下去，工作就落实咯。"

"高场长这一课跟红头文件差不多了，我算是听出来了，要是我们不支持治沙，就是在祸害子孙后代呀！你就说吧，要我们做啥？"土门村的支部书记也表态了。

我爹也不拐弯抹角，直接提出要求："只要各位理解并支持，往后但凡进林区放牧的，一经抓到就得按林场的规定严肃处理。到时候，领导们不要来跟我寻麻搭（找麻烦）就行。"

村干部们面面相觑，各自权衡着窃窃私语。村民工作不好做，这一点我爹很理解，他也不急于催促他们答应，毕竟该说的话都说了，里面的利害相信村干部们也清楚，我爹愿意给他们留出充足的时间考虑。

半晌，漪泉村的主任首先发话："好！为了咱的子孙后代，我们村同意这个要求。"

其他村也相继赞成："我们村也同意。"

"我们村也愿意支持八步沙的治沙造林工作！"……

我爹十分感激，急忙起身，上前给各村干部敬上香烟，并一一诚挚地握手感谢："谢谢理解，谢谢支持啊！有了你们的这个态度，以后八步沙林场的工作就轻松太多了，我真是感激不尽啊！为了表示感谢，等一下，我们请大家尝一尝我们八步沙人自己养的土鸡！这可是在沙漠里吃虫子、沙子长大的，绝对环保！"

接下来，女人们去了厨房帮忙，但会议室里仍然其乐融融、相谈甚欢。

九　狭路

春暖花开的时节，林区的树木吐出了嫩嫩的叶片，柠条也有了笑脸。西北的春天矜持如情窦初开的少女，步履姗姗欲语还休，春姑娘似乎不愿意痛快地露出她美丽的脸庞，遮遮掩掩着不肯现身，但风儿却渐渐少了些许刻板，摆动着柔软的腰肢一拂一拂地走来。寂寞了一整个冬天的八步沙鲜活起来，枝头多了小鸟热烈的交谈，与沙地里探头探脑的野兔子、沙鼠们欢快地渲染着春的丰满，野草也尽情地在沙地里打着滚。这是一个最为美好的季节，万物都充满了梦想，乐呵呵地尽情施展，拼命怒放独属于自己的风采。

春季治沙造林结束后，八步沙林场进入了一年中相对清闲的时节，护林员们管护着各自片区的树木、林地，终于有时间可以坐下来想想心事。背后是无垠的荒漠，但眼前却是绿意融融的林区。“这就是一条分界线，楚河汉界泾渭分明，既是人与自然的对抗，也是人与人的对抗！”雒兴国很哲学地这么想着。此时他嘴里叼了一根草秆秆，望着远处的沙丘与天空相接的地方，颇为苦恼地琢磨着想不通的人生。英子把她爹的态度告诉了雒兴国，让这个初尝情思的单纯小伙子有些懊恼又有些迷茫。对接替他爹来八步沙，雒兴国从最初的不情愿到之后的满怀希望，苦也吃了，累也受了，他的内心渐渐沉静下来，对八步沙也并非想象中那样的排斥。相反，亲眼见证了一株株苗木抽芽、扎根，它们积极生长、努力活着的样子令人不由得怜惜，雒兴国深受触动，每每心头有点挣扎的时候，就有更加坚定的信念自动扑灭那些离开八步沙的蠢蠢欲动。雒兴国常觉得自己的身体里好像住着两个人，时不时要相对着掐一架，而他就像屁股下的这片土地，一半是荒漠，一半是绿洲。

自从前段时间林场里邀请了各村的村干部开会后，护林工作好做多了，来林区放牧和割草的人一下子少了很多。要是人们都能认识到沙漠治理的重要性，理解护林员们的难处，八步沙变绿指日可待啊！雒兴国优哉游哉地靠着一棵树，抬起手腕看时间，手表的指针显示快到中午了，他的肚子也唱起了空城计。扯过背包正要取出馒头垫两口时，忽然有羊叫声清晰地传来。雒兴国微恼，真是不知好歹啊，居然还有人来放牧？他起身朝着羊叫的方向寻了过去。

一只羊、两只羊、三只羊……雒兴国非常气恼，还真是来放牧的，一眼望过去，羊总不下七八十只呢，它们正在肆无忌惮地啃食青草，而一个羊倌还撅着屁股在那儿挑拣着割比较高的青草。

雒兴国走到羊倌背后大声地叱问：“呔，谁让你进林子放羊割草的？”

羊倌正比画着镰刀往一丛茂盛的草上割去，嘴里还哼着不知名的凉州小曲儿，闻言一惊，转头来看，打量了一下雒兴国，紧接着便捧腹笑道：“哈哈，老子不中用又换了娃子来啦？”

雒兴国也认出了这个羊倌正是刘尕五，小时候不爱念书成天逃学，光一个二年级就留级留了两三年，是老师拿来刺激其他同学的反面教材，有哪个学生不好好学习，老师就会说：“你们再不好好念书，就跟刘尕五做伴儿去，留级留到胡子长过脚巴骨吧！”

还真是冤家路窄啊！雒兴国生气地指着刘尕五说：“你是羊倌刘尕五？早前打了我爹的那个？”

刘羊倌很不屑地斜眼看着兴国：“咋？你还想替父报仇啊？”

雒兴国跟刘尕五毕竟不一样，他是念过书受过教育的，虽然心里对刘尕五打了他爹的事情耿耿于怀，但不愿意用武力报复，便忍住怒气道：“狗咬了人一口，难道人也咬回去不成？我不跟你说别的，你把你的羊赶出去，咱们就啥事都没有。”

刘羊倌也在心里悄悄做了一个权衡，看雒兴国单薄的小身板，说话文绉绉的样儿，一看就是个白面书生，哪里是自己的对手？他就变得有恃无恐起来，挑衅道：“你娃子骂人还不带脏字，老子不跟你骂仗。你说让把羊赶出去就赶出去啊？那我还就偏不答应呢！”

雒兴国涨红了脸，果然秀才遇到兵有理说不清，刘尕五就是个蛮不讲理的土匪。雒兴国只能也强横一些，硬邦邦地说：“你要不答应，我就把你的羊都赶回林场，场长说了，谁在林区放牧就罚谁的款。”

“我呸！还罚款？”刘羊倌要起了无赖，张口骂人的样子十足十是学了村里的泼妇架势，他叉着腰又揶揄道：“你们林场是乡政府还是县政府，还罚起老百姓的款来了？”

雒兴国初出茅庐，一身的书生意气，自然招架不住刘尕五的撒泼耍横，不由得急了眼，试图说服教育：“植树造林，绿化祖国，你不知道啊？”

刘羊倌鼻子里冷哼一声，吊儿郎当着道：“我不知道！我就知道我的羊每天得吃草。有本事你给我赶回去一个试试。”

雒兴国此刻气得够呛，被刘尕五一激，也顾不得君子动口不动手了，跑上前就开始赶羊。

刘羊倌本以为雒兴国不敢动手，看他居然真赶也恼了，顺手捞起脚边的一根死树干，猛地一下往雒兴国的后脑勺上抡去。

雒兴国只顾着赶走羊群，没防备挨了刘羊倌的一闷棍，脑袋里嗡的一声，差点栽倒，捂着头慢慢转过身盯住了刘羊倌。

事情发生得太突然，刘羊倌只是要教训一下雒兴国，没想要打他的头，见雒兴国的神色不对，刘羊倌略显惊慌地嘴硬：“你再撵我的羊试试？”

后脑勺一阵阵生疼，雒兴国把手拿到面前，一看满手的鲜血，原来头被刘羊倌打破了。雒兴国从小是个乖孩子，都没跟人吵过架，更别说这么血腥的打架了。他看着满手的鲜血，只觉得气血呼呼往上冒。这个刘尕五先是打了他爹，现在还越发嚣张地打破了自己的头，整个是欺人太甚！雒兴国骨子里的血性被激发出来了，他盯着刘羊倌的眼神颇为瘆人。

刘羊倌色厉内荏，结结巴巴、单调地重复着：“你再……你再撵我的羊？再撵我的羊？”

雒兴国大怒，阴沉沉地咬牙道：“我今天打不死你就不姓雒。”说着扑上前撕住了刘羊倌的领子。

刘羊倌也不甘示弱，两个人厮打起来，推搡间一个不小心跌倒在地，双双骨碌碌滚下了沙梁，依然互相钳制着翻滚撕扯。

狭路相逢勇者胜。雒兴国把所有的力气用上要制服刘羊倌，连带着他爹雒老汉受到的委屈，一股脑儿都发泄出来，竟和健壮有力的刘羊倌打了个平手。

这一架打得飞沙走石、人喊羊叫，雒兴国按住刘羊倌，喘着粗气质问：“还敢不敢再来林场放羊了？”

刘羊倌也呼呼喘气，嘴硬道：“人民的土地上人民放羊，你娃子管不着。”

雒兴国哭笑不得，掐住刘羊倌的脖子。刘羊倌是打架老手，腾出一只手来往雒兴国的面门打去，两个人又缠到一处不依不饶起来。

刘羊倌骑在雒兴国身上嚣张道：“你还敢不敢撵我了？”

雒兴国翻身推倒刘羊倌，发狠道：“你今天要是打不死我，往后你的羊就一只都别想钻进林子里来。”

厮打继续。良久，两人气喘吁吁地瘫倒在沙地里，力气都使完了，却谁也奈何不了谁，各自四仰八叉地躺着爬不起来。

刘羊倌骂骂咧咧地不服气：“你娃子敢跟我动手，比你老子硬气。”

雒兴国筋疲力尽，但毫不怯他，偏过头蔑视着道：“刘尕五你这个留级生，少来这套。我告诉你，只要我在八步沙一天，你就进不了八步沙放羊，不信咱就走着瞧！”

刘羊倌耻笑了一声：“老子还就不信！等老子回去吃饱了，缓足了力气再来与你雒家娃子大战三百回合。”

雒兴国抓了一把沙子扬过去，平生第一次骂脏话：“滚你娘的，老子等着！”

刘羊倌爬起来啐掉嘴里的沙子，腿肚子打着战一步一瘸地离开了。

雒兴国放松下来后，才感觉全身跟散了架似的又累又疼，干脆闭上眼睛躺着慢慢恢复体力，只是后脑勺跟钝刀子割着似的，一阵一阵的疼。隐隐听见刘羊倌呼喝着羊群往远处去了，雒兴国自嘲地咧嘴一笑：“这王八羔子念书不行，倒长了一副好身板，又糙又壮，简直就是一头野猪！”

十　成长

雒兴国和刘羊倌打架这天刚好是个星期天，英子往挎包里装了一盒特意给雒兴国准备的饼干，趁她爹出门，偷偷骑了自行车往林场赶来。她已经摸清了雒兴国的工作时间，知道他这个点就在八步沙巡林。但八步沙太大了，到底在哪一片她就不知道了，想了想，只能先到八步沙林场找到我爹，就知道雒兴国具体在什么地方了。

英子起了个大早，九点来钟就到了八步沙林场。她不想被八步沙更多人看见，只好在林场大门外放好了自行车。之后，她寻思着找个什么借口进去，恰好遇上我爹从办公室出来，她急忙压低声音喊了一声："高山哥！"

我爹见是英子来了，就知道她来的目的，又看她探头探脑的样子，明白这姑娘是有所顾虑，便主动走到大门口招呼道："英子，来找兴国啊？"

英子不好意思地点点头，局促地问："高山哥，兴国在吗？"

我爹瞄了一眼英子背着的鼓鼓的小挎包，对善解人意的英子格外欣赏，含笑道："他去巡林了，应该在二道梁那片上，你自己识路不？"

英子摇头苦笑："我统共就进过三回八步沙，第一次还是学区组织着植树去的，第二次、第三次在林场办公室，哪分得清二道、三道的啊！"

我爹想了想，英子是雒兴国的定心丸，只要英子支持，兴国就能安心待在林场。他这样想着，有心成全一对小儿女，便快速在心头盘算了一下手边的工作，把不太紧要的事往后排，对英子道："这样，我正准备到各片上去看看，你先等我一阵儿，我这点活安排完了就带你过去。"

英子喜出望外，有我爹带着她进沙窝就事倍功半了，于是她很干脆地答应着：“行，我等着，你先忙你的。”

古人云：一日不见如隔三秋。我爹是个开明的人，对新鲜事物也一直保持着包容的心态，他对英子和雒兴国的交往支持、鼓励，虽说有一点点私心在里面，想着借此留住雒兴国，但英子这样深明大义的好姑娘，能够一心一意跟林场的小伙儿处对象，他非常乐意帮助她，也非常乐意替她跑这个腿。

我爹赶忙把手头的事情做了安排，推了自行车就带英子往二道梁林区走。

一路上骑车费劲，沙地表面看着干绷绷的，车轮压上去瞬间就崩裂开来，露出黄澄澄的沙子，自行车陷进去更加难行。我爹提醒英子，让她不要被沙漠的伪装骗了，应该跟着之前的车辙往前走，这样既不会在沙漠里迷路还省力。英子答应着跟在我爹后面，顺着他的车辙走，的确省了不少力气。不过所谓的省力也只是相对而言，二道梁不近，等看到林区时，英子已是大汗淋漓，鬓间的碎发沾着汗水，一绺一绺地贴在脸颊边。事实上，她已经累得不行了。

到了二道梁，我爹放好了自行车，又帮着英子把车子支好。他让英子坐在一边休息，自己爬到一个比较高的沙梁上，放开喉咙喊道：“兴国，兴国，听见应一声，英子找你来了。”这是八步沙找人最直接最经济的办法，站到高处一声喊，只要你的嗓音够洪亮，别说二道梁，三道梁的护林员都能听得清清楚楚。

英子被我爹的嗓门惊得一怔，仰头望着沙梁上害羞地说：“高山哥，你这一嗓子，十里外都听到了。”

我爹大笑，从沙梁上走下来不以为意道：“这有啥？自由恋爱，两情相悦，有啥藏着掖着的？再说这儿就我们的几个护林员，没有旁人，不打紧的。咦？兴国也不应个声，该不是睡着了吧，走，咱们去里边找找。”

英子起身跟着我爹往林区里边走，难为情道：“我爹还没点头呢，再说了，他反对我和兴国在一起呢。”

我爹颇为关心这事，不能眼睁睁看着两个年轻人苦恼，那样也影响雒兴国的工作，闻言便极为认真地问：“怎么，爱情遇阻了？要不要大哥帮你去跟你爹谈一谈？”

英子蛮自信地一笑，目前的形势，她在和她爹的斗争中还稳占上风，但她很感激我爹的关心和支持，笑着说：“暂时还不需要，等真到了那个时候，我再来请高山哥。”

我爹相信聪明的英子有能力处理感情上的事，也不再过问，诙谐地笑道：“小同志，有困难跟组织提出来，组织上一定会帮助你们的。”

英子捧腹大笑：“高山哥你可真幽默，这是哪部电影里的词儿？”

我爹收了笑，边走边逡巡着林区的树木，微微叹气道：“不幽默不行啊！治沙本来就很苦，再加上寂寞难耐，我们得学会苦中作乐。”

英子的视线也四下里找寻，听到我爹的话，她十分动容。是啊！这么苦的活儿，她当初劝兴国留下来，不知道是对还是错？她暗暗决定，等找到雒兴国就跟他好好谈一次，把自己之所以动员他留在八步沙的动机都如实地告诉兴国，该走该留，应该让他自己拿主意，而不能为了她一个人的私心就左右了兴国的意志。

说到这里，我不得不说，我们可爱的英子老师还真的是一个好姑娘，她的身上总有种种令人惊喜又敬服的闪光点。

两个人一直往林子深处走去，始终没有见到雒兴国的影子。我爹又连喊了两声他的名字，寂静的林区里只有微风穿过树木的声音。我爹不由得疑惑：“咦，兴国怎么不应声？”

英子担心地问：“他会不会不在这儿啊？还是遇到了什么麻烦，比如狼啊啥的？”

我爹摇头：“不会。林场划片管护，二道梁就是归兴国管的，那孩子又实心眼，这个时候一定在。八步沙贫瘠，更不存在狼呀啥的野兽，狐子嘛可能有几只。”说着看了一眼英子，故意开玩笑道：“兴国是个白面书生，该不会被成了精的狐子把他哄去了吧？”

英子略微紧绷的神经顿时松懈下来，笑出了声：“他来了林场没几个月，却早都不是白面书生了，脸晒得跟包公似的，哪个狐狸精能看得上他啊？”

“也是！”我爹说着哈哈大笑起来……

已经过了午饭时分，雒兴国打完架筋疲力尽，背包也在厮打中不知丢到哪儿了。他缓足了力气手脚并用地爬到了沙梁高处，一眼就看到了林子里走来的两个人。

雒兴国高兴地大喊：“英子，场长，这边——这边——”

二人终于看到了雒兴国，高兴地快步向他走近。到了跟前才看到，雒兴国满脸的血迹，衣服更是片片扇扇，狼狈得不成样子。

英子吓了一跳，赶忙过去扶住，掏出手绢来替他清理脸上的污垢，焦急地问道：“兴国，你这是咋了？”

我爹往山梁下看了一眼，沙地里的痕迹让他大概猜出了几分，转头问：“兴国，你跟人打架了？”

雒兴国咧嘴笑，很解气地说：“是刘羊倌，我把他打跑了。”

我爹一直在跟大家说，与村民们的矛盾以说服教育为好，但刘羊倌恶名在外，简直成了八步沙的头号大敌，屡次好言相劝都没能奏效，还接连打伤了雒家父子，实在有些欺人太甚。我爹尽管不赞成武力解决，但看到雒兴国的伤势也不由得心疼，叹口气蹲下来关切地问：“伤到哪儿了？”

英子也心疼地轻抚雒兴国瘀青的脸：“疼不疼？”

伤处被碰到，雒兴国吸了口气，龇牙叫道：“疼，咋不疼？那死狗搞偷袭，从后面打了我一棍子，差点没给我开瓢了。”

英子几乎就要哭了，心里的歉疚更深了，要不是她，兴国也不至于跑到这里来挨打了，她咬着唇慢慢红了眼圈。

我爹很生气也很无奈，林场管护困难重重，他以为和各村都达成了协议就能解决这个棘手的问题，但事实证明，这个办法的效果并不是很乐观，林区禁牧执行起来依然任重道远，目前也没有一劳永逸的法子来杜绝类似今天这样的事发生。想到这里，他赌气地皱着眉对雒兴国说：“走，先回去，到医院看伤，回头再慢慢收拾他。”

我爹和英子从两边扶起雒兴国要走，雒兴国又喊：“我的腿，腿……”我爹蹲下来摸了摸雒兴国的腿，发现小腿腓骨翘起来了，吓了一跳：“这是骨折了呀。”英子心疼极了：“高山哥，这可怎么办啊？”我爹二话不说，一躬身抱起了雒兴国往沙梁下走去。在英子的帮助下，轻轻地把雒兴国放在了自行车后座上，然后我爹推着自行车，往镇卫生院赶去……

雒兴国伤得不轻，除了脑袋后面要缝针，还有就是左腿腓骨骨折了，只好听从大夫的建议住院治疗。为了杀鸡儆猴，打击刘羊倌的行为，林场不少人提出向派出所报案，让刘羊倌接受法律的制裁。这个方案我爹没有完全同意，他说应该征求雒兴国的意见，如果他同意报案，再给派出所打电话。结果，雒兴国有他自己的想法。他说：“我学习过治安法，如果报案，刘羊倌可能会被抓进去。”大家说：“这好呀，我们就是要派出所把刘羊倌抓起来，这样才能以儆效尤，才能让八步沙周边的羊倌们吸取教训。”雒兴国摇摇头说：“我不同意报案。如果那样的话，我就和刘羊倌成了死敌了。我的意思是，先礼后兵。”我爹明白雒兴国的意思，还夸奖雒兴国胸怀宽广。于是，他打电话请摄影师把雒兴国被打的所有证据都拍了下来，如果刘羊倌不改正自己的错误，再向派出所报案不迟。

雒兴国腿上打上了石膏不能走路，每天躺在病床上百无聊赖。镇卫生院离英子教书的学校不远，英子每天放学都来陪护，还带了书给雒兴国看，让他安心养伤。两个人的感情也与日俱增。

这天下午，英子又送来了凉州小吃搓鱼子。

雒兴国已经习惯了英子按时前来陪他，原来遮遮掩掩的羞涩也减轻了不少，很坦然地笑着撑起身子：“你来照顾我，别耽误了自己的事。”

英子嗔怪地睨他一眼，端了碗来照顾雒兴国吃饭：“你这句话说了八百遍了，放心吧，耽误不了！倒是你这一受伤，雒叔又回去替你了。”

雒兴国不好意思地挠挠头，接过碗嘀咕：“说到底，我爹就是舍不得离开八步沙，还非要我去。”

英子微微动容，一丝歉疚又蹿上心头，她认真地问雒兴国：“那你后悔了？”英子想，如果雒兴国说后悔，她这次就绝不拦着。

雒兴国不以为意，淡笑道：“刚开始是不情愿，想着应付几天就找个茬溜了，可是现在觉得没那么难熬了。”

英子不解：“那为啥？”

雒兴国吃完搓鱼子，借着喝汤的时候低头道：“我以为去了林场，你就嫌弃我了。”

英子无奈地给了他一个白眼。雒兴国的回答，她是满意的，虽然他受伤让自己歉疚，但内心深处却暗自欣喜，她没有看错，兴国就是自己一直喜欢着的样子。英子含笑柔柔道：“要是嫌弃，这会儿还能在这儿伺候你？”

雒兴国抬头看着英子咧嘴笑了：“再说了，高场长他们都是很好的人，我敬佩他们，想和他们在一起，共同治理八步沙。”

英子了解雒兴国，他单纯善良又腼腆木讷，让他说什么甜言蜜语基本是没指望的，但雒兴国想要表达的意思，英子却都明白。她帮着分析道：“其实，你骨子里对八步沙是有感情的，只是你以前没有意识到。”

“是吗？我对八步沙有感情吗？”雒兴国脑海中涌出了小时候跟着老爹进

沙窝的情景，帮着老爹栽树的场景，还有老爹那黝黑的脸庞和深深的皱纹……

雒兴国陷入了沉思。或许英子说的都是对的，他跟刘羊倌打架时，是什么在支撑着自己愿意去拼命呢？是的，就是在拼命，这毫不夸张。以他单薄的身体，本不是刘羊倌的对手，但最后他还是在后脑勺受伤的情况下，把刘羊倌打怕了。不仅如此，还成功地制止了羊群对绿地的继续啃食。

那个时候，他只有一个念头，正是他跟刘羊倌发狠时说的："你今天要是打不死我，往后你的羊就一只都别想钻进林子里来。"这不是感情吗？对八步沙的感情，也是对护林员这个身份的自我认同。只是，这样的认知似乎有点惨烈呢！雒兴国抚着腿上厚厚的石膏自嘲地想，要用拳头来解决事情，这是他过去二十年中压根儿没有遭遇过的特殊经历。

不知什么时候，英子已悄然离去，雒兴国前后左右看了看，都没有发现英子。他本想大声喊英子回来，但就在这时候，他想通了留在八步沙这件事，心情豁然开朗起来。英子说得对，他对八步沙确实有着非常深的感情。也就在这个时候，雒兴国的心田里不知不觉栽下了一株青青的树苗，那树苗正舒展着枝叶，努力长大，长大，长大……

十一 热销

秋天，八步沙林场迎来了最令人欢欣鼓舞的时节。经过几年的栽种、营务，各种树木拉开了架势，长势良好。尤其是花棒，一大丛一大丛的，生机勃勃、叶茂花荣。

这些年，随着农村经济的发展，村民们手里有了点闲钱，所以大家都争先恐后地在镇政府规划的居民点上盖新房子。尤其是今年，农村里都掀起了盖新房的热潮。一方面，村上、镇里有要求，大家都要按照规划，在居民点上盖房子。另一方面，村民们几代人生活在破旧的、狭小的老屋里，更需要拆掉旧屋，搬到崭新而宽敞的新房里去。

祖祖辈辈依赖着泥土过活的农民，对盖房置地的向往近于虔诚。在居民点里盖新房，砌墙依然是用黄泥拓成的土块，但难得弃旧迎新一回，讲究的人家必定开了箱柜，拿出所有积蓄，奢侈地从砖厂买一些红砖或者红瓦来，沿着新房的屋檐砌上一溜红灿灿的瓦沿，再用白灰将墙壁里里外外粉刷一新。远远看去，白墙红瓦分外显眼。

河西走廊农村的房屋建筑大抵相似，所用的建房材料自然也大同小异。盖房除了土块、砖头、大梁、檩条、椽子外，还要在压麦草之前把花棒铺上去，铺在一排排椽子上面。花棒铺在房子上，称谓也变了，叫房梢。有钱人家可以花大价钱购买竹帘子做房梢，而八步沙周边的农民却不愿意花那个冤枉钱。因为花棒就是特别结实、耐潮的材料，而且价钱是竹帘子的三分之一。所谓靠山吃山靠水吃水，八步沙周边的村民盖房就地取材，就买这沙漠里长大的既经济又实惠的八步沙花棒。

花棒，是一种专门种植在沙漠干旱地方的灌木树种，它根系发达，抗旱抗寒，靠天然降雨量就能维持生命并顽强生长，尤其适合种植在像八步沙这样的流沙环境里。花棒萌蘖力特别强，越压越长得旺盛，而且茎干强韧、枝条坚硬，是上好的房梢材料，同时还有观赏的价值，夏秋季开花，粉紫色的花朵累累缀缀，在荒凉的沙漠里形成独特靓丽的风景线。因为花棒有强大的再生长能力，今年割去，来年就长出来了。八步沙为了增加经济效益，决定出售花棒。消息刚刚传出，八步沙就迎来了一批又一批买花棒的人们。他们或套着马车、骡车来拉，或雇了手扶拖拉机来运，还有雇着汽车来拉的。八步沙林场的花棒销售处，整日沉浸在骡马声、机动车辆的轰鸣声和人声的喧嚣里……看着这激动人心的场面，我爹他们脸上的笑和花棒那灿烂的花朵一样绚烂。

史金泉作为林场的会计，负责记账结算。他抱着账簿一趟趟往返于林场和林区之间，脖子里挂着的算盘油光发亮，可以随时取下来拨拉着算账。

时近黄昏，一天的繁忙暂告结束，送走最后一个满载而归的村民，我爹擦着汗走进了办公室。他一边舀了缸里的凉水解渴，一边问:“金泉，今天怎么样？”

史金泉眉开眼笑：“都记在账上了，场长，今天我们一共卖了 29 车花棒，总共 24378 斤。”

我爹走过来，拿起账簿翻看着感慨:“现在老百姓手里宽裕了，都在盖新房。咱们的花棒是上好的房梢材料，物美价廉，又韧又耐潮，都快供不应求了。等这季忙过，我想着把咱们场部也翻修一下，给咱们林场提提精神。”

史金泉赞同地点头：“是该翻修一下了。看看村里人家的新房，那盖得叫一个攒劲啊！”

正说着，和生光着膀子进来道：“场长，外面又来车了，说是买花棒的。”

我爹哈哈一笑：“这是要给我凑一个十全十美呢！”

三个人都高兴地出门，和生憨厚地说："那我再进趟沙窝去，院里的都卖完了，恐怕不够一车。"

雒兴国正在把散落的花棒枝条往一起收拾，我爹走近，接过他手里的木杈："兴国，你的腿还没好利索，今天又忙了一天，歇歇吧！"

雒兴国用手抹着额上的汗，笑道："没事场长，你们天天这么忙，我咋能闲得住？"

我爹含笑拍了拍雒兴国的肩膀，转头问和生："老吕呢？还没回来？"

和生推了自行车，招呼着买花棒的人跟他走，闻言回头答道："今儿一天都在沙窝里割花棒呢吧？没看见他。"

我爹也推了车子出门："走，我和你一起去，替换替换他。"

忙碌的日子虽苦，但八步沙人心头比吃了蜜还甜，朝着好光景往前奔，苦一些又怕什么？

晚霞如血，在远远的西边山尖处勾勒着一幅落日唯美的盛景，向人们昭示着明天又是一个好天气。

一大丛花棒树后，吕急人和一个人鬼鬼祟祟地说着话，正是他熟识的村民小娃。

吕急人往指头上蘸了点唾沫，把一堆圆票数了数装进了兜里。

小娃殷勤地给他一根烟问："吕三哥，我今黑再拉一骡车就够了。我们队上还有两户也要盖房，你看你能不能也给解决了？"

吕急人摇头："那不行！就你家，也是看在和我大哥是干亲家的份上，我才冒险给你低价处理一些。这事要让其他人知道，捅到林场那里，问题就严重了，这可是盗卖集体财产，犯法的。"

小娃往花棒丛外张望，撇嘴道："要我说，三哥你就是太实心眼儿了。这么大的八步沙，长了多少花棒呢！少几车不见得就能看出啥来，三哥你还是给想想办法吧，只要我们互相闭严嘴不说出去，谁能知道？”

吕急人沉默着不说话，但暗地里却掐着指头算账。两个姑娘就不说了，好容易在政策的空档争抢着生了个儿子，他是当凤凰蛋养着的。马上开学了，儿子就要上中学了，他打算把儿子送到县里的一中去读书。那是全县最好的学校，他砸锅卖铁也要把儿子供上大学，让他跳出农门，不能像自己一样在沙地里打滚了。但是，在县里上学就得住校，吃啊住啊的势必就多一笔开销，再加上将来上高中、上大学，那又是多少钱？吕急人算过账，让儿子跳出农门至少需要小十万，那还不算娶媳妇、将来住在城里要买楼房的钱……

时势逼人啊！为着这样一个宏大的目标，吕急人只好尽自己所能，攒一点是一点，说不得就需要铤而走险了。

小娃见吕急人不吭声，有点急躁道：“三哥，成不成你倒是给句痛快话啊！”

吕急人是出了名的慢性子，缓缓地吐出一句：“让黑里来吧！不过……”他看了看左右无人，又道：“以后你们自己把钱数算好，找机会送到我家里去，免得落人眼。”

小娃大喜，恭维着说：“我就知道三哥你是个亮豁人！放心，你给我们的花棒比直接到林场买的便宜一半，你帮了我们，大家也不给你添麻烦，到时候我们几家立梁，一定请三哥你去喝上下五千年瓶装酒，吃手抓。”

吕急人扯着嘴角笑了笑，居功自大地刚要开口，被小娃率先截断。

小娃笑着说：“三哥的口味我知道，羊脖子给你留着。”

吕急人满意地咂咂嘴，似乎羊脖子就在他眼前。

两个人转出花棒丛，小娃拉了缰绳吆喝着骡子就要走。

吕急人指挥他：“往那边走，从后沙梁那边绕出去。”

狗娃再三感谢后赶车走远。吕急人捂住兜里的一沓钱，懒懒地打个呵欠往沙地里一躺。“真他娘的累死人了！”吕急人短促地低声骂了一句。

十二　请罪

树遇雨水长得慌，人逢喜事精神爽。随着花棒的畅销，八步沙林场的效益越来越好,大家不但高兴,更觉得有盼头了。就连雒兴国的伤势也恢复得格外快。俗话说伤筋动骨一百天，雒兴国毕竟年轻，再加上折了的是腓骨，养了一个月就能活蹦乱跳了。出院后，他迫不及待地回到了林场，参与到了林场的劳动中。

收割花棒成了八步沙目前的主要工作，但巡林也是雷打不动的，甚至为了更好地保护树木，防止眼红的村民来偷割花棒，这巡林工作反而比之前更加重要了。外面的人不理解，以为林场的管护是怕花棒被偷走少卖了钱，其实单就怎么割也是非常有技术含量的事情。八步沙人懂得在一片花棒林里，该割哪丛合适，这样就不伤花棒的元气，过一阵还会再长出来。而外人，尤其是偷盗者，往往胡砍一气，伤到了花棒的根系，就会造成不可挽回的损失。要知道，一株花棒从栽进沙漠到能够割下来为人所用，短则三四年，长则七八年，可不是说长就能长起来的。防风固沙、保持水土，全靠这些树木呢！

雒兴国现在是恋爱、工作两不误，人也外向了很多。这一天，他照样高高兴兴地到二道梁巡林，尽一个护林员的责任，刚走到林区边上，就听到沙梁后一群羊在咩咩地叫唤着。

真是屡教不改！雒兴国气冲冲地三步并作两步爬上沙梁，一看果然又是刘羊倌，真是冤家路窄啊！

刘羊倌仰头，也看见了沙梁上高高站着的雒兴国，吓了一跳，气氛立刻诡异起来。

雒兴国卷袖子抹胳膊，居高临下地睥睨着刘羊倌，很霸气地问他:“刘尕五，说吧，今天怎么打？”

刘羊倌后退两步，满脸戒备地看着雒兴国。

雒兴国冷冷地盯着他：“我说过，只要我没死，你就别想进八步沙来放羊。”

刘羊倌的气势弱了几分，恨声回道：“雒家娃子，你就不是人！”

雒兴国像个王者，仰头哈哈大笑。在刘羊倌的注视中飞跑下沙梁，捞起一根干树枝冲进羊群里疯狂地驱赶起羊来，惊得羊群四散跑开了。

刘羊倌怔住了，后退一步跌翻在沙窝里，呆呆地看着疯魔了的雒兴国，嘴里胡乱嘟囔着：“雒兴国，你这个疯子，你这个疯子……我走还不行吗？”刘羊倌拿起炮肚子，把石子儿扔到了头羊的身边，石子从沙子上飘过，在沙坡上犁下了一条浅浅的沟。

刘羊倌接下来打了一声口哨，那头羊就领着羊群离开了二道梁……雒兴国看着离去的羊群大声喊道：“刘羊倌，记住了，下次我拿把刀子，你要是再敢来林区放羊，我见一只捅一只，连你一块儿捅！”

雒兴国的声音蹿出沙梁，在二道梁的上空回响，余音缭绕，惊得刘羊倌一边走一边朝着雒兴国张望，生怕这疯子真的追过来把他当羊给捅了……

这些天，林场大院里越来越热闹，前来拉花棒的各色人等川流不息，颇有车水马龙、门庭若市的盛景。雒兴国前段日子养伤，其他人都忙得昏天黑地，他回到林场来就主动抢着干活，想为大家多分担一些。这不，才送走装得满满的一车花棒，院里还有些零碎枝条，雒兴国就推着大家去休息喝水，自己拿了木杈来收拾整理。

这时候，刘尕五来到了林场大院门口。他探头探脑地往里一瞅，正好看到了雒兴国。待要喊他，张了张嘴又停了下来，低头寻摸着，找到一块土坷垃，照准了雒兴国丢出去。

雒兴国正在干活，感觉到后背挨了一下，转头一看，瞧见了大门口鬼鬼祟祟的刘尕五。他对这个人自然是没有好感，便狠狠瞪了他一眼，又继续做自己的事。

刘尕五见雒兴国这般，有心进去找他，但往办公室那边看看，还是停住了脚步，一手掩着嘴压低声音喊道："兴国，兴国，你出来。"

雒兴国不愿意搭理这个仇人，但刘尕五的行为让他很恼火，拄着木杈没好气地回他："你要做啥？打架就进来。"

刘尕五嘿嘿笑着，很有耐心地又喊："你出来，我找你是真有事，你出来说。"

雒兴国并不怕他，放下工具，拍着手上的土走出来，站到门口问："说吧，啥事？我没空跟你谝闲传。"

刘尕五一伸手把雒兴国拽到大门旁的墙边上，从怀里掏出一瓶上下五千年酒，对他说："你看，咱俩打了架，虽然你受伤进了医院，可我也没占着便宜，我在家也躺了十几天呢！这样，你把这个酒喝了，咱们就算扯平了行不行？"

雒兴国盯着刘尕五的脸打量，不屑道："你这是黄鼠狼给鸡拜年吧？我不喝酒，你少来这套。扯平可以，除非你答应再不去林区放羊。我们栽活一棵树、种绿一片林容易吗？谁都像你似的去破坏，再来场黑风暴就能把咱们都活埋咯！"

刘尕五把酒按进雒兴国怀里，痛快地笑道："行，我再不去八步沙了，这个没问题。你看你说话还跟乡长似的。不过我今天来找你还有一件事，你得替我办了！"

雒兴国一副"果然如此"的表情，把怀里的酒塞回刘尕五手上："我就说你刘尕五不怀好意，你把你的酒拿上滚蛋。"

刘尕五是不受拘束野惯了的人，放羊这些年更是天大地大，除了风吹日晒下磋磨出的一张沧桑脸看着憨实，其实他心里非常精明，就是没怎么念书，受的教育少，令他身上带着两分匪气。此时，见雒兴国不给自己面子，刘尕五也沉了脸，攥着酒瓶子准备摔了，却被雒兴国喝住。

雒兴国指着刘尕五的鼻尖喝问："你想干啥？又要撒泼打架是不是？"说着挽起了自己的袖子，做出随时应战的样子又说："上回要不是我们场长手下留情，你娃子就该被送到派出所吃罐罐饭去。八步沙人憨厚，没有把你送进劳改队，你倒好，居然还敢欺负到我们门上来了。"

刘尕五收起自己的脾气，急忙解释："不是不是，我真的再不敢跟你打架了，我知道你是条真汉子，我打从心眼子里敬着呢！这回真是来求你帮忙的。"

雒兴国见状，口气软了几分，但还是没好气道："你也别想贿赂我。还是那句话，你再到林区放羊割草，我还得跟你干仗。除了这件事，其他的都好说，说吧，啥事？"

刘尕五敛了笑，挠挠头破天荒地腼腆道："咱俩其实还算同过学的，你能不能给高场长说说，让我也当个护林员？"

雒兴国满脸质疑，刘尕五说的话让他既震惊又可笑，瞪着眼睛问道："你说啥？你想当护林员，别不是为了更便宜你放羊吧？"

刘尕五黑红的脸上涌起懊恼："我说话你咋就不信嘛！"

信你个鬼啊！雒兴国心里默道，皱着鼻子看向刘尕五："要我相信你能当护林员，除非三九天的冰滩上长出个马莲，你不是跟你爹说过，将来连你儿子都跟你放羊吗？"

刘尕五把酒瓶子塞进雒兴国怀里，一屁股坐在大门口耍起了无赖："我不管，反正你去跟高场长说，你们不让我当护林员，我就天天跟着你雒兴国不走了，你跟学校的那个女老师谈对象我也跟着。"

那个年代，农村里头自由恋爱被看作是有伤风化的大事情，被人家揭穿还拿来要挟，雒兴国又羞又怒，瞬间涨红了脸，气呼呼地转身就往院里走，骂了一句："你就是个赖皮！"

刘尕五似乎觉得抓住了雒兴国的把柄，得意地靠在门边上笑了两声。

买花棒的村民们来了，八步沙人即刻出去过秤，装车发车，很快就把买花棒的村民们打发走了。我爹和史金泉正在办公室对账目时，雒兴国满脸恼怒地进来了。他捞起屋角水缸边的瓢，舀了一瓢水就直着脖子往里灌，喝得急了点，还呛了一下。和生以为他是干活渴了，就提醒他慢点喝。

一瓢水下肚，雒兴国的恼怒并没有平息，他一抹嘴走到旁边坐下，兀自生着闷气，大家这才看到他的脸色不对，都觉得莫名其妙。

我爹转头问："兴国你咋了？为啥要生这么大的气？"

雒兴国调整了一下自己的情绪，懊恼里带着无措地对我爹说："场长，那刘尕五揣着上下五千年酒在大门口堵我呢！他说他要当个护林员，要我来跟你说说，如果我不帮他，他就……他就拿我和英子的事来威胁。你说咋办啊？"

这话一出，办公室里响起了热烈的笑声。雒兴国红着脸，怒目瞪着众人："你们这些人太不厚道了，我都遇上麻烦了，你们不想办法帮我，还看笑话……"

大家急忙收敛，但还是忍不住偷偷笑上两声。多大点事啊，就让这小伙子慌成这样？还不如姑娘家大方呢！

我爹不由得好笑："兴国，你冤枉人家了。人家是给你请罪来了，你怎么看不出来呢？"

雒兴国气咻咻地看了一眼窗外："他不是请罪来的，是将我的军来了。"

我爹打趣地笑道："你瞧瞧你这为难的样子，难道比追人家英子还难？"

众人又都大笑起来。

雒兴国红着脸埋怨："你们竟然也跟着刘尕五一起笑我，不仗义。"

我爹收住笑，拍拍雒兴国的肩膀说："走吧，我陪你去问问，看那刘尕五要干啥。"

午后的暑气正盛，大院外面的杨树叶子蔫蔫地打着瞌睡，连小鸟都偷起了懒，不知道躲到哪里去了，只有偶尔刮过的风，热乎乎地贴近人的身子，濡湿了人的额头，顺带着送你一片迷迷瞪瞪的睡意。

刘尕五倚着门墩，头一歪一歪地打着瞌睡，听见脚步声，抬头来看，见林场众人都出来了，急忙起身拍打屁股上的土。说实话，他对林场的年轻一辈都挺怵的，以前那几个老汉虽说也倔，但他自恃年轻力壮，就没怕过，还故意赶了羊群去林区附近转悠，趁人不注意再割点草、摧根死树带回去。但是，自从和雒兴国打过一架，那副不要命跟你死磕、硬磕的架势，让他都怯。还有派出所的警察说过的话，也让他记忆犹新："破坏林地，你已经犯法了。你不但不认错，还将人打伤，又犯了故意伤害罪。两罪并罚，最起码要判你三年徒刑。可人家雒兴国没有起诉你，八步沙林场也放弃了追究你的刑事责任，否则的话，你就进班房去了。"刘羊倌听了这样的话反问："他雒兴国也打了我，这是什么罪？"警察告诉他："是你到人家的林场里打人的，还差点把人家的脑袋开瓢了。人家反击你是自卫，要是把你打死了，人家是不会承担法律责任的。"

回到家里，刘羊倌认真地读了警察送他的《法律读本》，那上面把"破坏林地是犯罪"说得清清楚楚，把什么是自卫也讲得明明白白的。这时候刘羊倌就想，雒兴国是个厉害人，惹不起。可八步沙的这些人都仗义，没有把他送到班房里。所以，要报恩。怎么报？现在有两条路，一条是再不能去八步沙放羊，第二条是再不敢像过去那样打人了，真要出了事，你不蹲班房子谁蹲？

还有一个问题也让刘羊倌百思而不得其解。这雒兴国不就是八步沙的一个护林员吗？一年也拿不了几个钱，比起自己来更是要家底子没家底子，要钱票子没钱票子的，咋就为着几棵树、一把草，就能豁出命来跟人干仗呢？

刘尕五从小放羊，十多年来见的最多的就是羊，给他带来财富的也是羊，可是，谁都不知道他心底里最厌烦的也是羊。这次跟雒兴国打架，回家躺在炕上养伤的日子，他突然觉得异常清静，再摸一摸浑身的瘀青，心里有了不少的疑问。雒兴国一个白面书生，跑到八步沙去上班，这是第一个“为什么”。第二个“为什么”，是八步沙那些人，在他们眼里，这树比人还值钱。这一系列的“为什么”，刘尕五越想不明白，就越想弄明白。

他在信用社里也有一本存折，上面的数字足够让他称得上“万元户”了。也就是说，他刘羊倌不再为生计发愁了，他想换个活法。想来想去，他决定去干自己弄不明白的事情，就是到八步沙林场当护林员，看一看那些人到底长了一颗什么样的脑袋。刘尕五是家里的老小，他爹已经不在了，几个哥哥也是分家单过，互相不干涉各自的家事。于是，他下定决心把羊都卖了，然后来投奔八步沙。是的，就是投奔，跟小人书里说的故事差不多。刘尕五自以为是地这样想。

可是，八步沙林场，他也就和吕急人熟一些。那个人他并不喜欢，不像雒兴国那样有血性。刘尕五喜欢有血性的人。想到这里，他就找雒兴国来了。

雒兴国带着我爹到了刘羊倌的面前，他余怒未消，质问道：“刘尕五，我们场长来了，你说你到底要干啥？”

刘尕五龇牙一笑：“我不是说了吗？我要当护林员。”

雒兴国对他有成见，气恼地说：“你胡扯！谁信呢？”

刘尕五难得正色，竖着大拇指夸赞：“我刘尕五这辈子就认一个死理，谁厉害我就服谁。你雒兴国是条汉子，我服了。”

雒兴国怔住，一时无话可说了。刘尕五耍横他能应付，可他忽然态度大转弯，倒令人不知道怎么处置才好了。

我爹好整以暇地看了半天，这才开口问道：“刘尕五，我这八步沙林场，可不兴耍二杆子江湖匪气。你照实说，干啥来了？”

刘尕五擦了一把热汗，一本正经地说：“高场长，我卖掉了家里所有的羊，投奔你来了。”

这件事很出乎大家意料，我爹也觉得意外，和其他人交换了一下眼神。

雒兴国还是不相信刘羊倌会卖了羊，不耐烦道：“你痛快说，别云里雾里的。”

刘尕五诚恳地对着我爹说：“高场长、雒兴国，我真的没啥！就是想当个护林员，你们就把我收下吧！”

此时院里有四五个人，对恶名昭彰的刘羊倌戏剧化的转变都难以接受，狐疑地盯着他。

我爹挑眉微笑，想试一试刘尕五的诚心：“可以啊！不过我有个条件，你看能不能办到，能做到就好说。”

刘尕五热切地望着我爹，匪气十足道：“你说，是上刀山还是下火海？”

我爹笑道：“不用你上刀山下火海，你到林区扫羊屎蛋子去，你拉的羊屎蛋子你自己去收拾掉，什么时候把二道梁林地里的羊屎蛋子扫干净了，你什么时候就能当我们八步沙的护林员了。”

众人笑着看向刘尕五。

刘尕五歪头叫道：“哎！那都是羊拉的，咋就成我拉的了？”

我爹慢条斯理地说：“不愿意是吗？你不愿意我们绝不勉强……”

刘尕五毫不犹豫地打断我爹：“行，我明天……不不不，我现在就扫去。”

说完一转身跑了出去，跑了两步又停下来，转头笑道：“我的羊全都卖了，不过留了一只，回头杀了请大家伙吃肉，谁让它们吃了八步沙那么多的草呢。”

院里众人看着刘尕五远去的身影，大眼瞪小眼。

我爹笑着感叹道：“看来有些人光靠说服教育还真不行，这个刘尕五就是个门槛材料，你不踩他，他就不服你呀！”

和生憨憨地问：“场长，你不是不让打架吗？”

我爹含笑转身进门：“我啥时候都没说过让你们打架啊！”

众人又笑，心情愉悦地进了大院。

从此，八步沙又多了一个护林员。那之后的很长一段时间里，人们常常能看到刘尕五扛着大扫帚，哼着小曲儿穿梭在林区之间的身影，“刘羊倌”这个称呼也慢慢换成了“尕五”。

“尕五，今天又扫羊屎蛋子去啊？”清晨，路遇人们或真心或取笑的问候，刘尕五都乐呵呵地应一声，脚步轻快地往八步沙走。此时，大大的太阳正从无垠的沙海边升起，把刘尕五的身影拉得老长，并染出红彤彤、金灿灿的色彩来。于是，人们就在背后议论：“这又是八步沙的一个疯子呀！”

笑声里，八步沙新的一天开始了……

十三　虫害

光阴匆匆，消失于八步沙的日升日落里；日月如梭，把八步沙的故事一下子推到了 20 世纪 90 年代末期。

因为有了经济效益，又有国家对治沙造林的专项补贴，八步沙林场已经步入了良性循环的时代。同时，年轻的八步沙第二代也逐渐接了老一辈的班。按道理说，八步沙的日子从此就越来越红火了。

可是，天有不测风云，人有旦夕祸福。事实上，八步沙的境况并不尽如人意。为了增加效益，三年来八步沙在栽植其他林木的同时，适当扩大了种植花棒的规模。花棒的栽植面积上去了，这经济效益也就自然而然地上来了。可花棒天不怕地不怕，就怕大旱没雨下，一旦遇上大旱，随之而来的就是虫害。这一年，虫害在干旱的助威下，给八步沙林场带来了毁灭性的打击。

花棒毒蛾，也叫灰斑古毒蛾，追根溯源就是花棒这个树种生出的虫害。那一年，它们在八步沙肆意为祸，花棒大片枯死……不仅如此，毒蛾还蔓延到了沙枣树等其他树上，危害之大已经到了令人发指的程度。

这一天，八步沙林场的会议室里气氛异常沉闷，屋子里烟雾缭绕，旱烟、香烟的气味浓烈刺鼻，每个人脸上都写着焦急和凝重。

门帘掀起，以老场长为首的几个老汉走了进来，一下子被满屋子的烟熏得咳嗽起来。雒兴国这个原本不抽烟不喝酒的“五好青年”，进了八步沙林场，近朱者赤近墨者黑，也就自然而然地爱上抽烟喝酒了。因为白天在林场值班是一个人，到林场巡林也是一个人，晚上值班、巡林也就两个人。为了打发“寂寞”

这个魔鬼，就只有喝酒和抽烟两条路了。抽烟抽的是棒棒烟，喝酒喝的是上下五千年散酒。当然了，在八步沙还有一个活动，那就是读报纸、讲故事。第一代八步沙人基本上没有文化，就是读个报纸也是磕磕巴巴的，读不利索。到了第二代八步沙人这里，我爹算是最有文化的人了。他值班的时候，不是读书就是看报，可就算在这样的情况下，“寂寞”还是无孔不入。这样一来，你如果不抽烟喝酒，就没有办法熬过那些寂寞的时光。那些日子，多亏了上下五千年酒，那是我爹朋友的厂子生产的酒。整瓶装的酒他们喝不起，就买散酒来喝。

雒兴国见老汉们咳嗽，急忙去把会议室的窗户都打开，通风换气。

大家忙起身让座，我爹把一瘸一拐的爷爷扶到椅子上坐下。

爷爷是个急脾气，张口就急切地问：“虫害咋还没有治住？”

我爹叹气：“我们已经想尽一切办法了，还是没有找到灭虫的办法。”他这些日子被虫害弄得焦头烂额，脸颊都瘦削下去了。

雒老汉十分惊讶：“啥虫子厉害成这样？喷药也不管用？”

为了防治花棒毒蛾，雒兴国还去县上学习了一回，他便详细介绍道：“县上的技术员说，这种虫子叫花棒毒蛾，学名叫灰斑古毒蛾，是沙枣和花棒的天敌。目前还没有特别有效的药物来防治，过去在宁夏、青海发生过，主要靠人工摘除。可是……”

我爷爷瞬间不淡定了，瞪着眼睛问：“人工捉虫？那又不是自家的菜园子，巴掌大点的地方说捉就捉完了。八步沙那么大，怎么捉？我活了一辈子，还没听过杀虫药杀不死的虫子，这到底咋长成的？”

雒兴国继续介绍说：“这种害虫，国外也发现过，主要因为繁殖速度快，耐药性高，基本拿它没有办法。如果能多下几场雨，自动就缓解了。一句话，这还是旱情造成的。再有，就是从科学的植树原理上来说，咱们过去因为经济效益的原因，加大了花棒种植的面积。这样一来，病虫害一旦发生，花棒就会整片整片地死亡。”

还有这种说法呢？老汉们是第一次听，都惊讶不已，面面相觑。

钱老汉是第一代治沙人里头依然能坚守在沙窝里的人，他和老场长一样，每天还要去巡林，守护着四道梁的一片林区。听了雒兴国的解说，万分惊疑地问：“那不是跟过去的蝗虫差不多？”

雒兴国点点头，无奈道：“钱大叔，这的确跟蝗灾类似。”

屋里一片抽气声。蝗灾，那是过去的事了，老辈人见过的也没几个，但祖辈口口相传，把蝗灾看成是跟大地震同样可怕的灾难，这样的事怎么能不让人惊恐？ 1927 年的那场大地震，我爷爷才五岁，他亲身经历过的浩劫终生难忘，并经常向我们讲起如何半夜从倒塌的土屋里爬出，看到整个村子被夷为平地，死人无数的场景。

爷爷脸色灰败着垂下了头，深深为多灾多难的林场悲伤。

老场长不甘心地看着我爹问：“真的没有办法了？”

我爹颓丧地摇了摇头。

众人脸上都布满了愁云惨雾。

八步沙在烈日骄阳下，已经完全不见了往日绿洲的样子。白榆树细碎的枝叶泛出灰白的浅绿色，极力挺直凹凸皴裂的树干与沙漠和干旱抗争，在沙漠独有的热风蹂躏下，轻颤着身躯屹立不倒。

一丛光秃秃的花棒树下，钱老汉拎着水桶，舀起一瓢水浇到树根处。他的身旁是拉着水桶的毛驴车，白嘴的毛驴脊梁干瘦，像刀子一样。但它身上的毛色斑驳，跟它的主人那一头花白乱发颇为相似，有点患难之交的意思。

钱老汉抚着即将死透的树干，喃喃低咒：“该死的蛾子，该死的蛾子……”

吕急人负责的是五道梁，回家正巧路过，上前问：“钱叔，您咋在这儿？”他的言下之意，如今树木死得所剩无几，难得见谁大热的天还来巡林护林。当然，吕急人之所以来，是因为他要在自家院里搭一间搁杂物的棚屋，前来林区搜寻一些即将枯死的树干回去用。完全枯死的只能当烧柴，他要找的是将死未死的那种，趁还有利用价值，提前放倒了也不至于浪费嘛！吕急人一直都是这么认为的。

钱老汉不搭理他，单调地重复着往花棒根上浇水的动作。

吕急人对钱老汉的行事嗤之以鼻，好笑地劝道："钱叔，这大热的天，您还是赶着毛驴车回去吧，就不要白费力气了，救不活的。"

钱老汉闻言顿住，转身对着吕急人勃然大怒："王八羔子，你胡说啥呢？"

吕急人尴尬地说："天不下雨，您这么一瓢一瓢的浇，能活几棵啊？"

钱老汉气得胡子都要翘起来了，怒吼道："八步沙一开始的树，不就是我们几个老汉一瓢水一瓢水浇活的吗？"

吕急人无奈地耸耸肩，他不想和这个老家伙纠缠，两手向外扬着，做了一个你请自便的手势："行，行，您浇吧。"

钱老汉气哼哼地瞪了他一眼，吃力地提起桶，往远处另一丛花棒走去。

吕急人转身回家，不由得嘀咕："这老倔头真是疯魔了。"

尽管林区一片惨淡，但我爹他们始终没有放弃救治树木。经过好多天的摸索，他们发现一个规律，就是选择在夜间喷洒灭虫药效果好一些。因为夜里略有潮气，对于喜旱不喜湿的花棒毒蛾是相对不利的时间段。虽然干旱使得昼夜湿度相差不大，但这是八步沙人唯一的反击机会。大家在黄昏配好了药物，等吃过晚饭就向林区进发，凌晨喷洒，早上就会见到部分害虫僵死，这是一个喜人的发现，大家都愿意昼伏夜出，去当树木的保护者。

晚上，我爹他们在林场大院后面的沙地上刚刚按照说明配好了杀虫药，一个老妇人仓皇地冲进了场部大院，后面跟着两个青壮年男子。

老妇人放开声嗓喊："高山侄子，高山侄子，不得了了……"

我爹听到动静，立即和其他人从后院出来，大家的肩上还背着喷雾器呢。

老妇人是钱老汉的老伴儿，大家称她“钱婶”。

钱婶见了我爹，惊慌地哭诉：“大侄子，你钱叔不见了。”

我爹吃了一惊：“啊？”他马上意识到了什么，安抚道：“钱婶，您别急，慢慢说，您说……我钱叔不见了？哦，他肯定在林区呢，咋会不见了呢？”

钱婶跌脚哭喊：“不不不，他真的不见了。”

看情形，这钱婶也说不明白，我爹向两个青年看去，他们是钱老汉的两个儿子，老大比较木讷，老二钱林三十来岁，是一个耿直、爽快的汉子。

钱林忙向我爹说明情况：“高场长，是这样，我爹这两天一直用毛驴车拉水进沙窝，一天跑个三四趟，但今早出去，到现在没见回来，我妈打发我们进沙窝去找。我骑着摩托车直到四道梁那儿，光看见了驴车，可我爹却不见了。”

还有这事儿？大家伙儿都觉得不可思议。

钱婶软在地上，拍着地面哭道：“那个死老头子，这几天我看他神神道道的，八成是疯了、勺了（傻了），一个勺了的人肯定不知道远近，他跑到哪儿去了呢？”

我爹跟钱林一块儿搀扶起泪眼婆娑的钱婶，极力安慰她：“您先别急，我们这就全部进沙窝去找人。”

和生掂了掂喷雾器问：“那这药？”

我爹看了一眼天色说：“马上天黑了。沙窝里白天热死人，夜里气温下降却并不好受，就怕钱叔真在沙漠里出了事……现在，只能是先找人要紧了。”

众人放下手头的活计，都骑上摩托车一溜烟出了大院。

十四　寻找

夜晚的沙窝里月光明亮，放眼望去，果然是一派大漠沙如雪的奇景。对于八步沙人来说，这大好的景色谁都顾不得欣赏，也没有心情去欣赏，他们的心思和精力都放在了寻找钱老汉上。这老汉就怪了，他究竟到什么地方去了呢？大家走遍了四道梁前后，依然不见钱老汉的踪迹……

我爹带着两个人，骑着摩托车从四道梁那边的五道梁过来了，听了大家找人的情况后，告诉大家："不要着急，我们都寻仔细些，沟沟坎坎都不能放过。"

刘尕五忽然高声喊道："场长，你快过来看。"他从沙土里找到了一件衣服。

我爹看了一眼衣服，又喊大家来看，见钱林也来了，就把衣服交给钱林确认。钱林一把拽住衣服，打着手电筒照了照，点头道："高场长，这是我爹的褂子，没错，就是他的。"

"钱叔的衣服在这儿，人肯定也走不远，继续找。"我爹一声令下，众人又分散开往四周去找，一边找一边喊着钱叔的名字。

与此同时，林场的大院里聚集了一院子的青年男女，他们都是听到钱叔失踪的消息后赶来的。我爷爷和老场长等几个老汉也坐着摩托车急急忙忙赶来了。大家都很焦急。

老场长向村民们深深鞠躬，感激地说："乡亲们，人到难处见真情啊！你们能来帮忙寻找老钱，我谢谢大家了。"

一位村民在人群里说："老场长，你就别客气了，都是乡里乡亲的，我们这就进沙窝里找人吧。"

老场长再次鞠躬："麻烦乡亲们了。"

众人呼啦啦地出发，分头往八步沙各道梁去寻找失踪的钱老汉。

老场长转身安慰钱婶："他钱婶，你放心，这么多人去寻了，老钱一定没事儿。"

钱婶点头抹泪："等找到人，我说啥也不能叫他再进沙窝子了。"

几个老汉相对无言。此刻还能说什么呢？只希望钱老汉没事，尽快平安回来！

一夜马不停蹄的寻找，所有人憔悴不堪，都乏了、累了，但除了那件衣服外，没有找到钱老汉的任何踪迹。村民们也帮着找了一夜钱老汉，可依然一无所获，这让人不得不忧心钱老汉的生死。我爹见大家都尽力了，便让大家先返回林场，再做打算。

我爹双眼里布满血丝。这些天几乎是连轴转的忙碌，他甚至感觉自己睁着眼睛就能打呼噜，太累了就靠抽烟来缓解。

才送走村里的几位老人，我爹心头并不轻松，有个词叫什么来着？多事之秋。此刻他真是深有体会。

雒兴国见大家在办公室里着急，都不说话，也不睡觉，就试探着提议："高场长，不行就报案吧？"

蓦地，大家都向雒兴国看过来。

我爹恍然，一边欣喜着年轻人就是办法多，一边给其他人打气。报案也是个办法，这已经到万不得已的时候了，向派出所求助，请警察来帮助寻找，也许这个问题就解决了呢。于是，他信心大振："这天已经亮了，大家抓紧时间睡一阵。一个小时后，兴国去镇上派出所一趟，我们大家再往远里去找。一个大活人，全村人找了一晚上硬是不见踪影，我就不信，他还能插上翅膀飞了？"

林场有一间不大的伙房，忙时可以自己动手做饭。我妈和几个婆姨早早赶来，一个小时后，他们做好了凉州小吃山药米拌面（土豆米拌面）还有酸菜和烙锅盔（大饼），端进来招呼大家吃早饭。众人又累又饿，一个个端起碗来狼吞虎咽，只有钱林蹲在角落里抱着头不吃不喝。我妈看见，给我爹使了个眼色，我爹搁下自己的碗，从我妈手里接过饭碗，走到了钱林身旁："人是铁饭是钢，你不吃饱肚子，等一下咋去找你爹？快吃，吃了咱就出发。"我爹把饭碗递到钱林手里。

钱林抬头含泪看着我爹，像一个无助的孩子："高山哥，你说我爹他是死是活啊？"

"别胡想。老汉们过去进沙窝，一去好几天不回来的事情也常有，钱叔估计是迷路了。"此时的钱林不需要安慰，他需要一个家长，我爹如是认为，所以他得撑起钱家的希望，还有大家的希望。

林场大院里那辆蓝色的嘉陵摩托车是去年买的，自从史老汉中煤毒以后，我爹就暗暗下决心要买辆摩托车。这两年花棒的收益给了几家人底气，去年大家就商量着一起买了摩托。时下流行摆阔，但凡家底子殷实的人家都有一辆摩托车，也有那不稳重的，"嗖"一声从人群中穿过，故意博取别人的羡慕。但八步沙人买摩托车，比炫富更重要的一点却是方便、高效，去巡林的时候省事又省力。当然，要说有炫富的成分也无可厚非，沙窝窝里种树，过去是被多少人嗤之以鼻的事情，而八步沙人不但种活了树，还因为种树成为先富起来的一批人，对周边的村民们无疑是一种具有吸引力的引导。种树还能致富，原来这都是真的！八步沙林场因为这个，一度激发了村民们植树的热情。如果不出现今年的花棒毒蛾虫害，不出两年，土门镇也许会成为花棒的海洋了吧？

我爹几口扒拉完了饭，先出门来检查摩托车的油路。在八步沙的沙地里来来回回跑，摩托车的耗损格外严重。

我妈跟了出来，低声问："你说那钱叔能找到吗？我咋有种不好的预感？"

我爹一直是积极向上的人，不愿意听消极的话。听我妈这样说，我爹不高兴了，轻斥我妈 ：“胡说啥呢？你的预感哪一次灵过？”

我妈瞪眼看过去 ：“咋没灵过？你当初三番两次推脱着不去大林的公司，我就预感着你是铁了心要一辈子钻沙窝了。”

我爹不由得好笑，讥笑道 ：“你拉倒吧，那回往娘家跑了，有没有预感到我不会去央你回来？”真是哪壶不开提哪壶，我爹说的是 1993 年那场沙尘暴后，因为没去省城，而我妈跑回娘家又主动回来的那件事。这是我妈的软肋，一提起来我妈就受不了，就要和我爹呛呛一顿。

这一回我妈也不例外。她略有些恼怒，难怪奶奶当时说了一句“出门门槛低，进门门槛高”的话呢！那件事被我爹攥了小辫子，时不时提起来笑话上一回。我妈伸手在我爹的胳膊上拧了一把，替自己澄清 ：“哪一回我真跑了？还不是看着你成天吃苦受累不容易，回回都心软。”

我爹挨了不痛不痒的一下不以为意，整理好摩托车后起身对我妈说 ：“思想觉悟提高了嘛！我不跟你闲扯了，这就招呼着找人去。你等一下回村里去看看钱婶去，老太太别给急出啥毛病来。”

我妈点头答应了，嘱咐我爹骑车慢一点。

我爹转头向办公室喊了一声，屋里的人纷纷出来，迎着朝阳骑车出门。太阳刚刚蹿出地平线，殷红如血。

我妈到钱家，进门就看见钱婶躺在炕上呻唤，两个儿媳妇在边上默默伺候着。村里人待客都是请到炕上，我妈被钱家妯娌俩让到炕上坐下。

钱林媳妇提了一下嗓音，对着昏昏沉沉的婆婆说 ：“妈，高嫂子看你来了。”

钱婶慢悠悠睁眼，浑浊的眼里顿时涌上希望 ：“淑芳，你咋来了？是不是你钱叔有消息了？”

我妈微笑着安慰她 ：“钱婶，您别着急上火。高山他们又进沙窝了，还说要请派出所的民警帮忙咧！夜里不好找，今儿白天一定能把我钱叔寻回来。”

钱婶的眼神黯淡下去，一行清泪滑过枯槁的面颊，哭诉着说:“我黑里做梦，你钱叔穿的新崭崭一套衣裤，他跟我说要去见一个马什么的大人物，我就寻摸着他是回不来了。”

我妈僵住，“马克思”三个字瞬间冲上舌尖，几乎就要脱口而出。这是我爷爷常挂在嘴边的一句。听说他们六个老汉当年按手印承包八步沙时还曾笑言，治不好八步沙没脸见马克思。此处的“马克思”没有任何政治成分，跟马克思喝茶就跟问孟婆要汤喝一个意思。多洋气的隐喻，又是多冷酷的黑色幽默。我妈担负着安抚钱婶的使命，还要含笑劝慰。

“钱婶，梦都是反着解的，我钱叔呀，一准好好的呢，您就宽心吧！”我妈握着钱婶干瘦的手说。

钱家妯娌也附和着，端了一碗荷包蛋递到了钱婶跟前。

钱婶慢慢地接过了碗，低头间一滴泪落进了碗里。我妈看不得人流泪，只觉得心里沉甸甸的难受，便急忙辞了钱家妯娌，走出了那方院落。

第二天黄昏，钱老汉终于被找到了。准确地说，是第二天天快擦黑的时候。在离着八步沙几道梁二十多公里的荒漠里，一株野生的花棒旁边，钱老汉倒卧着气息奄奄。钱老汉为什么会跑到八步沙外的荒漠里去？谁都不知道，谁也说不清楚。也许只有等钱老汉醒过来，自己告诉大家这个谜底了。

我爹指挥大家把昏迷的钱老汉抬上了派出所的吉普车。救人如救火，闪着警灯的吉普车吼叫着一路疾驰，直接把钱老汉送到了县医院。在决定谁陪着钱老汉去医院的时候，我爹作为场长责无旁贷，与钱家弟兄俩一起去了医院。临走时，我爹还不忘叮嘱大家，钱老汉昏迷的事先不要告诉钱婶，免得吓着她。

十五　陪护

在古浪县医院病房外的走廊里，我爹见钱老汉从急救室转到了普通病房，就马上问大夫：“钱叔的情况怎么样？”大夫说后背有棒伤，现在已经没有了生命危险，其他的问题，等检查项目出来后才能知道，也才能确定治疗方案。听到医生这样的话，我爹的心安了一大半。现在只需等钱老汉醒来，问问到底是哪个龟孙把他打伤的。

把钱老汉安置到住院部后，钱林陪着我爹从病房里出来了。我爹看着钱林蓬乱的头发和干裂的嘴唇，知道他这两天来非常焦虑，可见钱林的的确确是一个孝子。我爹坐在医院走廊里的长条椅子上，终于撑不过困意，蜷缩着沉入了黑甜的梦乡。钱林定定地看着我爹陷入了沉睡，便脱下外套轻轻地盖在了我爹身上，然后坐在一边叹了口气。或许他这声叹息只是无意识的，却惊醒了熟睡的人。

我爹有个怪毛病，听不得人叹气，打雷不会影响他的睡眠，但只要有人叹息，他无论睡得多熟，总能一下子惊醒过来。他睁眼坐起来问钱林：“钱叔咋样？醒了吗？”

钱林摇头，下意识地再次叹气：“高山哥，你都为了找我爹累成这样了，我该怎么感谢你呢？”

我爹伸个懒腰清醒了不少，拍着钱林的肩膀说：“从老辈们按了手印承包治沙造林开始，咱们六家人就拴在一起了。谁家有事都是自家的事，一家人不说见外的话。”

钱林感激地说：“高山哥，这些年你没少帮我们，我都记着呢。”

我爹打个呵欠，摆摆手：“见外话我不爱听。最近事儿多，我再睡会儿，有事你喊我。还有，你进病房去看着钱叔，你在这儿我睡不着。”

钱林点点头，起身进了病房。

夜色浓郁正当好眠，我爹躺倒在长椅上，很快又睡着了。

第二天一大早，继续是个万里无云的艳阳天。

县城里的早晨喧嚣嘈杂，医院外面的街上叫卖吃食的声音勾人垂涎。我爹走到街上，吃了一碗凉州面皮子，顿觉精神抖擞。

面皮子是大凉州一带常见的食物，用面粉和了面团揉匀，然后放进盆里加凉水反复捏洗。洗面是制作面皮至关重要的一个步骤，而且非常有讲究，更是个技术活。反反复复捏洗过好几遍之后分离出面筋，面水澄清，撇去多余的水分，剩下的加入煮好的蓬灰水就可以上蒸笼去蒸，一般需要一个小时，面皮就蒸制好了。面皮子出锅后晾凉，切成条或者块，用自家酿制的老醋加了葱花熬煮成卤子，在碗里盛好面皮，上面搁点油泼辣子和蒜末，拿醋卤子一浇，那香味就把人的口水勾下来了。因为制作比较麻烦，大多数家庭主妇虽然都掌握着洗面皮的技艺，但只有农闲时，她们才会花上半天的精力去做一顿。每每谁家蒸了面皮，独特的香味总会飘出自家的院墙，满巷道都是酸酸辣辣的面皮子味道，特别馋人。

等回到医院住院部，迎面就碰上了满面阳光的钱林。“高山哥，我爹醒了！”我爹雀跃得像看到了八步沙的绿树红花，高兴得手舞足蹈，连头发丝都快乐地竖立着。太好了！我爹立即拉着钱林，以百米冲刺的速度往病房跑。

钱老汉已经醒了，除了虚弱，精神倒还好。

钱老汉睁开眼睛后，见我爹就坐在他身边，便断断续续地说起了他那天失踪的经过。

那天，他给花棒浇水，太累了，就在一棵树下睡了一觉。他醒过来后，远远地就看见了一大片绿洲，那里草木茵茵，湖水碧蓝，一大群牛羊还慢悠悠啃食着青草。他只是非常好奇，想要上前去看个究竟……因为在他的记忆里，这里并没有那样的林地和绿洲。钱老汉也曾怀疑过是自己眼花，但揉了几回眼睛，碧绿的大草原就在他的面前，他一步步走过去，不顾炎热更不顾疲累……可是，任凭他怎么走都走不到那片草原上。看上去很近，可到跟前又发现那草原还在前面不远处，所以他就一直走下去。他走呀走，从中午走到了黄昏，大草原却渐渐模糊了，直到彻底消失了。

“是海市蜃楼。”我爹素日爱看些杂书，他听出来钱老汉是遇上了海市蜃楼。也许，他看到的正是八步沙还是草原时的景象，那时候，八步沙确确实实是绿草如茵、牛羊遍野的草场。我爹向往地说：“那该是多么美妙而又壮丽的风景啊。”

我爹能够理解钱老汉当时的如痴如醉，老人们一辈子面朝黄沙背朝天，最大的梦想不就是让荒漠变绿吗？这不单单是他们的心愿，也是我爹追求的梦想啊！

钱老汉不甘心，他承认自己那个时候有些疯魔，但依然固执地顺着那个方向走了下去，直到天黑，才知道离家越来越远。

“可就在这时，我看见前面树丛里有人影晃动，还有说话的声音，然后我就看见有人挥着刀在盗伐树木。我气得什么也没想，一边喊他们住手，一边就冲过去了。”

“那您看见盗伐的贼了吗？”我爹问。

“他们脸上围得严也没看清，不过我和一个人交手时，我把他头上的帽子拽了下来，发现他好像没头发，是一个秃子，我不认识他。我正想质问他为什么偷盗八步沙的林木时，后背上突然挨了一棍子，我就什么都不知道了……”

我爹不甘心：“钱叔，这么说，您不认识这个光头，也没有看清楚袭击您的人？”钱老汉点点头，表示是这样。

这时主治大夫走进来，说:“哪位是病人的家属？病人的检查结果都出来了，请到医生办公室来一下。”

我爹安顿好钱老汉，让他好好休息，说：“钱叔，您好好养病，我一定要查出打伤您的盗贼。”之后，我爹便与钱家兄弟一道去了医生办公室。医生把几张化验单递给了钱家兄弟，转身又去应付其他病人。

钱老大接过来看了看，递给了钱林，兄弟俩看不懂上面的检查结果，只能大眼瞪着小眼。还是钱林明白怎么做，他追到医生那里，疑惑地问：“大夫，我们两兄弟没啥文化，这上面咋说？”

医生瞥了他们一眼，用悲天悯人的神情摇摇头缓缓地说：“初步诊断，老人得的是肝硬化，只是你们来迟了，现在已经是晚期了……”钱林兄弟听了，惊得不知所措。我爹上前接过化验单，一脸的难以置信，怎么又是肝硬化呢？这个病的名称，他知道意味着什么，和老汉、史老汉不都是得上这种病离开人世的吗？我爹与其说是受了惊吓，倒不如说是听到了一声惊雷，他拿着化验单的手都开始颤抖起来……

钱林面如土色地问：“大夫，还能治吗？”

医生摇摇头：“没有治疗的必要了，拉回家去，爱吃啥让吃点啥吧。”

钱家兄弟的惊吓里还有悲苦，呆呆地望着彼此。

我爹一把将化验单拍到桌子上，斩钉截铁的声音震惊了所有人：“我们八步沙已经有两位老人得这种病走了，我们不能让钱叔也走在这个病上。我们上市医院，上省城的大医院，钱叔必须救回来！”

医生扯了一下自己的白大褂，气呼呼地责备：“你这人，急有什么用？你们要是提前半年送来，那我们一定会有办法。现在老人都病成这样了才送来，你们早干啥去了？”是啊，早干啥去了？世上最怕的就是“早知道”三个字，最残酷的也是忽视了“早知道”而造成的难以挽回。我爹一言不发，转身走了出去。

钱林跟过来蹲在我爹身旁，涩声问："高山哥，接下来咋办？"

我爹红着眼，坚决地说："得治，咱们这就上市医院。"

钱林有些犹豫。他们家没有什么积蓄，恐怕很难拿出进市医院给他爹看病的钱，低头为难道："可是……"

"那也得治！至于医疗费，你俩别犯愁，我想办法。"我爹也清楚钱家的情况，但钱老汉的病只要有一线希望，他都不能放弃。已经亲手送走了两位得了同类病症的老人，我爹再也不愿意眼睁睁地看着又失去一位了。这些老辈人不光是林场的元老，更是八步沙精神的脊梁。只要钱老汉的病有一线希望，他都要想方设法筹钱去治疗。

钱林很感激，但是他不答应去市医院："那咋行？现在谁也不宽裕。我知道花棒都快死光了，你整天都在东奔西走地想办法呢，我咋能让你再为我们出钱？"

我爹更加坚决："林场现在是很艰难，但再难也得给钱叔治病。"

钱林点点头，像个孩子似的泪流满面。

我爹的心情异常沉重，低垂着头无力地坐在走廊里的长条椅上，眼前又浮现出几个老汉在沙窝里谈笑风生的画面来。

武威市医院的条件比县医院好太多了，但各种费用也相对高很多，就连吃食也比县上贵不少。我爹东借西凑的钱交完住院费就没剩下几个了。就这点钱，他还得精打细算着花呢。不过，再怎么计划，钱老汉的营养也得跟上，人家大夫说了，老汉身体太虚，急需补充营养。接下来还有一系列的检查和用药，没有一个好身体，怕是不行的。其实，在来市医院的第一天就已再次确诊，钱老汉的确是得了肝硬化腹水，且到了晚期，医生也劝他们回家，可我爹仍然坚持让老汉住院治疗。他对钱林说："医院没有直接不管不治的说法，即便是绝症也得试一试。"钱林摇摇头："高场长，你对我爹这么好，我都没办法报答你了。只是……我担心会白花钱……"

我爹没有直接给钱林说下面的话，只是在心里说：我没有一点点侥幸。钱叔是第一代八步沙人，也是三个得上癌症的人中还活着的一位，我说什么也得想想办法、尽尽心意吧？和老汉、史老汉得上这种病时，八步沙连一分钱的收入都没有，所以只能眼睁睁地看着老人离去了。现在不管怎么说，八步沙在我高山的手上赚钱了。虽说现在的八步沙仍然步履维艰，但我高山上任后给自己立下的规矩就是要在上辈人单纯治沙造林的基础上，要有收入，要通过治沙造林让八步沙人富起来。经过努力，这个愿望实现了。要不是要命的大旱，要不是那些该死的灰斑古毒蛾，我们八步沙人肯定已经富起来了。这是一个好兆头，也给我们八步沙指明了方向。接下来，我高山一定会在多种经营上下功夫，一定会在八步沙创造出人间奇迹来！

想到这里，我爹主意已定，无论如何也要试一下，无论花再多的钱，他也要拿出来！他要在这件事情上让大家明白，跟着他干，他绝不可能亏待大家。

这时候，钱林奉我爹之命，买来了苹果罐头。我爹打开罐头，笨拙地喂到了钱老汉的嘴边。

钱老汉吃着甜甜的糖水罐头，很过意不去地说："场长，咋能让你伺候我啊！"

我爹微笑着，又递上一块苹果，这是他听老汉说嘴里发苦时特意安排去买来的。看着钱老汉吃得香，我爹笑道："钱叔，您咋又叫我场长了？叫我名字，或者叫小名也行。钱林还得回去，地里的活离不开人。我作为场长，不能把您一个人撂在医院。我正好在市里有事情要办，所以才顺便伺候您几天。"我爹撒了一个善意的谎，只为着不让钱老汉有心理负担。

钱老汉感慨地笑了："我记得你小时候最调皮，每回都踩塌地窝铺，被你爹撵着满沙窝里打……这一眨眼，都是我们这些老汉的领导了。"

我爹觉得好笑，瞅着钱老汉打趣："这算啥领导啊？小时候，我爹每回打我，都是你们几个叔伯替我遮掩说情。现在我来伺候您，算是报答不？"

钱老汉愉悦地夸赞："这话说得让人舒心，比我家那两个崽娃子强。怪不得你爹明里板着脸，暗里总跟我们夸他儿子贴心咧！对了，伐木贼找到了吗？"

我爹说："已经报警了。等您出院了，警察还得向您录些口供呢！"

"嗯，好，一定要严惩伐木贼，不过一定要私下里调查看看其中是不是有内奸，不然伐木贼不可能这么明目张胆。"

隔壁床的病人好奇地插言："老哥，原来这个不是您儿子啊？看他给您伺候得仔细，我们都还羡慕您有福气呢！"

钱老汉笑呵呵地转头答话："这个呀，是我们林场的场长。"

隔壁床又夸："哎呀，真是好干部啊！这样的好干部现在可是不多见了。"

我爹不由得失笑，向对面的病人说："大叔，您老看错了，您见过我这样黑不溜秋的干部吗？我就是个沙窝里种树的。"

这话一出，陪床的家属倒很惊讶，从书本里抬起头看过来："沙窝里种树？你们不会是报纸上说的八步沙林场吧？"

这是一个十分清秀的年轻人，戴着眼镜，看起来文质彬彬的，几天来跟我爹只是礼貌性地点个头，并不多说话，这还是第一次跟我爹主动搭话。

我爹含笑点头："对，我们就是八步沙的。"

年轻人放下手里的书走过来，客气地与我爹握手："你是高场长吧？我叫王天云，是咱们《甘肃日报》的记者。那篇《六老汉的头白了，八步沙的树绿了》就是我同事写的。你们的大名可真是如雷贯耳啊！"

我爹也很高兴，没想到能在这里见到省报的记者，他对记者这个群体从来都是充满好感的："王记者你好！我们八步沙还要感谢你们的报道呢！"

王记者镜片后的眼睛炯炯有神："一直很敬佩你们，在报纸上读到八步沙林场的治沙事迹，觉得你们太伟大了，没想到却在这儿见到真人了。什么时候能去你们那里做个实地采访啊？"

我爹对记者的采访是非常欢迎的，因为八步沙几次翻身都是和记者的帮助分不开的。于是，他笑着回复王记者：“欢迎你到八步沙采访，只是最近可能不行，你看我们这……”

王记者表示理解，朗声笑道：“不急不急，我这也有病人呢，等过段时间再去拜访你。”

两个人一见如故，熟络地攀谈起来。

此时正值夏收时节，虽然是大旱年，但稀稀落落的庄稼基本上已经黄了，都到了收割的当口，各家都忙着割麦。这种时候，人们都忙得脚不沾地，而钱婶却闹上了脾气。她好多天不见钱老汉的身影，心里的担忧和挂念就越来越重，尽管两个儿子一再说他爹没事，可她如何放得下心？老人家想，不明不白地挨了一闷棍，住了这么些天医院了，这老头子也该出院了呀。你们说人已经好了，那他为啥还住在医院里不回来？

她想，这是人人都拿她这个老婆子当勺子（傻瓜）来哄呀，可她心里明白着呢，一定是老头子出了啥不好的事了，难道把内脏打坏了？她怎么也要去医院看看他才放心啊！于是，钱婶越想越生气，一大早就收拾了包袱执意要进城去，却被两个儿子和儿媳妇前后拦住，堵在了院里。

钱林赔笑劝她：“妈，您这是干啥？我爹过两天就回来了，您就安心在家等着吧！”

钱婶质疑，愤愤地对着儿子说：“我不信，我要亲眼去看了才放心。你们都说他好着，那为啥拦着不让我去？”

钱林拽住包袱苦劝：“妈，是我爹说了不让咱们去的，再说还有高山哥照顾着呢！现在农忙时节，各家都在割麦了，您要去市里又不认路，还得我们陪您，那得耽误庄稼地里的活呀！今年本来就收成不好，收得迟了，万一赶上秋雨连绵，那可就真正害死人呢！”虽说大旱，但难保立秋后突然变天，要是真的遇上连阴下雨的天气，收不及的麦子在麦壳里就长了芽，那接下来的一年就没办法解决吃粮问题了。

庄稼人自然以庄稼为重，钱婶听了这话，松动了，任由儿媳妇察言观色后大胆夺下了包袱。她叹口气说：“我是怕你们哄我。你爹从沙窝里寻到就送去了医院，人好人坏我也没看见，咋能放心嘛！”

钱林并不善于劝慰，而他哥木讷，从来也指望不上，他不得不使上浑身解数去安抚：“我们是爹的亲儿子不？如果爹的情况严重了，我们还能自己回来不管他吗？您放心，等割完麦子了，我爹就回来了。”

钱婶不确定地看着小儿子，眼睛里满满的希冀说明她已经妥协了：“割完麦你爹就回来？你可别哄我。”

钱林信誓旦旦地保证，生怕他妈不信，又扯过自己的哥哥钱老大来作证：“一定回来的，不信您问我哥。”

钱老大憨厚地点头：“妈，就是的。”

两个儿媳妇也忙不迭地点头确定。

钱婶相信了，一扭身坐到院里的石凳上吩咐：“那好，你们快点割麦，完了如果你爹还不回来，我再进城去。老麻烦人家高场长也不是个事，我心里也过意不去，他家也要收麦子的。”

钱林偷偷吁了口气，极力绽开一个轻松的笑脸来：“妈，您就放心吧。高山哥城里有事情，顺便帮我们在医院照顾爹，他家的麦子我们都帮着割呢！”

听到这样的话，钱婶彻底放心了，对两个儿子的做法也颇为满意：“那就好，咱们活人可不能只顾着自己。”

见老娘没有再起疑，钱林赶忙给自己媳妇和嫂子使个眼色，两个儿媳妇亲亲热热地搀着婆婆进了屋。

钱林弟兄俩看着彼此，无奈又凄惶。

十六　放弃

刘尕五自从到了林场，算得上是洗心革面、重新做人了，现在他接替钱老汉管护着四道梁林区，那叫一个认真。

最近大家一心扑在地里忙各自的事，刘尕五就一个人挑起了大梁，每天顺带着把其他几片林区也照管上了。虽说花棒遭了灾，但还有别的树木，所以管护也决不能放松，这是我爹说的话，刘尕五十分信服地遵照执行，不论剩下几棵树，他都是护林员。刘尕五半路出家，却俨然成了八步沙最负责任的护林员。刚刚巡林回来，他躺在林场办公室的长椅上扇着扇子取凉。摩托车驶进院里停靠的声音响起，刘尕五起身隔着窗户一看，是会计史金泉来了。

史金泉进门，急慌慌地掏出一个小包递给刘尕五，要他到市里去找我爹送钱。原来大家都知道了钱老汉的病况，每家各尽所能地凑了些钱，拿去给钱老汉治病用，他们对钱老汉的感情跟我爹是一样的。

“我们都有庄稼要收，走不开，你给场长把这钱送过去，钱叔救命用的。先头的钱都是场长自己拿的，这些钱是我们凑的，你可仔细着别丢了。”史金泉把小包交给了刘尕五，嘱咐他说。

刘尕五过去一直放羊，把自己的地给了几个哥哥去种，他没有麦地需要忙活，还真是比较闲。他拍胸脯答应：“史会计你放心，我这就出发，两个小时的路你瞎担心啥？我一定把钱一分不少地送到场长手上。”

史金泉又叮嘱了两句就出门，骑了摩托车一溜烟走了。刘尕五整了整衣服准备进城，嘴里嘀咕着：“看来没投错门呐！林场这几家人真仗义，自己拿钱给钱老汉治病，这也太感人了……”话没说完，他忽然顿住，想了想，把兜里的几张毛票都翻腾出来，也装进了小包里，然后高高兴兴地骑了自己的摩托车直奔武威市而去。

陪护病人是一件很苦闷的事情，我爹心里装着林场的鸡零狗碎，还要忍受夜里蜷缩在硬条凳子上蚊子的叮咬骚扰。他对此无怨无悔，只想为钱老汉争取一线生机。但他的美好愿望，还是在医生的再一次催促出院中支离破碎。

主治医生无奈地告诉我爹，不是医院和医生不让钱老汉继续住下去，实在是没有治疗的必要了。我爹做着最后的努力，恳求大夫再想想办法，不行就动手术。

医生也很直接地表示，但凡有希望，医院能不治吗？钱老汉已经是肝癌晚期了，开刀也于事无补。再说，病人年纪大，身体底子又差，手术别说没必要做，即便做了，能不能从手术台上下来都是问题，不开刀或许还能多挨些时日。

这是最残酷的回复。我爹其实心里清楚，但要接受却是另一回事。想想钱家兄弟俩，再想想钱婶的泪眼婆娑，我爹叹息着离开了医生办公室。而他出来的前一刻，钱老汉的身影刚刚消失在转角处。

钱老汉脚步踉跄地从外面进来，一下子瘫坐在病床上。

隔壁床王记者的父亲看见，很关切地问：“老哥，我看你脸色不对，没事吧？”

钱老汉摇摇头，默默地发起呆来。他听到了医生和我爹的谈话。面对死亡，不害怕是假的，只不过他放不下的还有很多，比如家里头牵挂着他的老婆子，比如他使唤惯了的毛驴，比如……他放心不下的很多很多。但最后，一切都抵不过他亲手栽下的那些树，那些浸润着他无数汗水和几千个日夜守护下来的树。大夫说得对，实在没有必要把时间和金钱浪费在医院里了，他要回家，回去再看一眼他放不下的八步沙林场，到了那时，就是死了也能闭上眼了。

午饭是我爹从外面买回来的凉州行面，还有一份香味扑鼻的卤肉。一个上午，钱老汉已经想通了，生死有命、富贵在天，就是死也没什么好伤心的。于是，他痛痛快快地吃完了饭，出去找我爹，准备办理出院手续回家。在医院的小花园旁，我爹正就着开水吃一个馒头，顺便想些事情，以至于钱老汉走近他都没有察觉。钱老汉看着我爹手里有些干硬的馒头，眼睛里泪花直转，如果没有记错，这是昨天早饭时自己吃剩下的。

我爹狼吞虎咽地吃完，一转身才看到了钱老汉，见他脸色不对，忙问："钱叔，您咋出来了？是不是有事找我？"

钱老汉忍着心底的酸涩，努力装作若无其事的样子对我爹说："我想着回家去呀！来了这么多天，看不到那沙窝窝里的树，到底心里不踏实，我想回去看看。"

我爹劝慰："树就在那儿呢，又跑不了，您老急啥？还是安心住院吧，等身体好了，咱们爷俩再回去。"

钱老汉摇头，脸上有一丝解脱了的轻松："我自己的身体自己知道，这不疼不痒的哪有病？就是前些日子看花棒大片大片的枯死，心里着急才有的毛病，现在都好了，就不花这冤枉钱了。明天，咱们就回去吧！"

对此，我爹无言以对，看着眼前黑瘦的老人，有许多的不舍。

钱老汉继续说："我呀天生就有个贱毛病，一天看不到八步沙的树和沙子就浑身不自在，吃饭不香了，睡觉不踏实了，就愿意在那沙窝窝里干点啥。双脚踏着沙地了，人才有精气神。"

我爹不由得微笑："这是你们老辈人的通病，我爹也经常这么说。"

钱老汉听了这些也有了笑容，感慨地一叹："是啊，你这一说，我都想念那几个老家伙了。那时候老哥六个在沙窝里，虽然苦点、累点，但只要能栽活一棵树，那些苦和累就不算什么了。"

我爹沉默了，钱老汉说的何止是他们那一代，自己不也是这样想的吗？花红树绿的八步沙是林场所有人的奋斗目标，看着沙漠一点一点地被绿色覆盖，其他的烦恼就全都忘了。只是……今年的花棒虫害给了林场一个巨大的打击，数年的经营和努力就这样毁灭了，怎不令人痛心？

钱老汉认真地给我爹交代：“该办啥手续就赶早办了，咱明天就回。”

我爹张嘴还要再劝。

钱老汉坚决地拍了板：“这回听我的。”

好吧！我爹无奈地点点头。

我爹和钱老汉回到村里时，新麦子已经打得差不多了。

钱家的院里摊开晒着刚打下的新麦，金灿灿的一片。钱婶握着一根木棒轻轻搅着，等晒干就可以装袋储存了。

钱老汉一脚跨进院门，嗅着麦香满足地长长叹息了一声，这是庄稼人最喜欢的味道，带着泥土和草木的清新，让人踏实又安心。

钱婶听到声音，转身一看，竟愣了片刻，回神后急忙跑上前，上上下下把钱老汉打量了一通，这才惊喜而又嗔怨地说：“你个死老头子，都快把人吓死了。”

钱老汉看着老妻温和地笑道：“我这不是好着呢嘛！”

钱婶忙不迭地点头：“好着就好，好着就好。”

老两口相扶着进了屋，他们苍老的背影诠释着“执子之手，与子偕老”的美好。我爹没有打扰他们，放下手中的东西悄悄离开。

晚饭时，我们一家也算团圆了，我妈特意杀了鸡犒劳我爹连日来的辛苦。这段时间大家都辛苦了，家里、地里的活全是我妈在照料，割麦、打场也没指望上我爹，好在还有钱家兄弟和林场其他几家人的帮忙，一季庄稼总算是全部收到了仓里。

饭后，爷爷抽着旱烟问钱老汉的病况，我爹犹豫着要不要告诉爷爷实情。爷爷目光如炬地盯过去，看我爹的表情，他就猜到是不好的病。我爹只能如实说了。爷爷一听，手里的烟锅子顿时掉到了地上，怎么和老史、老和一样的病症呢？要是那样的病，就没有啥希望了。

我妈很惊疑地插言："怪了，咋都是肝病？"

"可能跟长期住在沙窝里缺少营养有关吧，这个真的不好说。"我爹把自己的想法跟我妈说了，我妈的脸色惊骇起来，她用目光扫了一遍我爹，一言不发就收拾着刷锅去了。

夜深了，一声声咳嗽和叹息从爷爷的房间传来，在静谧的黑夜里异常清晰。

十七　生死

俗话说热急了生风，旱急了生雨，这旱了大半年了，终于迎来了一场久违了的中雨。这雨终于在一天夜里洒遍了八步沙，洒遍了武威大地。雨不紧不慢地下着，润泽着沟壑田野和八步沙，以及人们即将干涸的希望。风夹着雨滴滴答答地打着屋顶，前半夜声势浩大，到了后半夜势头渐渐转小。八步沙人在睡梦中就感受到了屋外的雨声沥沥，那湿漉漉的风从门缝里、窗缝里悄悄溜进来，用微凉的秋意让八步沙人做了一个舒心的、绿草茵茵的好梦。

天刚蒙蒙亮，爷爷就拿着烟锅，站起来往门外走，奶奶忙递上拐杖问："大早晨的，你干啥去？你个死老头子，一晚上翻过来调过去在炕上烙饼，害得别人也没有睡好。这下了一夜的雨，你该高兴了吧？"

我爷爷点点头："是呀，我出去看看八步沙去，顺便再去看看老钱。"一个晚上的彻夜不眠，让爷爷愈加衰老憔悴，他撂下一句话就拄了拐杖出去。

我爹急忙追出去，在院里跟爷爷说："钱叔自己还不知道他得的啥病，您看给他说不说实情了？"

爷爷气冲冲的，不知道是对谁，他就是感觉心里有气，就硬邦邦地说："都六十多七十的人了，没啥不能让知道的，我去说。"

我爹还是阻拦："我只怕钱叔受不住。"

爷爷突然笑了，笑得很凄凉："当初我们六个人曾经说过，一定要把八步沙治理好再去见马克思。现在有你们了，我们谁先谁后的走都是个走，有啥看不开的？"

我爹和跟出来的奶奶、我妈面面相觑，任爷爷拄着拐走出了院门，艰难地朝着八步沙走去。我爹一看我爷爷是先去八步沙，急忙说："我去送你！"爷爷说："那我先去看老钱吧。"

不知道我爷爷是怎么跟钱老汉说的，钱老汉要求钱林兄弟把他自己、我爷爷、老场长和雒老汉四个人送到八步沙去，他们要看看雨后的八步沙。我爹知道后，派人安排车辆，把他们拉到了八步沙。

沙梁上，四个老汉站在湿漉漉的地上，目光聚焦在眼前铺满植被的沙地和不太稠密的树木上，这是他们曾经的战场。下雨就能灭掉灰斑古毒蛾吗？他们必须得亲自去确认一回。钱老汉病势渐重，疼痛让他到了坐都坐不住的最后阶段。此时此刻，天地间氤氲着朦胧的薄雾，八步沙的树木沐浴在雨水中，多了几分鲜活，往日灰黄色的沙漠浸了雨水，变成了深褐色，踩在脚下沉重而涩滞。患难与共的老哥几个在沙漠里搀扶着蹒跚而行，谈笑风生。

近了，更近了，钱老汉救过的白榆树下有零落的枝叶贴在沙地上，一如生命最后的挣扎。钱老汉在儿子的搀扶下双手抚上树干，抬头看着稀疏的枝杈摇摆着向四面展开，不远处是史老汉孤零零的坟冢，这里也将是自己的归宿，他没什么不满意。再往前走，正是遭了虫害的花棒林，灰斑古毒蛾和它们的幼虫或僵死在光秃秃的枝条上，或半死不活地掉落于地，在绵绵的细雨里苟延残喘。钱老汉看着地上密密麻麻、层层叠叠、半死不活的灰斑古毒蛾，放心了……他跪在沙地里，仰头去接受这雨水的洗礼。

我爷爷要求我爹把车上的一箱上下五千年酒打开，给老汉们人手一瓶，他们像过去一样，把拧开盖子的酒瓶碰了一下，然后敬天、敬地、敬神灵，一瓶子酒就下去了半瓶。紧接着，他们才咣当一声碰了一下瓶子："为了八步沙年年有雨水，月月添绿地，干杯！"

老场长感叹："半辈子都给了这八步沙，才种下这么点树，还要跟人斗，跟畜生斗，跟贼斗，现在要命的灰斑古毒蛾也让我们给打跑喽。伟大领袖毛主席说得多好啊，与天奋斗其乐无穷，与地奋斗其乐无穷，与人奋斗其乐无穷啊！咱八步沙人有艰苦奋斗的勇气与决心，又有美好的前景，只要我们坚持下去，八步沙一定会变成草长莺飞、遍地绿色的美丽江南！”

钱老汉的癌细胞扩散得很快，整个人枯槁得就像一截老树干，他眯着眼不甘心地说：“我是看不到那一天了。你老秦、老高、老雒可要替我们先走的人好好看着。”

爷爷最近火气很大，看什么都是恨恨的眼神，说话更如同吃了火药，闻言气咻咻地说：“你们忘了愚公移山了？只要子子孙孙不绝，总会有整个八步沙山青树绿的一天。”

钱老汉微笑接话：“对着哩！当初也约定了，咱们这辈人不行了，就让儿孙接替。我打算让钱林接班。”

爷爷无端发了顿火，似乎也觉得不合适，口气柔软下来问：“好嘛！老钱，你还有啥心愿？”

钱老汉指向前面一块高高突起的沙丘：“那里是咱们栽下的第一棵白榆树，如今长得已经有腰粗了。”他淡然地说，“跟老史一样，等我闭了眼，也埋在八步沙吧！我要亲眼看着八步沙变绿，每天看着草木茵茵、湖水碧蓝的样子。除此之外，我再没啥遗憾的了！”说完这句话，他长长地舒了一口气。

老场长红了眼睛，转头偷偷抹了一把脸颊上的泪水，也把目光看向那棵白榆树：“行哩，到时候我也来跟你们继续做邻舍。”

“沙枣花棒苗健壮，破土已闻漠花香。那百年之后就都在一起吧，我也来。”我爷爷朗声大笑，眼睛里却涌上一层浑浊的水雾。

钱林看到钱老汉气喘吁吁的样子，急忙去扶，含泪苦劝：“爹，咱们回去吧！您也看到了，这虫害也随着雨水自然而然就灭了，您的身体要紧……”

钱老汉露出了笑容喃喃道："下雨了，哈哈，终于下雨了，咱们的树保住了！"

"爹，回去吧！"钱林快要哭出声来了。钱老汉留恋地看着八步沙。面对眼前的苍翠，他握着钱林的手笑了笑说："好，回了，儿子，爹这辈子没有给你们留下啥，这摊子树，你们要保住呀！"

钱老汉说完，扭头看着我爷爷，感慨地说："八步沙我舍不得呀，我还舍不得你们老哥几个啊！"话音刚落，人便缓缓仰躺在了湿漉漉的沙丘上，他的身下是绿毯般的沙米草，我爷爷一下子坐倒在沙地上，把钱老汉的头扶到了自己的大腿上，看着钱老汉静静地闭上了眼睛……

钱林弟兄俩扑上去哭喊："爹，爹您醒醒啊……"哭声悠长，缠绵在八步沙高高低低的沙梁间……树上的鸟惊叫着，扑棱棱地飞走了。

雨后碧空如洗，远远的天边有人在唱粗犷的凉州贤孝：

独木桥来真可恼，
苦害行人为哪遭？
此一去对我公父表，
派来人役另修桥。
行上马来坐下轿，
来往人再不受煎熬。
……

我爹和钱林兄弟商量了一下，便按照钱老汉的遗愿，把钱老汉葬在了八步沙，和史老汉葬在了一起……

这些日子，吕急人正闹心，自从钱老汉挨打住院，他就一直心神不宁。据说钱老汉被打的事都报案了，警察也来做了调查，但没有下文。于是，吕急人私下里叫来了小娃，问是不是偷伐花棒时打了钱老汉。

小娃点点头说："叔，是我手下的一个伐木工给了钱老汉一闷棍。当时钱老汉抓下了另一个伐木工的帽子，幸好天黑，脸上又带着护罩，不过那个人是个秃子，最近我让他躲起来避风头去了。叔，您放心，我绝对不会牵连到您。再说现在你们的花棒栽多了，成公害了，我们偷些花棒，还给你们降低损失了。叔，家里还有个羊脖子给您留着呢，晚上到我家喝酒去，咱爷两个好好唠唠。"

吕急人这时的心还悬在空中，这个小娃真是成事不足败事有余呀！如果偷花棒的事暴露了，他吕急人还怎么在林场呆呀？如果钱老汉被一棒子打死了，那高山还能饶得了他？蹲班房事小，那小子一定会将自己碎尸万段不可。

看来做事要有底线，以后千万不能见钱眼开了！

安葬了钱老汉后，钱林正式到林场上班，他那白森森的光头昭示着还在热孝中的悲痛。庄稼汉子面色都偏黑，一头黑发保护下的头皮就显得格外白净，顶着锃亮的秃脑袋，看起来既扎眼又荒凉。武威的风俗，父母去世，儿子就得剃了光头来治丧，老人们总说是一种讲究，却讲不明白为什么，那么我爹就会告诉你，这与身体发肤受之父母的古训有关。父母不在了，儿子剃头发有还恩、报恩的意思。

钱林来报到，我爹征求他的意见，是要继续管护钱老汉生前一直负责的四道梁林区呢，还是想着换一片其他林区来看护。四道梁比较远是一个原因，我爹也怕钱林去那里睹物伤情。

钱林却毫不犹豫："场长，我不嫌远，就继续去那儿吧。我爹病重的时候都不肯歇一天，瘫到炕上了还心心念念着他的树。我得替他去。"

我爹很欣慰林场又来了一位这么好的护林员，动情地说："好兄弟，四道梁交给你，钱叔放心，我们大家都放心。"

提起钱叔的去世，大家黯然神伤，都不说话了……

吕急人慢悠悠地插言："也没啥不放心的，反正死的也没剩啥了，看不看都一样。"

众人皱眉看向吕急人，这个人真的该叫吕气人更合适一些，他总说一些消极的闲淡话，在别人的伤口上撒盐。

吕急人的嘴损，八步沙人都知道，可不代表钱林也了解，他一听这话，一把揪住吕急人的前胸衣服，瞪着眼睛质问："你说啥？你说谁死了？你再给我说一遍！"

"我是说树都叫虫害闹得快死完了，你别误会我的意思。"吕急人挣扎着辩白，他也没料到随口说的话会刺激到钱林。

众人忙上前劝架，钱林不肯松手，办公室里乱成了一团。

我爹不由得发火，大声喝骂："对。树都死大半了，你们还留着做啥？都给我滚！"

大家见向来好脾气的场长突然发火，都瞥着我爹的脸色沉默下来。钱林狠狠地松开了吕急人的衣领子，低头站在了一边。吕急人捋平了衣服，气呼呼地坐下。

我爹点了支烟猛吸了一口。他这个场长就是个操心费力的活，还要时不时地扮演辅导员的角色："树是死的，但人是活的。咱们是遇到了困难，可困难是暂时的。现在，灰斑古毒蛾已经死光了，也就是说，虫害因为一场雨，已经彻底解决了。当然了,灾害虽然解除了,可林区的损失没有几年怕是恢复不过来的。我们有问题，就得想办法解决，自己先泄了气，这路还怎么走下去？"

屋里更加安静，谁也不敢出声。

"林场现在很艰难。其他树木虽然长势不错，但花棒大面积死亡，已经到了给大家发不出来补贴的境地。现在，我索性一次性告诉大家吧，我们八步沙还有更坏的消息呢！"我爹都不忍心把他刚刚得知的消息说出来，昨夜他翻来覆去睡不着，就在预想今天消息一出的场景。

众人还在懵懂当中，都抬头看着我爹，等他继续说下去。

我爹把昨天到县林业局开会时朱局长说的话跟大家说了一遍。原本治理完一亩林有25块钱的造林补助费，可今年起，这笔补助款不能再发下来了。屋漏偏逢连夜雨，船破便遭顶头风。不仅如此，随着南方大量的竹编帘子涌进市场，代替了花棒，老百姓盖房子已经不需要我们的花棒了。也就是说，人们盖房子已经越来越倾向于竹帘子的轻便和美观了……

大家一听我爹的话，都傻眼了，一个个大眼瞪小眼，仿佛有种1993年“5•5”沙尘暴来临时的感觉：世界末日到了！

我爹继续说：“现在，林场自身没有了经营收入，造林补助经费又停止了拨发，这意味着八步沙林场从此将没有任何出路了。我们大家伙想想看，是下岗呢还是想出新的法子来，继续在八步沙里坚持？”

吕急人大惊失色，从凳子上“呼”地一下站起来叫道：“这是啥时候的事，我咋没听说？”

其他人也一副难以置信的样子，这个消息太突然、太让人吃惊了！

我爹扔了烟头闷声答：“昨天我去县林业局，朱局长亲口告诉我的。”

吕急人愤然：“那我们咋办？散伙回家？还是出门搞副业去？县上不能不管我们的死活吧？我们可是受过市里、省里和国家表彰的，要不是为着有那几个造林补贴，我早都……”

虽然吕急人讪讪住了口，气呼呼地又坐了回去，但接下来的话，大家似乎都听到了，这句话就是“我早都离开这个鬼地方了”。大家都对吕急人侧目而视，意思是“你快滚吧，八步沙有你不多没你不少”。

我爹沉着脸继续说：“这个问题大家要正确看待。咱们县是全国重点贫困县，处处都要用钱，经费也确实困难。不过，人活着得靠自己。眼下这情况，只能想办法自救。”说到这儿，他停顿了一下，目光扫过众人又说：“今天既然话说到这儿了，趁着大家都在，不如一次性说透彻了。谁有啥想法或是意见都提出来；要走要留都表个态，我也好规划接下来咱们八步沙该咋办。”

到底该怎么选择，这是个难题。大家都低着头不说话，何去何从一时之间又怎能决断？办公室里唯有沉默，就连刚刚还信誓旦旦地要替他爹继续守护八步沙的钱林也在愕然之后无精打采起来。

世上有一种合作伙伴叫作“黄金搭档”，对于我爹来说，他的黄金搭档就非史金泉莫属了。这么些年来，他们两个配合默契，想事情也总能想到一起去，遇到难题,只要找他商议,他一定会有非常好的建议。现在遇到这样重大的变故，我爹心情也不好，晚饭后揣了瓶上下五千年酒，马上就去了史金泉家。

在史金泉家的炕上，两个人喝着酒，探讨着林场的未来。当时，他们都清醒地认识到，八步沙林场的生死存亡也许就在他们的一念之间，而如何在八步沙生存下去，却实实在在是个沉重的话题。

我爹和史金泉对面而坐，一口绵甜的酒入喉，秋夜的寒凉也随之荡然无存。我爹问：“金泉，白天的事有主意了吗？”

史金泉捏着酒瓶，给两个人的杯子里斟满了酒，灯光下，他的脸色因为喝酒而变得白皙不少，据说这是能喝酒的一类人，也是我爹羡慕的一类人，他总是几杯酒下肚就脸红脖子粗，看起来很狰狞的样子。

“场长，你肯定不想离开八步沙吧？”史金泉反问。

我爹苦笑一声：“我离开了八步沙，能去哪儿呀？”史金泉提醒我爹：“你有地方去呀！你老同学大林不是在兰州等着你去当他的副总经理吗？”我爹一巴掌拍在了桌子上：“金泉，难道连你都不了解我吗？我要是去兰州早就走了，还能等到现在吗？”史金泉笑了：“场长，我就等的是你这句话。”我爹抓起酒杯和史金泉碰了一下：“为我们离不开八步沙干杯！”

史金泉和我爹碰了一下酒杯，狠狠地喝下一口酒：“你不走，我也不走。不然，谁给咱算账呀？”

“林场的财政大权都在你脑子里，你还不知道吗？往后怕你这个会计没有账目可算了。”我爹的玩笑属于冷幽默。

史金泉果然没笑，一本正经地说：“那就不算账了，你给我升官，我当副场长。”

我爹调侃道：“我可不是说笑，现在林场一分钱没有，造林补助也没了，哪有钱买树苗？你这个时候来当副场长，可是只有付出，一点回报都得不到啊。”

史金泉自顾自地端杯抿了一口，龇着牙道：“就你老高有情怀，我就不能进步一点？还记得你当场长那天，站在林场大院说‘八步沙不绿，我哪都不去’吗？那时候我觉得你这人只会唱高调。可是一路走下来，你做了多少事，我心里却有本账、有杆秤。”

很快，一瓶酒快见底了。我爹微有醉意，听史金泉这样说很有些感动：“金泉，哥哥我第一个来找你，心里也清楚着呢！为了我们八步沙的娃娃有一个未来，为了我们八步沙能有花红柳绿的一天，我们再苦都值了！来，祝贺史副场长走马上任。”他拿起两个酒杯子碰了碰，把另一杯递给了史金泉。

两个人一仰脖子，把各自的酒灌了下去。

酒也喝完了，史金泉胳膊肘支在炕桌上问：“你说吧，接下来咋办？”

我爹等的就是这句话。他从怀里取出红皮的笔记本递给史金泉，示意他打开看。

史金泉打开笔记本浏览了一遍，一下子清醒了，抬头惊讶地盯着我爹，怔住了：“场长，你吃了熊心豹子胆了？你不顾一切啦？”

从史金泉家里出来，我爹醉歪歪地又去了和生家。

和生是八步沙林场最憨厚的一个人，他只顾闷头干活，对于我爹的到来也不往别处想，热情地将我爹让到了炕上。

“和生，好兄弟，你想不想当副场长？”我爹笑呵呵地问他。

和生给我爹端了杯水，老实地说：“场长，我没那个本事，也没那个想头。”

我爹醉眼蒙眬，大手一挥道:“不行，我就要让你当副场长，跟金泉……唔，不不不，跟史副场长一样，都是副场长。”

和生把水递到我爹手里，好笑道：“场长，你说得还真拗口，是跟谁喝得这么醉呀？”

我爹拿出一张纸，拍在炕桌上。

和生伸头看了一眼：“场长，这是啥？你知道的，我没啥文化。”

“这个是生死状，签了你就是副场长了。”喝了酒的人兀自乐呵着。

和生又往纸上看了一眼，可惜字认得他，他却认不得字，为难道：“这到底是个啥嘛？你也不说清楚。”

我爹酒醉心里明，看着和生问：“兄弟，你信不信得过我？”

和生努力点头确认：“信得过的，信得过的。”

“那你就签了它。”我爹拉住和生认真地对他说。

和生把我爹当个醉汉，哄着他:“好好好，我签。可是场长，我没有笔呀！”

我爹从口袋里掏出一支笔，举起来笑着道：“你没有，我有啊！”

和生还要再说，被我爹拦住了。和生见我爹没有开玩笑的意思，只好在纸上歪歪扭扭地写下了自己的名字。我爹认认真真地看了看和生签的字，然后把那张纸揣起来，也没有给和生打招呼，便摇摇晃晃地下了炕往外走去。

和生愣在地上满脸的莫名其妙，他依然觉得我爹今晚就是一个喝醉了酒的人，在那儿撒酒疯。既然如此，和生认为没必要当真，反而对他的场长十分心疼。这段时间以来，林场的坏事接二连三，搁谁身上能轻松啊！和生目送我爹走远，无可奈何地叹了一口气。

十八　出路

往日热热闹闹、人来人往的八步沙林场办公室，今天却冷冷清清，门可罗雀。

一大早，我爹和史金泉都提前来了。到了上班时间，还是迟迟不见再有人来。

桌上是摊开的一张纸，上面签的名字字体各异，这是昨晚六家人的签名，是我爹昨天晚上趁酒醉，挨家挨户去做工作得来的杰作，至于这东西到底要干些什么，恐怕签了字的人除了史金泉外，其他人都在云里雾里。

昨天的消息一出，综合现下八步沙林场的实际情况，这个小集体的解体貌似已成了定局，没有谁愿意守着一地黄沙喝西北风。但我爹和史金泉是个例外。

我爹和史金泉抽着自卷的棒棒烟议论着，林场陷入了困境，而且是前所未有的困境。大家都是上有老下有小，要生活就必须得有点收入，在能够果腹的情况下，才能想办法谋求出路。那么，外出打工无疑是最符合当前形势的。村里的“打工热”近年来持续升温，到城里的工地上去干，一天有 20 块钱的高收入，而八步沙林场每个人每月却区区 200 块钱不到，这本来就很微薄的一点钱现在也发不出来了，往后靠什么生活？所以，我爹和史金泉都能够理解大家的心情。可是不管怎么说，既然下定决心要在八步沙坚持下去，那么，八步沙究竟何去何从，就成了摆在我爹面前的一个大问题。

我爹是最早得到消息的，所以他早就对八步沙的未来犯上了愁。林场不能倒，这事毋庸置疑，不论从个人感情还是从大局考虑，都不能动摇我爹的决心。因为一旦林场解散，八步沙的那些树谁来管？都砍了平均分配拿去换钱吗？那还不如把他砍了！我爹连着两夜没有合眼，有无数种念头滚过他的心头，更有无数种想法涌上脑海。怎么才能把林场继续经营下去，让几家两代人的心血不至于白白抛洒在荒漠里？一句话，林场的出路在哪里？每每想到这些，他肩上的担子犹如万斤之重，压得他喘不过气来。

这天夜里，我爹睡不着，他偷偷拿出藏在柜子里的那本当年被我妈从炉火中抢救出来的、被火烧的面目全非的聘书，那还是几年前林叔叔亲自给他送来的。聘书的一半已经烧没了，而剩下的一半，带着冰冷的黑色烧疤硬皮。如果当初我爹选择了另一条路，会不会比现在轻松很多呢？但是，一想起那场百年不遇的黑风暴，想起那令人心有余悸的黑色“5·5”，他咬咬牙，又将面目全非的聘书放回了柜子的最下层。

多少年来，八步沙已经成了镌刻在我爹内心深处的印记。这些年来，在八步沙，我爹什么样的困难没有经历过？在这些困难面前，他始终没有妥协过，也没有理由退缩。现在，林场遇上了前所未有、没有办法逾越的困难，难道要妥协、退缩？不行，为了八步沙娃娃的明天，为了八步沙的未来，也为了自己的诺言，就是再苦再难，我爹也没有理由趴下！

想到这里，我爹咔嗒一声关上了柜子，随着那“咔嗒”的声音，我爹心里却一下子豁然开朗起来了。我妈醒来了：“这都什么时候了？你还不睡呀？”我爹笑着说：“我得感谢老同学那张聘书啊！是它给我带来了灵感，让我有了救八步沙的办法。”我妈说了句“神经病又犯了”，就又睡着了。我爹没有睡，他连夜把救活林场的想法记录在了笔记本上。截至目前，这还是一个秘密。可这个秘密，史金泉不但第一个知道了，而且我爹还取得了他的支持。

我爹和他的搭档史金泉这一天早上等到日上三竿了，林场大院里还是没有第三个人来。

史金泉往窗外看了一眼，问我爹：“你夜黑里挨家挨户都去过了？”

“嗯，不但去了，都签了字了。”我爹拿手指在签上字的纸上敲了敲说。

史金泉表示疑惑："那咋不见再有人来？"

我爹豪气干云地说："就咱俩，也得干。"

史金泉起身在地上踱了两个来回，思虑着说："我一黑里没睡着，就想着你说的事了。没钱买树苗，咱们就自己动手在各家地里育苗，这个没啥麻搭（麻烦）。但是在八步沙打井开荒，难呐！难于上青天！"

这就是我爹能和史金泉说到一起的原因，他这个人主意正，不喜欢说废话，要么不做，而一旦决定要做的时候，总能提前去想办法，把事情摆置得顺顺当当，并且提出建设性的意见和建议。

我爹微笑着示意他继续说下去，他也想听一听史金泉的想法。

史金泉慎重地开口："沙窝里无论是治沙造林，还是开荒种地，必须要有水，靠天吃饭肯定是不行。你提出打井开荒，以林养林，的确是个救活林场的好办法。机井必须得打，可在八步沙打井，没有先例啊，这个得找行家打听打听。还有，做这两件事，没人不行，没钱也不行。这些都得想好办法怎么解决。"

我爹用欣赏的目光看着史金泉，正色道："你想到的这些正是我成夜成夜睡不着所琢磨的。打井、开荒，看起来是两件事，其实是一件事，就是找钱的事。"

史金泉点头，翻开自己的本子看着说："我夜黑里盘算了一遍，按照如今的行市，从雇人打井到箍井，还有其他杂七杂八的花费，这一笔一笔的花销加起来，没有个三四十万可下不来。这么一大笔钱，别说在八步沙了，就是在全县也是一个天文数字，你说说，咱们到哪儿找去？"

我爹不由得笑了："不愧是会计，这么快就把账算出来了。"

史金泉瞪眼，扔给我爹一支烟道："都啥时候了，你倒还能笑得出来。"

青色的烟从唇间飘散，我爹淡淡地说："我准备找银行贷款去。"

史金泉思索着可行性，斟酌道："这是眼下最好的办法了。只是银行有规定，农民贷款最高两千，我们两个，再加上他们，一共六户，只能贷一万两千元，这能顶个啥用？还得做好两手准备稳妥些。”

两个人吸着烟都静默下来了。

因为屋里的人太过专注，连有人进到场部来都没有察觉。门外老场长打头，后面跟着四五个人，都屏息凝神地听着屋内的谈话。他们来了有一会儿了，在老场长的示意下都悄悄站在门外听，直到这时，老场长才渐渐地露出了笑容。

原来是这么回事！大家伙听得明白，用打井开荒的办法来自救，怎么听着都是个好主意。都是庄稼人出身，为长远考虑，一定离不开土地，能有更多的田地，谁都会赞同、支持。老场长和大家对望，点头微笑。

昨天晚上，老场长连夜去找大家商量留下来继续治沙造林的时候，每个人都没有反对，林场的存亡不单单是一两个人的事，应该是大家共同承担的责任。但鉴于我爹把这么重大的事情当作玩笑似的，不但喝得醉醺醺的，而且含糊其辞，到最后还是没有说出个子丑寅卯来，老场长和大家商量的结果是先晾一晾我爹。又鉴于他一贯对林场尽职尽责，是个称职的好场长，大家又一致决定再给他个惊喜。

见屋内的二人陷入了沉默，老场长给几个人使了个眼色，大声说 :“有啥国家大事啊，还关起门来不让人知道？”

雒兴国也故意扬声问 :“写个名字就能当副场长，这么好的事，场长别是今早酒醒就不认账了吧？”

众人嘻嘻哈哈地笑了起来。

我爹和史金泉听到外面的说话声，彼此相顾苦笑了一下。

老场长掀帘进门，玩笑着问 :“你们商量着找钱，我这儿钱没有，一条老命能看上不？”

我爹急忙起身相迎，笑道 :“老场长，您咋来了？”

钱林紧跟着进来 :“场长，还有我们呢。”

办公室里一下子热闹起来，雒兴国笑着上前："当官的好事，我们咋能不来？"

我爹自嘲："这是啥官啊？谁要能救活八步沙，这个场长我就让给谁。"

史金泉含笑抬眼看了一眼后面："咦，急人怎么没来？"

老场长叹口气，摆手道："他夜黑里找我去了，说为了供养娃娃在城里上学，他要到外面打工去，我同意了。还有，尕五说他相上了一个天祝女子，人家要求他入赘，恐怕也是来不了了。"

吕急人的离开是我爹和大家意料之中的事情，大家并不意外。至于刘尕五，原本也不属于林场，他能有个家安定下来，能解决自己的终身大事，这是好事，大家都为他高兴。

史金泉负气地说："想走的留不住，不想走的你也赶不走。就咱们几家人，照样能够做成惊天动地的大事情。"

老场长含笑点点头，从兜里取出一本存折，放在桌上。和生也把自己的存折放在旁边。钱林、雒兴国的是现金，都上前搁在了桌上。

我爹和史金泉对视一眼，表情复杂地又向众人看去。

老场长把面前的存折和钱一股脑儿推到我爹面前："高山，这是我半辈子攒下来的，拿它入个股，咱爷们儿再干一回。"

这时候，我爹说不感动是假的。要说感动嘛，也是自然而然的。这叫什么？这叫患难见真情。我爹动容道："老场长，这可是您的养老钱……"

老场长摆手打断了我爹的话："哎，说这个做啥？只要八步沙好了，你高山还能不管我的死活？再说，我的憨儿虽然不能接班，但我大女婿说了，往后他来接替我。"

钱林诚恳地接上说："我的钱不多，但家里还有粮食、牲畜，改天都卖了，有多少凑多少，不能把先人们的尸骨撂在八步沙不管。"

我爹一向不是个寡言的人，但此刻他却什么话都说不出来，只觉得喉头浓浓的酸涩哽得他一阵阵难受。

“对,我也是这么想的,我爹将来还要在八步沙安坟呢！”雒兴国嘿嘿一笑，说出了这话，惹得众人都笑起来，屋里的气氛轻松了不少。

我爹不由得笑骂：“你小子这么说，不怕挨雒叔的揍啊？是不是把娶媳妇的钱都拿出来了？”

雒兴国挠头笑着：“那林场将来管我娶媳妇不？”

史金泉打趣：“管！咋不管？给你娶个西海母夜叉。”

雒兴国悻悻地坐下去，面对大家的取笑，他早已学会脸不红心不跳了。

和生憨厚一笑，搓着手说：“场长，这是我的全部家当了，媳妇说，要是挣不上双倍回去，下半辈子就让我给她当长工，洗脚倒尿。”

众人哄堂大笑。

选址打井，备战开荒。这两件事同时铺开，从县上办完了打井、开荒手续，六家人全员出动，在荒漠里干得如火如荼。

沙漠里打井不比别处，必须得有专业技术员做检测和指导，而打井工程队据说是兰州最好的，几番辗转才请到八步沙来。人员、设备呼隆隆地开进了荒漠，平静了许久的八步沙深处，柴油发电机的声音和叮叮咣咣的清脆机器声，交织成一首欢快的乐曲，整个八步沙充满了热火朝天的浓烈气息。

史金泉作为打井的现场总指挥，在打井工地和开荒现场两头跑，除了会算账，他的调度能力又被迫开发了出来。而真正找钱的人是我爹，他专管贷款和外交，整天奔波于县里、市里的各银行间申请贷款。

不干不知道，一干吓一跳。预算和实际总有很大差别，等真正动工才发现，每天的花费如流水一般，各家凑的那些钱眼看就用光了，而这才仅仅是个开头。技术员预测，机井的出水深度至少在100米之下，这就意味着原计划的三十万元根本不够。这么一大笔巨款，到现在还连一分都没有着落呢！

十九　困境

武威城里的道路坚硬而繁忙，眼前是川流不息的自行车、摩托车、汽车……

午饭时分，街道上更加热闹起来，嘈杂声里，人们脚步匆匆。我爹坐在武威城里的马路牙子上，从包里掏出自带的馒头吃着，身后就是一家牛肉面馆，浓郁的饭香透过敞开的玻璃门飘散在空气里。闻着人家饭馆里的饭香就馒头吃，让他想起了阿凡提的故事，那个穷人在财主家墙根下吃馒头却被勒索。非常时期，能省一分是一分，我爹快速啃完一个馒头，起身拍拍屁股上的土，往街对面的另一家银行走去。半个凉州城都转遍了，每条街上都有银行，可是他从大大小小的营业厅到柜面都问过来了，根本没有哪一家银行愿意贷款给他。

我爹私下里想了想，也许那些比如工商银行类的，前面有个“工”字应该是比较倾向于工人的吧？想到这个，他就专挑农业银行进去问，但是得到的回答和工商银行如出一辙，他一次次遭到拒绝而告贷无门。

光可鉴人的大理石地面明亮干净，午饭前后，银行大厅里排队的人稀稀拉拉的，很快就轮到了我爹。

“同志，我贷款。”我爹说得格外客气谦卑。

银行职员许是每天办理同样的业务，声音里都是机械运转的咯嘣脆响，眼睛盯着电脑，头都不回地制式问话：“贷多少？身份证、申请表。”

我爹赶紧递上身份证和填好的申请表：“三十万。”

话音一出，另一边的一个男职员抬眼打量过来，惊讶地提高了嗓门问：“三十万！有没有搞错？”

女职员也惊着了，俊俏的眉眼也甩过来了：“什么？你贷多少？”

我爹继续笑着重复：“没错，就是三十万。”

“你这老同志真能张嘴说啊！三十万那是多少，你见过吗？”一声冷笑从柜面后响起，女职员用看神经病般的眼神表示着她的嘲笑。

三十万是多少我爹没有见过，但他知道的是，这三十万能救活八步沙林场，可以打一眼机井、开三百亩荒地，也就能一边种着地一边继续种树治沙了。当时还没有专业的词汇来说明或者概括他们的自救办法属于什么理论定义，后来才有人把这个主意叫作“以农促林、以林治沙、以副养林”的多种经营新思维。

自从申请贷款以来，见过太多的银行工作人员，也遭遇了种种冷漠的拒绝，但像今天这样的讥笑还是第一回听见。我爹不由得恼怒：“你们这是怎么说话的？啥工作态度？”

女职员不屑地瞥了一眼我爹，像撵苍蝇似的挥着葱白的小手：“去去去，后面还有人排队呢！”

我爹更觉得屈辱，拍着柜面怒吼：“能不能贷你说清楚啊！就这么打发人？”

柜面那边，隔着玲珑剔透的玻璃墙，女职员的冷漠口气中难掩一丝不耐烦：“肯定不行呀，还问？下一个。”

我爹被后面的人挤到了一旁，他气恼地离开柜面，出门时从银行玻璃大门上看了一眼自己黑黝黝的脸。老同志？我有这么老吗？

又是一次铩羽而归，我爹站在银行的台阶上，要不是努力忍住了，他的眼泪就流下来了……

坐上回家的班车，近乡情怯原来是不敢面对的惭愧和希望破灭的无力感。他不怕被人一次次推出银行大门，只害怕那些跟他一样黝黑的脸孔上一双双渴望惊喜的眼眸，害怕看到他们希冀的眼神渐渐黯淡下去的那种失望。我爹甚至质疑自己的决定是否正确。几家人变卖家产到了家徒四壁的窘境，难道就这样放弃吗？不行！他咬着后槽牙暗下决心，不行，我不能就这么算了，我一定得想办法把钱找来。

这一天夜幕降临的时候，我爹才回到了家里。奔波了一天又累又饿的他，回家吃着热乎乎的晚饭，有片刻的满足。看着狼吞虎咽的我爹，我妈忍不住埋怨："让你折腾，这回碰到钉子了吧？银行又不是咱家开的，哪能你去了就把钱提出来呀？"

我爹把空碗推过来："废啥话，再盛一碗。我这又冷又饿的，还淘了一肚子的气，回来你还叨叨个没完了。"入了冬，早晚天气骤然冷下来，我爹从镇上骑着摩托车回来，刚进门时直喊着冷。

我妈盛了饭，带着火气砰的一声放到我爹面前，没好气道："又不是我让你去的，活该。"她的话虽然硬邦邦的，却有心疼在里面。可惜我爹今天心情太糟糕，他对我妈的态度极为不满，"噌"一下站起来，发火道："你还越说越来劲了！动辄摔碟子掼碗的无法无天了？"

我妈寸步不让，针锋相对地往前一冲："咋？你还有理了？当年让你去省城当总经理，赚大钱享福，是你不去的。到现在了，知道错了吧？啊？你这么歪干什么？要干仗是吧，给你打、给你打……"我妈一边骂着，一边把头直往我爹怀里砸。

女人撒泼往往是最难应付的，我爹也束手无策，把我妈掀开说："你再闹，再闹我可真下手了！"

我妈顿时大哭，一声比一声高地哭骂道："这日子真是没法过了。家里值钱的东西都被你拿去砸进了沙窝子，我说啥了？当年你先是辞掉供销社的工作去种树，后来又放着体面的总经理不干，死活要进八步沙，我说啥了？这还没发迹呢，就想着打老婆，你还有良心没有？"

那是我们姐弟见过的父母之间吵架最凶的一次，我妈边哭边数落着我爹的不是，吓得我和姐姐赶紧往爷爷奶奶的屋里跑。一般这种情况下，我爹都会选择沉默，然后点起一支烟猛抽起来，把自己埋在浓浓的烟雾之中。

爷爷奶奶站在院子里，儿子儿媳妇吵架让他们也不得安生，而且村里有的是以传闲话为乐的长舌妇，巴不得谁家有点事，她们也好从中寻求乐一乐的趣味。尤其是像夫妻不睦、家庭不和之类的事情，是长舌妇们最爱的话题，传着别人的闲话，表面上一副忧国忧民的样子，无非是借此做个对比，来炫耀自己家的满门和谐，以彰显自身的优越感。

好面子的人脾气大多比较暴躁，比如我爷爷就是典型，他拄着拐杖站在院里吼骂："大半夜的闹腾啥？也不怕邻舍们笑话。"

我奶奶急忙阻拦，被爷爷一把甩开："能过就过，不能过该离就离，该休就休。都四十的人了，见天闹有脸啊？"

奶奶深知村里长舌妇们的底细，害怕自家成了村头巷议的笑柄，惊慌地阻止着爷爷，拽着他进屋。儿子媳妇吵架，那是小两口子之间的事情，别人越掺和越麻烦，她不能任由爷爷再裹乱了。

爷爷在奶奶的拖拽下还是怒气冲冲，那么大的吼喊声，我爹在屋里自然是听得清清楚楚，只好隔门回了一声："爹，您回屋睡吧，没事。"他不愿意把狼狈呈现在二老面前。

爷爷骂骂咧咧地进了屋，院里又恢复了平静，月光洒落一地，清冷而惨淡。

打井点上机器还在轰鸣，史金泉给打井的师傅们挨个儿散发着劣质香烟。

打井队长抽着烟，把史金泉拉到离机器稍远的地方说："史场长，这沙窝里土质太软，井打下去二十米可就得放箍圈了，不然再打下去就怕塌方，那可就前功尽弃了。你们把箍井的水泥圈都买回来了吗？"

这话，打井队长已经问过好几遍了，史金泉只能含糊其辞地打着哈哈："快了快了，你们干你们的就行。"

打井队长不满意史金泉的回答，很严肃地告诉他，打机井那是需要技术和所需材料同步配合的，要是材料不到位，他就只能命令停工了。100 多米的机井，这可不同于普通的水井，没有相应的配套材料和工具根本不行，没有水泥圈层层巩固下放更是天方夜谭。八步沙是典型的流沙地貌，或许一夜大风，刚挖下去几米的井坑就被沙子填平了，第二天又得返工。

史金泉怎能不知道这些，可是哪还有钱买水泥圈呢？粗略算算，一只圈高 50 厘米，100 米就得 200 只水泥井圈，还不算运输途中裂了不能用的以及其他环节万一发生的损耗。而根据技术员的预测，100 米只是一个最保守的估算，100 米以上和 199 米的差别可大了，打不到出水，谁也说不清楚到底是多深，那井圈的购买量就不止 200 只的数字了……但，钱在哪里？到目前为止，贷款还一分钱都没有见到呢！

史金泉极力撑着笑脸保证："放心，一定不会耽误的。"

打井队长半信半疑，又吆喝人继续干活去了。

史金泉转身就愁容满面，款项落实不了，他真的拖不住了。

与副场长史金泉同样焦虑的我爹，一大早就出门进城去。他一夜没睡，想了一个迫于无奈的办法，今天就到市里去寻求帮助。叫寻求帮助是符合实际的，说成上访也是可以的，因为他是要去找市长反映情况，争取能够解决贷款的难题。

我爹刚出院门就碰见了隔壁的王大嫂，矮胖的王大嫂是村里出了名的闲话婆娘，我爹不想跟她多搭话，但架不住王大嫂探究别人家是非的好奇心，她堵在我爹的摩托车前面问："高山，一大早急慌慌的，这是要去哪儿啊？"

我爹骑上摩托车，一脚蹬地发动车子，随口应付道："到市里去办点事。"

王大嫂凑近两步，包着花头巾，只露出两只眼睛，兴味盎然地问："夜黑里你们两口子吵架啦？"

我爹最厌烦这个女人的长舌，冷冰冰地否认："没有的事，你听错了。"车子发动,排气管里呼呼冒出淡蓝色的青烟,我爹整了整头盔,一脚油门往前走了。

王大嫂翻了个白眼,轻蔑地刻薄道:“哼,还不承认呢!瞎折腾的,婆娘都养不住了,当谁不知道似的。”

摩托车早已走远,我爹没有听见这句话,但正好出门的我妈却听了个清清楚楚。她跟王大嫂不同,毕竟上过中学,有文化,不屑于和一个大字不识、以传闲话为乐趣的泼妇一般见识,但王大嫂的话实实在在很伤人,我妈憋着气瞪着那女人的肥胖身子摇摇晃晃进了她家院门,眼里的泪水“哗”一下就开了闸。这过的什么日子啊!连一个以前穷得一直来借醋却从不还的人家都可以看不起我家了吗?我妈脚步僵硬地回屋,看看空荡荡的家里,既心疼那些卖掉的家具,又心疼我爹。那个女人说什么?折腾得婆娘都养活不住了?这话多伤人呐!她为此不是没有埋怨,但绝不能够被别人看了笑话。想起昨晚的吵架,我妈深深后悔,她决定今天要蒸面皮子,等我爹回来吃。面皮子虽然做起来麻烦,但那是我爹最爱的吃食。

二十　上访

市委办公楼低调庄严，院里干干净净的，一点都不嘈杂，一门之隔的大街上却人声喧闹，车流如织。门房的“大盖帽”看过了我爹的介绍信，填了登记表就客气地让我爹进来了。还好，爷爷提醒他要去找镇上开介绍信，否则进不了市委大门。开介绍信的时候，我爹耍了个小聪明，告诉人家是找市里的领导请示治沙先进报告会的准备情况的。实话坚决不敢说，别说镇上，就是县上如果知道他是去上访，这路就别想能走通了。人都活不下去了，还开啥先进报告会？林场众人的抱怨里也有我爹的声音，贷款再解决不了，就没有八步沙林场了，所以他今天必须要见到市长。

长长的走廊肃静整齐，我爹抬头看着房门上的标示牌，挨着找市长办公室。

一间办公室里走出来一位像是办事员的年轻人，看到我爹就迎上来问：“你找谁？”

我爹忙客气地微笑着问他：“我找李市长，请问他在哪间办公室？”

办事员警惕地打量了我爹一通，不无戒备地又问：“你找市长？什么事？”

我爹掏出介绍信递过去：“我来找李市长解决贷款的。”

办事员看都不看，态度轻慢地说：“市长不管贷款，你去找银行吧！”

“银行贷不上我才来找市长的。”我爹收回介绍信，执拗地往前又找过去。

办事员上前拦住，很没有耐心地说：“那不还是银行的事吗？市长忙着呢，你这样鸡毛蒜皮的小事，自己想办法解决吧！”

市长还没见到怎么能走？我爹急了，直着脖子就冲对方喊道：“你这位同志咋这样说话？你都不了解情况怎么就知道是鸡毛蒜皮的小事？”

办事员急忙示意噤声，撕住我爹的一只袖子把他往外面带，面色不善地说：“这里是办公大楼，你嚷什么嚷？走，出去说。”

我爹很着急也很气愤，他的声音更大了：“我不出去，我是来找市长救命的，为啥要出去？”

我爹的声音太大，各个办公室都有人开门出来看。

办事员惊得脸都绿了，连连摆手让我爹安静。

“发生了什么事？”一道威严的声音从走廊一头传来。

办事员赶忙转身，指着气咻咻的我爹给那人说：“李市长，这位老乡说要找您。”

李市长？我爹越过办事员的肩膀看过去，一位看上去五十多岁的人正站在走廊上盯着他们。

李市长一听，带着责备说：“找我就带来我的办公室嘛，在楼道里喧哗影响大家的正常工作。”

办事员连连点头，转头对我爹介绍：“这位就是李市长。”

我爹有点蒙，呆呆地没有说话，想不到见到市长是在这种情况下。

我爹看着李市长转身进了办公室。

办事员苦笑着对我爹说：“你厉害，把整个办公楼都惊动了。进去吧，李市长要接见你。”

这就见到市长了？我爹攥着介绍信还在呆愣中，办事员又叫了一声，他才木木地跟着走进了市长办公室。

李市长的办公室除了大，摆设并不稀奇，只摆放着简简单单的桌椅沙发。我爹略显局促地站在那里，目光却放在了靠窗边的一盆绿植上，翠绿的宽大叶片一尘不染，栽种的瓷盆那洁白的胎底上烧制了蓝色的花卉图案，看起来漂亮极了。如果八步沙的那些树能长成这样该有多好啊！我爹艳羡地多看了几眼。

李市长静静地打量着我爹，和蔼地一笑，叫我爹过去坐下谈。

我爹搓着手走了过去，站在李市长的桌前，他有点胆怯。

李市长含笑打趣："刚刚不是胆子很大，嚷着要见我吗？怎么现在反倒拘束起来了？有什么事先坐下来慢慢说。"

"李市长，我……我头回见您这么大的官。"我爹少有的腼腆，说话还结巴上了。

李市长好笑地敲了一下桌子："我的时间可是十分宝贵的，你要再不抓紧时间把你的事告诉我，我可就得忙其他工作了。说说吧，你是谁？找我是解决哪方面难题的？"

说到难题，我爹一下子镇定下来了，他鼓足勇气说："李市长，我是八步沙的高山，林场要贷款打机井，可是银行都跑遍了，没贷到一分钱，我们是实在没办法了才来麻烦您的。"

"你就是八步沙的那个高山啊？嚯，大名鼎鼎嘛！坐下谈、坐下谈。"李市长笑容更盛，亲切地看着我爹按了按手示意坐下。

我爹这才放心落座，憨厚地笑了。

李市长反倒起身转出办公桌，来到我爹旁边坐下问："你说打机井？是在八步沙打吗？"

我爹点点头，把要在林场打井的必要性和八步沙面临的生死存亡问题跟李市长细说了一遍。

李市长听得很认真，然后担忧地问："荒漠里打井，这可是相当冒险的举动，你确定能打成？不要到时候没打出水来还劳民伤财。"

只要一谈林场，我爹的自信就能瞬间恢复："李市长，我们都调查了，也请水利专家研究了，说能成，但出水层预计在一百多米以下。"

李市长颇感兴趣，点点头又问："这么深，那可是个大工程了，你们预算了没有，需要多少钱？还有，水利局的手续都办了没有？"

"都办好的，县水利局也给了批复。"我爹如实汇报，他知道李市长问这话的意思。西北是缺水地区，这两年为了涵养水源，防止地下水过度开采，市里下了文对打井进行严格控制，以免滥用导致地下水匮乏。我爹回答了第一个问题，又紧接着汇报说："李市长，从打井到出水，全部完工得 30 多万。之前，我们六家人变卖牲口、粮食，共凑了近十万元，可是离 30 万还差得很远。"

李市长之前还频频点头，听到这儿忽然沉下脸来，批评道："你们倾家荡产地去打井，万一打不成，考虑过后果吗？胡闹嘛这是。"

"李市长，不这么做，八步沙林场就倒闭了。我们也是为了自救，不然大家散伙了，我们八步沙几十年栽下的那些树就都是个死，我们舍不得啊！"我爹如实地说出了林场的困难，还有坚决治沙造林的决心。

李市长叹了口气，半是批评半是夸赞地说："你这个高山呐！让人真是又爱又气，做事情完全不计后果嘛！"

我爹不是个笨人，从李市长的话里听出了希望，很精明地问道："李市长，您是答应帮我们了吗？"

李市长拿过桌上的纸笔，"唰唰"写下一张便条递过来："我只能试一试，还不知道能不能帮到你呢。"

我爹双手接过，开心地笑着说："您是市长，您说了话，银行还能不答应吗？"

李市长严肃地看了过来："我是市长，但也要按银行的贷款制度办理。希望你们坚持治沙，不要辜负了关注和关心你们的人。"

"市长放心吧，我们一定按您说的办。"我爹万分宝贝地把李市长写给他的便条装进包里，再三感谢后离开了市长办公室。

事情办得这么顺利，真是超出预料。我爹脚步轻快地出了市委办公楼，脸上神采飞扬。很快就可以贷到款了，我爹仿佛看到八步沙的井已经打成了。那蓝莹莹的水已经浇灌到开垦的荒地上了。实话实说，八步沙能不能活，全在机井上，他早就做好规划了，等打了井，就把那开好的三百亩地种起来，不能单种小麦，还要种其他经济效益比较高的作物。只要救活了八步沙，一切就都有奔头了。我爹掏出李市长给他的条子又看了一遍，上面龙飞凤舞的字体异常可亲，市长都说“请农业银行予以支持办理”了，那这事就八九不离十了吧？我爹正兴奋地计划着八步沙的未来，冷不防后面一个人猛地拍了他的肩膀一把，惊得他抖了一抖，回头一看却认得，正是陪钱老汉在市医院住院时，一个病房里认识的省报记者王天云。

王记者大笑：“老高，可真有你的，都敢大闹市委大楼了？”原来之前我爹跟那个办事员起了争执在楼道里嚷嚷的时候，被恰好也到市委办事的王记者给看到了，当时问旁边一间办公室出来的人发生了什么事，那人还说是个农村老百姓上访来着。王记者从背影看着就确定是我爹，所以办完事便在大院里等着了。

我爹苦笑一声，跟王记者吐苦水说：“王记者，这也是实在没办法了逼出来的。你不知道，我来的时候都想好了，要是市长不管，我就一根绳子吊死算了。我现在的处境就像钻进风匣里的老鼠，几头子受气。”

王天云看着我爹的面容，的确是比前段时间在医院见到时还要憔悴，便问起了我爹的境况，我爹便把林场遇到的困难一五一十地都告诉了王记者。

王记者了解了我爹的难处，热心地领着他一道往外走，他说自己正好要去银行办点事，邀了我爹同行。但是到了银行，他直接带着我爹去找了信贷科科长。我爹这才知道，王记者竟是专门陪我爹来的，这令我爹十分感动。

信贷科科长反复看着手上的条子，不太相信这就是李市长的亲笔。王天云看不下去了，自报了身份，又将记者证给信贷科科长看了，他才信了我爹的话。

“科长，能行不？我那边急等着救命呢，你看能不能赶快办一下？”我爹焦急地问着。

科长没有表情，还是公式化的问话：“身份证、资质证明、营业执照都带来了吗？”

我爹很诧异还要这么多的证明，但一想三十万不是小数目，就照实说：“咋要这么多证明？身份证有，其他的没有。”

“是没有还是没带？”信贷科长瞟着我爹问。

我爹顿感不妙，但依然老实回答：“没有，我们那是个集体林场，没有办过那些证。”

科长把条子递还到我爹手里，一口回绝：“那就不行，没有资质贷不了。”

“李市长批示了也不行？”我爹不甘心，更不敢相信，市长的话都不管用吗？他又把条子双手递给科长，急切地说：“你再仔细看看，这真的是李市长亲自写的。”

信贷科科长把我爹的手推回去，很有些不耐烦地说：“我知道是李市长给你写的，但我们银行有自己放贷的规章制度，没有资质，就是省长来也不行。你们手续不全，贷款放出去了没能力还，让我们找谁要？”

我爹急眼了：“你咋这么说话？咋就知道我们还不上呢？你们这是以貌取人，我要见你们行长。”

信贷科科长冷冷地下了逐客令：“见谁都没用，这是我们的贷款规定。你们走吧，我还有更重要的事要办呢！”

我爹还要再争辩，却被王记者拉着离开了银行。

原以为万无一失的事情就这样没了希望，我爹的颓丧到达了极点。看着快速穿梭的车流，他有种想要冲过去一死了之的冲动。六家人的全部家当都砸进了八步沙，只为相信他能带领大家找到一条新的出路。可现在别说出路了，连活路都没有了，他要怎么向大家交代？都说男儿有泪不轻弹，我爹努力仰起头看着雾蒙蒙的天空，努力地忍着没有让眼泪落下来，但他的心却浸在冷风里，又重又咸。

王记者硬是拉着我爹到了一家凉州行面馆，买了两碗面端来劝我爹吃饭。

我爹抱着头，颓败地说：“连市长的话都不管用，我看我们八步沙是走到绝路上了。”

王记者也很无奈，只能做个倾听者，并劝慰道：“不论多难，先吃饭，这可是凉州城最攒劲的三套车，你尝一下满福不满福？”

“我一个人满福有啥用啊？六家人四十多张嘴都在等米下锅呢！我就是他们的罪人。要不是我提出来开荒打井的主意，各家也不至于踢倒掉家业跟着我折腾了。”我爹唉声叹气地自责着。

王记者推了一下鼻梁上的眼镜，想了想对我爹说：“你先吃饭，吃了饭我给你想办法行不行？”

我爹此时就像一个溺了水的人，只要有一线希望都要紧紧抓住，他满脸希冀地看着王记者：“你能想到办法？可别骗我，老高的心脏受不了。”

王记者不忍心再刺激我爹，勉强一笑劝道：“山重水复疑无路，柳暗花明又一村。知道什么意思不？就是天无绝人之路。吃饭，吃了饭咱们一起合计合计，究竟该怎么办。但在办事儿之前，我得到你们那儿亲自去看一看。”

我爹这才略略打起了精神，但还是不敢相信一个记者能够解决八步沙的问题。他愁眉苦脸地端起了碗。这是凉州城最负盛名的“三套车”，可吃在他的嘴里却一点都尝不出来味道好坏，他只是机械地往嘴里填着……

王记者当天就跟着我爹来到了八步沙。惨淡的冬日，八步沙更显苍凉。三百亩荒地开出了雏形，划成一块一块方正的田地样子，打井点上的机器停下了响动，但搭起来的铁架子还矗立着，打井的师傅们已经停了工，一而再再而三地被八步沙人哄骗，到现在都没有等来井圈，他们这就要撤走了。

王记者参观完了八步沙，站在八步沙的高处迎风惊叹道："老高，你的设想太伟大了。如果成功，若干年之后这里就是花红柳绿、瓜果飘香的世外桃源了。"

我爹最喜欢的就是有人夸八步沙，尽管困难重重压得人喘不过气来，他还是跟王记者笑着说："只要渡过这次难关，那将来可不就是你说的那样了嘛！"

王记者从沙梁上下来，轻叹："只是这找钱的事的确麻烦。"

"八步沙的情况就是这样，王记者你有什么办法能帮助我们贷到款吗？"现在的王记者在我爹眼里不啻为救命稻草。

这么重要的事情，王记者也不敢轻易打包票，摇摇头回答："不好说，只能尽力一试吧！"

听到这样的话，我爹的眼神又一次黯淡下去，市长说了话都不行，一个记者又有什么办法呢？他的心再次沉到了谷底。

二十一　转机

短短几天时间，我爹的头发白了不少，眼睛也深深地陷了下去，整夜整夜睡不着觉，就抽烟打发时间。那段日子，我们每天早上醒来，眼睛和鼻子都又干又痛，这就是间接吸烟的结果。我妈知道我爹心烦，又怕我和姐姐闻多了烟味儿对身体不好，就让我们到奶奶屋里睡。可奶奶屋里也不是世外桃源，我爷爷也沉着脸不停地抽烟，我们只好蒙了头睡觉。我们这里冬天睡的是热炕，被窝里土炕的烟熏味交杂着时不时窜进被子里的旱烟味，简直让人受不了。我于是咬着牙又发了一次誓，长大了一定要走出去，离开这生我养我的让人看不到希望的地方。

昨天晚上下了雪，林场的大院里也没有人打扫，只有两行脚印从大院外面一直延伸到办公室门口。院里几只麻雀蹦蹦跳跳地在雪地上寻觅吃食，探头探脑的样子，看起来十分机灵。

办公室里烧了火炉,却依然有点寒凉,史金泉把账本推给双手抱着头的我爹。

“还看啥？就那仨瓜俩枣的，不看我都算得出来。”我爹盯着窗外雪地里的那几只麻雀，苦笑了一声说。

史金泉苦着脸：“打井队因为我们付不了钱撤走了，现在临近腊月，婆娘娃娃天天问啥时候买糖买肉去。还有，前些天开荒，村里干了活的人追着屁股要钱过年，再这么下去，你我就都成那戏里唱的杨白劳了，过年还得逃年荒去。”

我爹烦躁地揉了一把脸，抱着头无奈道：“我也是跑断了腿，银行那边就是不肯松口。”

史金泉又问："王记者那儿也没办法吗？"

我爹摇摇头，低落道："这么长时间了不见动静，估计也不行。金泉，你说咱们是不是做错了？在八步沙的历史上，压根儿就没有打出过水来，也许咱们就不该做这些事。"

史金泉张了张嘴，最终什么也没说。我爹继续说："我这个人从来都没有怕过失败，自信这个世界上没有做不成的事情。可我们在八步沙打井这件事，看来是做不成了。"史金泉摇摇头："高场长，办法会有的，俗话说天无绝人之路嘛！"我爹点点头说："那个王记者说，山重水复疑无路，柳暗花明又一村。金泉呀，我感觉那个王记者会帮助我们的。"史金泉摇摇头说："我看玄乎。"

接下来，两个人陷入了沉默，只有炉子上的水壶咕嘟咕嘟冒着热气。

忽然，院里的麻雀呼啦啦一哄而散，雒兴国兴冲冲地跑了进来，在院里就高喊："场长，场长，有好消息。"

林场好久没有过什么好消息了，我爹和史金泉相继出来，望着眼前直喘粗气的雒兴国。

年轻人就是爱小题大做，史金泉恹恹地问："兴国，瓜喊瓜叫啥呢？"

雒兴国兴奋地笑道："英子带信来了，说有个王记者从省城把电话打到学校了，让英子转告场长，贷款的事有着落了，让场长马上到省城去一趟。"

我爹不敢相信，一把揪住雒兴国的前襟厉声问："真的？真这么说？"

雒兴国看着我爹狰狞的面孔，狠劲地点头："场长，是真的，是真的。你不是让英子给咱当话务员吗？王记者亲口跟她说的。"

我爹推开雒兴国，跌跌撞撞地跑出了大门……不知道是雪光模糊了眼睛还是这突如其来的消息把我爹感动了，雒兴国分明看见与我爹擦肩而过时，他眼里涌出了好几滴泪水。

史金泉百感交集，揽过雒兴国的肩拍了两下："跟英子说，我们谢谢她。等你们结婚的时候，咱给她添嫁妆。”

雒兴国搓着头嘿嘿笑了，一排矮松树上的麻雀叽叽喳喳飞上飞下，扑啦啦抖落了一捧雪，被西北风一吹，刮到脸上寒浸浸的。雒兴国兴致高昂地提议：“咱们支笸箩逮麻雀吧，好久没有吃过肉了，烧几只麻雀来解解馋。”

麻雀放进炉子里慢慢烤熟，那香味足以抵得上山珍海味了。被雒兴国这么一说，史金泉也蠢蠢欲动起来，两个人忙跑到库房里去找家伙事，不一会儿就在雪地里支起了捕鸟的陷阱。贷款有了着落，大家心头阴云尽散，史金泉和雒兴国像两个孩子似的玩乐，一个下午就逮了数十只肥肥的麻雀。雒兴国找来一圈用花棒皮搓成的细麻绳，把麻雀一只一只地串起来，分成了好几串。晚上回村时，给我们家送来了两串。那晚，我第一次尝到了麻雀的肉香，如果没有记错，我们家已经大半年没有吃过荤腥了。

一趟省城，我爹顺利地贷到了 20 万元贷款，全在一张绿色的卡里，他把银行卡装在贴身的衬衣兜里，还别上了别针，之后便从家里搬去了八步沙打井点的帐篷里，开始重新筹谋打井事宜。20 万是一笔巨款，但用来打井还是紧紧张张，老场长形容得好，“比着尻子裁裤子”，意思就不言而明了，这笔钱千万不能浪费一分一厘。史金泉前段时间跟打井队打交道比较多，跟那个技术员颇为投缘，那技术员曾告诉他，如果自己有设备，完全可以不用外雇打井队，只需要一个经验老到的技术员指导，机井就能打成，还能省下不少钱呢！以后凭着这套设备，承揽些别处打井的活儿，很快就能把买设备的钱赚回来。他把这个信息一说，大家都兴奋起来，我爹立即决定自己动手打井，其他人也十分赞成。之后，我爹通过在金川公司工作的一位同学，联系到了一台打井设备。于是，我爹就风风火火地把老场长、我爷爷等活着的老汉请到了八步沙。

自己打井固然能够节省不少成本，但为了最大限度地调动大家的积极性和主人翁精神，我爹和老场长商量，制订出了一套“出工记账，折价入股，按股分红”的新型管理办法，把各家前期投入的钱和人工都折价成股份，参与这次开荒打井的工时也按价换算记入股份，作为林场将来经营收入分配的依据。这套办法一出，大家的积极性果然空前高涨，每个人都把林场的事当成了自己家的事来做，既利于团结又快速高效。俗话说三个臭皮匠顶一个诸葛亮，我爹前些年在供销社当主任的商业思维都贡献出来了，史金泉把自学的会计学知识也融入其中，加上老场长和我爷爷等几个老汉过去当村支书、村主任时积累的经验，才总结制订出了八步沙的管理办法。这个办法，在八步沙未来的发展中竟异常管用。

规划做好后，我爹就即刻着手购买设备了。他安排史金泉留在林场请技术员并准备其他材料和工具，我爹和老场长去金昌市的金川公司购买打井设备，那边有我爹的老同学帮忙，所以两代场长马上出发去了金昌。我爹他们去金昌的时间是腊月二十三，小年。我妈为了预祝我爹他们去金昌市旗开得胜，还特意给我爹做了灶干粮，让他带上路上吃。灶干粮有手掌的一半大小，是用白面和胡麻油、香豆子做成的，是献给灶王爷的礼物。每年的腊月二十三给灶王爷上供，请灶王爷上天言好事，来年保庄稼人风调雨顺。在我的记忆中，那一年我家的灶干粮特别好吃，我一晚上把肚子吃成了“锅锅”还不算，还藏下了好几个，第二天带到学校里，和我最要好的同学分享。

小年过后，春节转眼就到，史金泉按照我爹的意思，给每家先支了一点过年钱，乐得婆娘、娃娃们直咧嘴，开开心心地上镇里买年货、买新衣服去了。有钱没钱，过年这件大事都不能含糊，三百多天里最惬意、最欢畅的也就是过年这几天了。再说，今年事情都聚在一起，颇有些流年不利的霉头，借着过年好好放几挂鞭炮冲冲喜，来年就能顺风顺水了。有这么些美好和希望在里头，谁不盼着马上过年呢?

我爹和老场长到金昌市，天就黑了。他们登记住在金川公司招待所后，就遇上了一个来自内蒙古的自称“老郭”的业务员，说内蒙古的阿右旗有我爹他们需要的打井设备。我爹一问价格吓了一跳，他的价格才是金川公司的一半。我爹和老场长一合计，决定先上阿右旗，去买价格便宜的打井设备。我爹让老场长住在招待所里等他，他一个人去阿右旗。我爹的本意是，老场长年纪大了，别让他奔波了。可老场长不干，说什么也要和我爹一起去阿右旗。

结果我爹看完了设备，交上了定金后，老郭说让我爹把设备款都交给他。这时候，我爹感觉到了不对劲。既然这个老郭是这家国营厂子的业务员，他应该知道国营企业的财务制度。那他为什么要私自收购买设备的款子呢？我爹说这个不符合财务制度，坚持到了第二天，要把款子交到厂子的财务。也许是我爹说的这些话让老郭警惕起来了，他马上说：“对对对，应该把款子交给财务。”

老郭把我爹他们送到招待所后就走了。我爹越想越不对劲，就带着老场长去了那家厂子。经过门房打听，才知道“老郭”根本就不是这个厂子的业务员，而是几天前来这里联系供应打井设备配件的。我爹一听就蒙了，马上到派出所报了案。

后来，我爹和老场长在阿右旗等了好几天，警察都没有找到“老郭”，而“老郭”骗去的设备定金也没有追回来。眼看到了大年二十九，我爹这才当机立断，马上返回了金川公司。

在金川公司，在我爹老同学的帮助下，我爹与金川公司机械厂成功地谈拢了设备的购买事宜。因为有老同学帮忙，打井设备比原报价低了两千块钱，正好把骗子骗去的两千元顶上了。对此，我爹和老场长特别高兴。我爹说什么也要请他的老同学吃个饭，可老同学说：“等你们打好井发了财再请吧。”我爹给老同学说了谢谢，把家里提来存在招待所服务台的胡麻油送给了老同学，又急慌慌地雇来了拉运设备的货车。

设备装上车后，我爹不放心，围着货车检查了好几遍，生怕落下一颗螺丝钉。老场长也在边上叮嘱："千万仔细些，这套打井设备太金贵了，可不能再出差错了。"

"您放心，都妥当了。"我爹拍着衣服上的灰土走过来说，"等司机吃了饭就出发，最迟夜里十一点就能到八步沙，明早这些铁家伙便可以投入使用了。"这样的好事，我爹想想都兴奋。

老场长慢悠悠地卷着旱烟感慨着说："难怪人要叫娃娃们念书哩，有文化就是好呀。你要没文化，我们的救命钱就被那个叫'老郭'的骗子骗走了！"我爹惭愧地说："老场长，这都怪我呀！要是让骗子得逞了，你说我还有脸面回八步沙吗？"老场长安慰我爹说："也怪我呀！我还怂恿你给人家付钱来着。如果不是你看出了问题，我们的麻烦可就真的大了！"

"好了。"我爹说，"老场长，这事儿就翻篇了，再不提了。"

老场长点点头说："好好好，再不说了。我们说点别的，这回《甘肃日报》那个王记者可给咱们帮了大忙了。"

我爹靠在货车的车头上笑道："是呀老场长，王记者把咱们面临的困境写成了一篇报道，刊登在省报上，引起了全社会的关注，尤其是打动了省农行纪委的陈书记，陈书记这才派人暗暗来考察我们八步沙林场，最后才愿意贷款给咱们。不过，离预算还差一截呢，咱们现在是一分钱掰成两半用呢！"

老场长鼓励："只要思想不滑坡，办法总比困难多。勒紧裤腰带坚持吧，再难还能有我们六老汉当年在八步沙那样的日子难吗？"

我爹含笑点头："是，老场长您说得对。等设备买回去，咱们自己动手打井，就能省一笔钱。只是天寒地冻的，还让您亲自跑这一趟。"

老场长摆摆手，表示自己这是心甘情愿。

我爹忘不了自己去省城兰州见省农行纪委陈书记的情形。在那间窗明几净的办公室里，他的心一直都紧紧地揪着。因为被拒绝怕了，他真怕陈书记突然再说一句“银行的主，我这个纪委书记也做不了”。短短的两页林场基本情况介绍，陈书记看得认真，而我爹手心里全是汗，那是极度紧张攥出来的。陈书记的一个皱眉、一个摇头都能让我爹心惊胆战一回，如果这次再贷不上款，八步沙就真的完了，而我爹则成了致使六家人穷困潦倒的罪魁祸首，他的压力如山大。

陈书记终于看完了八步沙林场的基本介绍，抬头看过来时表情复杂，镜片后的眼睛审视着我爹。良久，陈书记叹口气问：“你们的基本情况我都看了，现在你能不能告诉我，面对如此艰难的境地，你们为什么还要继续下去？甚至不惜变卖家里所有的家产也要坚持在沙漠里种树？”

听到这样的问话，我爹的心凉了半截，贷款不是应该问有没有偿还能力还有将来林场的发展前景吗？只有了解了这些，才能作为能否达到贷款条件而决定要不要放款给你吗？来的时候，他还特意找了王记者和自己的老同学大林，这些都是大林给他普及的。但是，事情似乎有些出乎意料，看陈书记先是叹气，又问这些和贷款无关的问题，想必是空欢喜一场了。我爹先入为主的认定反而令自己顿时平静了下来，他缓慢而铿锵有力地对陈书记说：“因为那是我们赖以生存的土地和给我们遮风挡雨的家园，所以必须坚持。两代人的血汗都洒在那里，老汉们的骨头也埋在那里，我们有责任守住它，更舍不得让它消失在黄沙里。”

说完这话，我爹眼圈红了，没有忍住泪水，就任其哗哗哗地流了下来。他转过身抓起桌上的材料就要走，可陈书记却按住了他的手：“等一下。”我爹用粗糙的大手抹了一把泪水，惊讶地看着陈书记。

“就为了你们这种精神和这份情怀，我也有责任提供帮助！”陈书记起身紧紧握住了我爹的手，微笑着问：“高场长，我已经暗中派人去八步沙考察了。你现在告诉我，你经得起我们的考察吗？”

我爹点点头坚定地说：“陈书记，只要你派人去，你们会被我们八步沙人治沙造林的精神打动的。”陈书记高兴地握着我爹的手：“你这么自信，我们的人一定不会白去！”

峰回路转说的大概就是这样的情形吧？山重水复疑无路，柳暗花明又一村。王记者说的没错，上天并没有堵绝八步沙的生路。我爹握着陈书记的手，久久说不出话来，只是一个劲地点头，任由泪水哗哗地流个不停……

与当初王天云记者来时一样，陈书记派到八步沙的省农行考察组，不但暗访了八步沙的治沙造林情况，而且掌握了八步沙的治沙规模。紧接着，陈书记又听了我爹对八步沙未来的发展设想。

陈书记被我爹和八步沙人的真诚打动了，他眼前仿佛真的出现了我爹描绘中的八步沙世界。治沙不容易，但只要有这样一群可爱、执着的人在，没有理由不相信沙漠变成绿洲的奇迹会在八步沙出现。由此，陈书记高兴地说：“我没有理由不支持你们，我相信八步沙的明天会更美好。”

在看着我爹激动得不知道说什么好的时候，暗访组的电话打进来了。陈书记认真倾听着考察组负责人的汇报，不时地点点头。接完电话后，他语重心长地对我爹说了一句：“好好干吧，为了守护咱们共同的家园！”

第二天下午，陈书记主持召开了省农行领导班子会议，在会上，大家听取了暗访组对八步沙林场的暗访情况和给八步沙林场放款的建议。领导当即拍板，准予给八步沙林场放贷 20 万元。

大年三十这一天的晚上，我爹坐在金昌市的马路牙子上，思绪悠长，他还沉浸在自己的世界里，却突然被一阵震耳欲聋的鞭炮声惊醒。城市的夜晚灯火璀璨，一对年轻男女嬉笑着路过。

我爹笑着问：“年轻人，你们这儿是在办什么喜事吗？”

男子狐疑地看了一眼我爹：“你不知道吗？今天是大年三十。”

女子嫌恶地催促着：“走吧。一个神经病，你理他干吗？”

我爹真的是忘记了今天是什么日子。于是他苦笑着摇摇头，在大年三十，还打听为什么放鞭炮，难怪人家骂他是神经病。

老场长这才笑着说：“你看我也忘了说了，今天就是年三十，我们回去还能赶上吃年夜饭呀。”

既然是大年三十，那就抓紧赶路吧！这时候，正好司机吃饭回来了，我爹催着发动了车，即刻出金昌，往武威八步沙赶。

二十二　过年

城市的火树银花渐行渐远，货车行进在两边都是大戈壁的公路上。因为是除夕，道路上基本没什么车，旷野里只有风声呜咽，再有就是这辆除了发动机不响其他哪儿都响的货车，它如同一个哮喘病人般吃力地喘息着，让人揪心它随时就可能停止呼吸。果然，才走到金川峡，“哮喘病人”就罢了工，趴在公路上熄火了。

金川峡东西贯通，西北风尤为畅快地肆意呼啸，凛冽如刀子一般直往人的皮肉上割。我爹打着冷战从车厢里爬下来，这已经是第三次熄火了，如果一直这样下去，赶不回去过除夕事小，冻死人才是大事。又偏偏是在金川峡这个前不着村后不着店的地方，而且正处于风口地带，一下车连避风的地方都没有。何况，车里也并不比外面暖和多少，年久失修的货车密封不严，驾驶室也四面漏风。我爹把老场长让到中间坐着还稍微好一点，他自己靠车窗而坐，右半边身子基本上一路都是僵硬的，旧棉袄根本就抵挡不住寒冷的侵袭。

司机弯腰在车底下查看，哈着手说：“还是老毛病，天太冷，把油管子冻住了，要不你们另找车吧。”

我爹不由得急了：“这里是金川峡，前不着村后不着店的，你让我们到哪儿再找车去？”

司机也生气了，搓着耳朵嚷嚷：“大年三十了，你以为我愿意干活啊？本以为赶零点一个来回足够了，可谁能料到这个鬼地方这么冷啊！”

这倒是实情，突然之间的降温始料不及，西北风卷着雪花洋洋洒洒地飘落，地面上很快覆上了一层薄雪。老场长急忙劝和："都互相体谅吧。现在车出问题了，就想办法抢修，吵吵着也解决不了什么问题。师傅，再烤烤，总不能停在这儿不走了吧？"说完又来劝我爹，事已至此也没有办法了，无谓的生气没有必要。

司机无奈地拿来手提喷灯开始烤车。柴油车就这个毛病，你急也没用，只能用火烤热了才能走。

喷灯刺眼的火光里，我爹看见老场长的胡子上都结了冰。他打着手电筒转身往路边上去寻找，希望能找到一些可以引火的柴草。戈壁滩上最缺的就是柴草，不过还算运气好，公路下面的一个沟坎里有不少风吹来的马齿盖，再加上这个沟坎里还算窝风，我爹引了一个小小的火堆，让老场长下来烤火取暖。火着了，僵硬的手脚微微活泛了一点，就着火光看手表，离零点还有十来分钟时间了，回家守岁显然是不可能了。

电视机上正在播放春晚，歌舞里的喜庆溢出荧屏，感染着千家万户，我和姐姐早瞌睡得不行了，但还要在奶奶的絮叨里撑着守岁。小小的电视机几次都差点被我爹拿去卖了，还是在我们姐弟俩的哭闹和我爷爷对孙子的疼爱里，最终幸免于难。

零点到了，村里瞬间鞭炮声大作，家家户户都在上香"接神"。这个风俗由来已久，腊月二十三送灶王爷上天去汇报人间疾苦，过了年三十就得返回值守灶头了，所以零点一到，人们献上馒头、水饺、各种炒菜，燃起鞭炮来接神、接先人，也接灶王爷的回归，寓示着新一年从这一刻就开始了。

鞭炮声停歇，守岁也就结束了，男女老少怀着美好的期待入睡，暖暖的土炕承载起了无数人的香甜好梦，村庄即刻寂静下来了……

我妈坐立不安，听着外面的动静，时不时地从门里、窗户里往外看着。爷爷奶奶也焦虑地不停地看墙上的挂钟。

我妈一遍遍焦急地念叨：“都这个点了，咋还不见回来呢？”

奶奶也十分挂心：“是啊，出去好多天了，咋也得赶回家来过年吧？”

“不行，我到村口再看看去。”我妈说着就要出门去。

这个时候，爷爷就是家里的定海神针，他镇定地说：“急啥急？要是没有回来，你出去了又能怎么样？算了，别出去了，估计是事情没办完。”

奶奶觉得有理，又转回头安慰我妈：“你爹说得对，咱们再等等。”

我妈无奈，万家团圆的日子，家里的顶梁柱却不在，只能将忧虑和牵挂压在心里，然后渐渐变成了遗憾。

金川峡的风雪依旧，小小的火堆燃烧殆尽，我爹扶了老场长到货车跟前。

“师傅，差不多了吧？”我爹问。

司机也冻得够呛，收起喷灯上了车去发动车子。

老场长望了一眼黑魆魆的大戈壁，苦笑着说：“这个时候，别人家都老婆孩子热炕头守岁了，咱们看来是赶不上咯！”

我爹很自责：“也赖我，为着图便宜找了这个车，害您也跟着挨冻受罪。”

老场长豁达地笑了一下：“我知道你是为省钱呢！过去护林、巡林也有赶不上的时候，又不是第一次没在家过年三十，没啥大不了的。”

还能说什么呢？为了林场，为了能早日打井成功，这些吃苦受罪的事情在所难免。货车发动了，喷着黑烟又行驶起来。雪后的公路有些打滑，司机小心翼翼地驾驶着货车缓慢前行。寒风一阵又一阵地钻进驾驶室，我爹竖起棉袄的绒领子遮挡着右边脸颊，觉得右半边脑袋渐渐麻木了。此刻，他顾不上别的，只默默祈祷着这车少熄火几次，能够尽快到达八步沙。

在接下来的路途上，司机又烤了几次油箱，硬是折腾了一夜才到达八步沙。大年初一的清晨，当卸下一车设备时，太阳公公已经在漫天雪粒子飘飞中露出了白惨惨、瘦凛凛的脸盘子来。

我爹的右边脸颊整个被冻肿了，一说话扯着牙，疼得龇牙咧嘴，他嘴里漏着风对老场长说：“东西终于运回来了，您回家过年吧！”

老场长抚摸着冰冷的设备，笑着感叹：“不容易呀！为了这些宝贝，一晚上尽爬到车老爷肚子底下烤那油管子了。”

我爹也很开心，捂着腮帮子笑道：“总算顾救着来了。有了打井设备，马上就能开工，用不了多长时间，机井就打好了。”

老场长关心地看着我爹高高肿起的脸：“要不让其他人来替换你一下吧，从打井到现在，你可是好长时间没有回家了呀！夜黑里冻坏了，你看你这半边脸肿成这样，还是回家去及早抓点药吃吧。”

我爹摆手，无所谓地说：“不打紧，回头喝点热水暖和了就好了，回家不回家的也不差这一天，这些宝贝疙瘩，我还是亲自看着比较放心。”

设备不容有失，老场长也不再坚持：“那行，你先看着。我迟些来换你，咋的也要回家过个年嘛！”

我爹点头，含笑送老场长离去。一转身感觉嘴里有异样，张嘴吐出一个硬硬的东西来，一看竟是一颗牙！原来昨天夜里实在太冷，他右边的牙冻裂了，直接掉下来一颗。我爹傻傻地看着掌心里的牙，无奈又好笑地摇了摇头。当时他并不知道，这只是第一颗冻坏了的牙齿，在接下来的几天里，随着脸颊的消肿，还有三颗牙也悄然脱落，有一颗掉下来的时候就裂成了好几瓣。要不是亲眼所见，我根本就不相信，人的牙也能冻掉。现在，我爹右边的大牙都是后来镶上去的……

老家有讲究，大年初一是不拜年的，更不会去叨扰别人家。但是，就在我爹好不容易将设备运回八步沙，对着冻掉的牙齿唏嘘不已的时候，我家的屋里却围满了人。他们都是本村的村民，是来问我爹要账的。一屋子人吵吵嚷嚷，吓得我们姐弟俩蜷在土炕的一角心惊胆战。我妈是村里能干要强的人，但应付这些人也并不轻松，一阵阵吵闹快要揭破房顶了。

村民们七嘴八舌，我妈不由得气恼：“你们这些人咋能这样？还让不让人安心过年了？”

要账的领头人是村西的挂面匠李四叔，他有祖传的挂面手艺，能做出从房顶到地上、又长又匀的挂面。李四叔平日里以做挂面为主业，闲暇时也常常到林场打零工，刚好参与了前段时间的开荒。

听我妈这样说，李四叔代表村民们开口了：“李淑芳，不是我们不让你家过年，你也知道账不跨年。沙窝窝里干了活的钱这么长时间了还不给，我们也要过年的呀！”

我妈忍住心里的怒气，好言好语地讲道理：“咱们这儿老辈里就有讲究，小年开始到正月十五就不兴要账，你们这是故意为难人哩。再说，高山去买打井的设备，到现在还没回来，你们就是逼死我，我也拿不出钱来呀！”

这是实情，挂面匠李四叔也觉得大年初一要账过分了，但受不住村民们的怂恿，此时正好就坡下驴地妥协，劝说村民们离开。可这些人不肯给他这个面子，其中不知道是谁高声问:“李淑芳你说实话，高山该不会是欠了大伙儿的钱，给不起跑了吧？”

一石激起千层浪，要账的人群又炸锅了似的嚷开了:“跑得了和尚跑不了庙。我们就在你家等着，看他高山回来不。”

“就是，我们今天要不到钱就不走了！”

这是摆明了要闹事。我妈赌气不言语，心里早已翻江倒海般的难受，屈辱和愤懑齐齐涌上喉咙，令她憋闷得如同嗓子眼里塞了一大团棉花。

这时候，一个人从外面进来高声嚷嚷：“我早起看见一辆汽车拉着东西路过村口，往八步沙那边去了，是不是高山回来了？要不咱们去林场看看去？”

村民们嚷闹着呼啦啦出了我家，往林场方向走去。

屋里终于安静下来了，我妈忍不住抹泪：“这都是些啥人嘛？简直比那《白毛女》里唱的黄世仁还过分啊！”哭了两声，她又担心起我爹的安危来了，擦了眼泪，急急往打井点上去找我爹。这些人是在逼人上吊呢！她怕我爹一个人应付不过来，而爷爷奶奶一大早也不知道去了哪里，到现在也没见到他们的身影。

打井点上数十个男女，一帮人围着设备指指点点。

打井队撤走后，搭起的帐篷还在，我爹现在正在帐篷里临时搭建的木板床上写写画画，计划着开工的事宜。听到外面的人声，我爹在棉袄上勒了一根草绳便走出了帐篷。见都是相熟的村民，他诧异地问：“大家伙这是来做啥？”要知道，八步沙离村里可是有段路呢！

有人的话语里全是酸溜溜的味道：“高山你就不要装了，你不清楚我们来是做啥的？看来你有钱了嘛！这么大的铁家伙都买得起，那就把我们的工钱给结了吧。”

村民们都跟着嚷嚷起来。

我爹叹口气，诚恳地说：“大家伙儿听我说句实话，我真的没有钱，这些都是贷款买回来的打井设备。能不能再缓缓，等林场有个转圜了给你们结工钱？我高山不会赖账，八步沙林场更不会赖了大家的帐。”

村民的言语更加刻薄：“不行，你今天就给我们结！沙漠里打井就跟让公鸡下蛋一样，那是绝对不可能的事情，你打井失败了不是更给不上了吗？就今天给我们结。”

村民们又吵嚷起来，把我爹围在中间硬逼着拿钱……

忽然，有个声音暴喝一声：“大年初一要钱呀？你们可是真开得了口呀！好呀，到我这里来领！”

人群马上安静下来了，在众人注目里，我爷爷拄着拐杖，和老场长、雒老汉三个人走了过来。

我爷爷因为激动，脚下一滑，打了个趔趄，身后老场长和雒老汉要扶，被爷爷一把甩开。他走到跟前看了一眼我爹肿胀的脸颊，转身眼一瞪，对众人说："行啊，欠债还钱天经地义。我儿子没钱给你们，我给。"说着从怀里掏出一沓钱，猛地往一个打井设备的平面上一掼，注视着人群又说："八步沙不会少任何人的一分钱！"

村民们面面相觑。

我爹十分惊疑："爹，您哪来的钱？"家里的情况他很清楚，爷爷早都把值点钱的东西拿出来变卖了，不可能再有多余的钱。

老场长叹气道："老支书把他的棺材板卖了。"

我爹大惊失色，痛心又气恼地喊道："爹，您咋能卖做寿房的板呢？那可是……"

爷爷摆手制止："废啥话？咋也得先紧着活人呐！如果等我死了，咱八步沙还没缓过劲来，你就卷张席子，把我这把老骨头往沙窝里一埋就完事了。"

我爹扑通跪下来，堂堂七尺男儿泪雨滂沱："爹，儿子不孝啊！"

爷爷微红着眼圈，威严地吼道："起来，先把眼前的难关过了，咱爷俩不欠别人的账！"

我爹点点头，站起来指着打井设备平面上的钱，咬着牙抹掉泪水，走到大家面前说："欠着谁的多少有记账，我这就给大家伙结工钱。"

村民们有的低下了头，有的却摩拳擦掌着高兴起来，准备领钱。

老场长气急而笑，高声说："这就是平日里称兄道弟的好邻舍，几辈子一块儿土里刨吃的好乡亲啊！行啊，你们可是让我长了见识了呀！不要乱嚷，排个队领工钱吧。如果高老汉棺材板的钱不够，我的也卖了顶上！"

雒老汉也平静地开口："还有我，也算一个。"

众人你看我、我看你，都怔怔地站住，不敢动了。

半晌，挂面匠李四叔红着脸说：“各位叔爷，我们是被猪油蒙了心了，工钱今天不要了，你们也别卖棺材板了，我们错了。高叔，您老的棺材板卖给谁了？我去追回来。”说着又扬手对众人道：“大年初一的，我们这样做太不仗义了！人家说宁和日本人拼刺刀，不跟我们古浪人打交道！我看这话不假呀！我都羞死了，都回家过年吧，回吧，回吧！”

村民们你推我，我拽你，都慢慢撤去了。爷爷和两个老汉虽余怒未消，但不约而同地悄然松了一口气，而我爹却扑通一声栽倒在地，晕了过去……

随后赶来的我妈正巧看到了这一幕，哭喊着扑上前抱住了我爹。真的是一分钱逼死英雄汉呐，我妈的哭声悲愤而惊慌。

闻讯而来的林场其他人也急忙上前，大家七手八脚抬起我爹送到帐篷里去了。

硬汉了一辈子的爷爷落在人后，一把老泪潸然而下。爷爷的泪水里有心疼也有愧疚，他当年要求我爹扔掉铁饭碗来林场接班，把自己的理想强加在我爹的身上，时时刻刻耳提面命地要求他把八步沙变绿，从来都把那份愧疚深深埋在心底。过去，每当我爹遇到困难，爷爷都不担心，他知道自己的儿子能够处理。但这回不一样，商量打井时他也质疑，也觉得惊世骇俗，甚至不敢相信能把打井的钱凑齐了。现在，他的儿子硬是把天文数字几十万元争取来了，这是多大的能耐啊？于是，他二话不说跑到嫁出去的姑姑家借钱、借粮……只要是对八步沙有利的事情，爷爷都毫不犹豫选择了投入，包括今天卖棺材板。

村里把老人离世入殓的棺材叫寿房，是寿终正寝了的归宿。一般人家都是很早就开始准备老人做寿房的木料了，杨树最为常见，但家境宽裕些的通常看不上杨木，会选用柏木或者更好的木料。可我们八步沙人是没有经济能力去置办好木料的。我爷爷奶奶的寿房是林场效益最好的那两年，我爹特意花了高价购置来的好木头，就在家里粮仓上面整整齐齐地靠墙码放着。听说，预先置办这些，一来是做儿女的趁殷实时防备着将来的措手不及，二来还有冲喜的作用，早备办了寿房材料，老人反而更长寿。所以，一旦准备好的寿房是不允许轻易挪作他用的，就是家里再困难、拮据，老人的寿房也不能变卖，否则会被乡邻亲友们笑话，同时也不吉利。现在，我爷爷为了应对大年初一要账的乡亲们，竟然忍痛割爱，把我爹给他准备的寿房材料卖掉了！

大年初一卖寿房材料，我爷爷做得神不知鬼不觉。早上在被窝里听到了乡亲们要来讨债的消息，本来他要大发雷霆，好好地教训一下这些不懂规矩、落井下石的不肖子孙，可一转念，他放弃了。为了支持儿子，他乘人不备，悄悄地溜出去找到了木材商。木材商不用看就知道我爷爷的寿房是上好的柏木，因为当年我爹就是从他这里买走的木材。木材商心里高兴，但表面上还再三让我爷爷想好了，实在不行就卖掉一副，留下一副。可我爷爷是吃了秤砣铁了心。木材商见状，马上把两副寿房的材料钱付给了我爷爷，并说寿房材料先在我家里放着，等过完年了再拉走。我爷爷其实也舍不得，但为了我爹的事业，不得不痛痛快快地答应了："好，说定了，钱我先拿着急用，寿房你年过完了找个时间拉走！"

爷爷接过了一沓钱，眉头紧锁着揣进了怀里。舍不得能怎么办？林场生死存亡的关头，个人的身后事哪还能顾到。再说，自己身体硬朗，还答应过钱老汉要替他看着八步沙完全变绿的那一天呢，现在还用不着这些。爷爷安慰了自己，又劝慰了奶奶，做出了这件惊世骇俗的事情……

二十三　打井

正月初二这一天，打井又开工了，八步沙重新喧嚣起来。在机器的轰鸣声里，人们有条不紊地各自忙碌着。初升的暖阳照在高高矗立的井架上，反射着耀眼的光芒。八步沙荒漠上基本都是一个色彩，那就是黄黄的土色，八步沙人穿着发白的大棉袄，基本上也融进了这荒漠，成了一个色调。他们臃肿的身躯在荒漠里欢快地跳着慢镜头似的舞蹈，阳光把他们的笑脸染成了红褐色，镀上了油亮亮的光彩。

我爹眯眼看着眼前的景象，嘴角微微上翘着，裂开的皱纹里蹦出的分明是沙粒。

今天是正月初八，打井已经进行了六天。大家有条不紊、日夜不停地劳作，技术员估测这两天就能打到出水层上。这是一个令人万分期待而又紧张的时刻，能否出水，答案就在眼前了。我爹的心其实是紧紧揪作一团的。这一段时间以来，太多的节外生枝让他犹如惊弓之鸟，一点点风吹草动就让他惊悸难安。

真是怕什么就来什么！忽然，隆隆轰鸣的机器声戛然而止。

我爹赶忙跑过去，众人也停了手里的活赶到了井口处。

“咋了？咋停下了？”我爹问技术员。

技术员摇头：“估计是井下套管出了问题。”

我爹又问：“确定是套管？”

技术员不敢笃定，推了一下鼻梁上的眼镜说：“现在是150米，按测算应该打到了出水层，这个深度我也只能凭经验估计，要想解决问题，还得下去个人亲眼看看，如果是套管问题倒也不是大问题，把套管提上来检修一下，再放下去就好了。”

“行，那我下去看看。”我爹马上脱了衣服，斩钉截铁地说。

钱林上来一把拽住了我爹，自告奋勇地说：“场长，我年轻，我还有经验，还是我下去看吧！”

“我下！”

“我下去！”

雒兴国、和生也不甘示弱，争相要下井。150米的深度，下面究竟是啥情况，谁也不知道。贸然下去并不是小事情，且不论是否有危险，光是克服黑暗和恐惧都是大问题。

我爹还要阻拦时，钱林已经脱掉棉裤，拉过绳子绑上了自己的身体。

技术员一看，走到钱林跟前问他：“你以前下过井吗？”

钱林满不在乎地说：“放心吧，我下过好多次了。”

技术员嘱咐：“那就好，你下去会看到一个铁爪，那上面有铁丝绑着，如果手工提不上来，你用手钳子夹断外面的铁丝就可以了。”

钱林点头：“好，我知道了。”

铁索带着钱林慢慢往下放。

越往下光线越昏暗，但跟地面上不同的一点是，井下气闷之余还有些湿热。钱林打开手电筒，下面一片黑暗。抬头看井口，就像是筛子大小的圆心状的朦胧亮光。钱林的腿有些发颤，吊在铁索上更觉得酸软。其实，他这是第一次下井！技术员如果知道他没有下过井，那是无论如何也不会让他下去的。

钱林颤抖着身体往下移动，直到底部，手电光照射下隐隐漾出一片水光。

钱林惊喜自语：“真的有水了啊，有水了啊！”

借着手电的光，钱林找到了技术员描述的那个套管。果然，套管提不上来的原因是这个铁家伙的嘴张不开了。钱林摸索着下到了齐腰深的水里，试着要提起这个套管，但它的口闭得太紧，根本就提不上来。没办法，钱林只能用技术员教他的办法，拿钳子剪断了铁丝。随着三根铁丝一根接一根剪断，套管慢慢松动，“呼隆呼隆”地发出了震耳欲聋的响声，钱林全身被井下的水气喷成了水人。紧接着，那套管与铁索猛地蹦直了，然后高速旋转起来，把吊着钱林的那根铁索带上，瞬间拧成了一股，带着钱林像陀螺一样急速旋转起来。钱林本能地大叫了一声，跟随着惯性强有力地旋转起来……

地面上，我爹和大家提心吊胆地看着井口。

钱老大姗姗来迟，一听说下井的是他兄弟，急得直拍大腿，都快要流泪了。技术员安慰他：“你兄弟下过好多次井了，经验丰富，不会有事的。”

钱老大急眼了：“下过个屁啊！他从小就怕黑，在家里进个菜窖都吓得两腿软，他什么时候下过井啊？”

技术员气呼呼地说：“他没有下过井，那他瞎逞什么能？不知道下井有危险吗？”

钱林媳妇眼泪都快下来了，着急道：“那咋办？那咋办？他常跟我说高场长对咱家有恩，肯定是想着报恩才逞能下去的。”

我爹既感动又生气，沉了脸骂道：“谁让他报恩的？简直乱弹琴！技术员，你赶紧把人拉上来吧！”我爹说着就把技术员拉到了井口，让他马上把钱林拉上来。

技术员安抚我爹，井下现在还不知道是什么情况，要不是套管的问题，那就麻烦了。

正说着，钱林凄厉的叫喊声从井下传来，众人大惊失色，都拥到井口去看。我爹爬到井口焦急地大喊：“快，快把强光灯拿过来。”

强光灯照到了井下。看到了像陀螺般上下高速旋转的钱林，大家惊骇得不知所措。钱林媳妇见状，脸如死灰，跌坐在地，哇哇大哭起来……

我爹也慌了，扯着绳索命令："快！快把钱林拉上来！"

技术员拉住我爹的胳膊阻止："高场长不能这样，这时候人与钢索搅到一起了，操作不当会发生重大事故啊！"

"都到这么要命的境地了，救人要紧！无论如何都要把钱林给我救上来。"我爹急红了眼，对着技术员吼开了。

技术员很害怕但也很坚决："不行，我不能同意这样做，这是违规操作啊，弄不好要出大事故的！"

我爹揪住技术员的领口把他掀到一边，大吼："人命关天你懂不懂？是人重要还是井重要？我命令你给我救人！"

技术员是个倔性子，从地上翻起来挡住围上前来的众人，也大吼："我不允许你们这么做！这口井是我打过的最深的井，而且对于你们来说也至关重要，你们要是毁了它，巨额的债务怎么办？于公于私，我都不能让你们胡来！"

技术员说的都是实情，有人迟疑了。

我爹急怒难当，对身后的和生说："你把他给我弄远些，其他人听我的命令救人！"我爹的意思很明白，井没有了可以再打，但人没有了却无法挽回。我爹冷静地指挥着大家扯钢索救人。

所有人共同去拉钢索，都使出了全身的力气。

技术员喊叫着挣扎，却被和生钳制得死死的，两个人滚倒在沙地里。

……

终于，钱林湿漉漉的头顶随着钢索出现在了井口，他软软地捆绑在钢索上，早都吓晕过去了。

我爹脱下自己的棉袄赶紧裹住了钱林的脑袋，又命人立即解开了钢索，钱林得救了。

我爹指挥大家把钱林抬进了帐篷。大家一拥而上，倒热水的倒热水，换衣服的换衣服……一杯水下去，钱林慢慢醒转，众人都心有余悸地长出了一口气。钱林媳妇跪倒在我爹面前，哭着说：“场长，是你给了钱林一条命啊！我们全家人都感激你。”

我爹急忙搀起钱林媳妇，对她好一顿安慰：“钱林没事就好，这是最大的喜事，倘若他出了什么不测，我高山肯定不能独活。至于感激则不需要，如果真要论，应该是我们八步沙林场感激钱林才是，有这么一帮子甘愿奉献自己的人在，林场才能走到今天，而八步沙未来的一切才有存在下去的希望。”

一场抢险过去，钱林牙关打着战告诉大家井下出水了，众人都高兴地跑出去继续干活。不幸中的万幸，钱林好端端地救回来了，而井也没有技术员所说的那样出现大事故，大家喜悦之际回想适才的惊险场面，我爹宁可冒着毁了井的风险也要把职工的生死放在首位，这样的情义多么值得尊崇，他们对我爹的信服更上了一层楼。

正月初八，大家一鼓作气打到了出水层下，井水伴随着水泵的轰鸣声喷涌而出。看着源源不断的水流，众人欢呼雀跃着像一群孩子。井打成了，这口救命的井总算是打成了！

史金泉激动地大叫，这一路行来真的好艰难，几次把人逼上绝路，终于……终于在今天，所有的付出得到了回报！

我爷爷拄着拐，对老场长说：“真的是天无绝人之路啊！老家伙，我们八步沙从此有希望了。”老场长接上说：“是啊，我们八步沙的新生到来了……”

我爹则激动地跪在井边，泪流满面，什么话也说不出来……

所有人都高兴地笑着、叫着、跳着、奔跑着……

“我们成功啦！我们成功啦……”

二十四　新生

八步沙林场真的迎来了新生。

这一天，史金泉等人浇水。他们蹲在渠边，看着清冽的井水流进了嘶嘶冒烟的平整好的大田里。

史金泉悠闲地点起一支香烟："谁说沙窝里不能种庄稼？你们看，这 300 亩荒沙地从此就变成良田了！"

"今年咱们肯定是大丰收，我总算不用给婆娘洗脚当长工了。"和生说的是实话，倒惹得大家哄堂大笑起来。

雒兴国撩着凉凉的井水洗脸："还是场长办法多，当时那个出工记账、折价入股、按股分红的法子真好，我就是后悔再没多投一点。"

钱林笑着说："你还不满足啊？你知道吗？吕急人现在都后悔死了，又想回来呢！"

雒兴国不屑地翻了一个白眼："他？就知道占便宜捞好处，林场有难的时候，他跑得比兔子还快，还好意思厚着脸皮再进来。"

史金泉笑笑，拦住了他们的话题："别说人闲话，他来就来，但从今往后他跟咱们可不一样了。咱们是股东，他来就是干活的。"

和生疑惑地问："股东是啥？"

史金泉刚要解释，雒兴国笑着抢话，调皮地说："金泉哥别说。不知道就学习去，当年老爷子们睡地窝铺的时候，还不忘读报纸学习呢！"

和生捞了一把水扬到雒兴国身上，笑骂："等你跟英子结婚时，我们一定红红火火给你闹一场洞房去，到时候你就当场给我讲讲啥是股东。”

雒兴国顿时求饶，向钱林举手投降。

“对了兴国，你们结婚的日子定到哪天了？我答应过要给英子添嫁妆的。”史金泉一直没忘八步沙还欠着人家英子一份人情呢。

雒兴国挠挠头笑道：“定在 10 月 1 日了，英子说将来结婚纪念日就和国庆节一起过了。”

“看把你们年轻人给时髦的！”史金泉嘴上说笑着，心里却默默地合计着该给英子添置个什么礼物合适。那是个好姑娘啊！现在考取了正式的国家教师还能够义无反顾地嫁给雒兴国，值得林场所有人引以为傲。

八步沙人的日子正向着美好靠拢，因为生机勃勃的八步沙，因为充满希望的八步沙……

八步沙因为有了机井的灌溉，三百多亩荒地变成了良田。这些地按比例分到了我们六家人手里，统一承包种植。麦子、玉米、土豆等作物一块块整整齐齐、层次分明。春天，绿油油的大田小麦长势良好；夏天，土豆花开的时候紫莹莹一片，和不远处的花棒林交相辉映，形成了八步沙最艳丽的风景；冬天，塑料大棚里的蔬菜生机勃勃，长势良好。

八步沙人以农促林、以林治沙、以副养林的多种经营机制真正实现了，大家再不用担心林区没有收入而养活不了家小了。我爹再也不用发愁一年两回造林的苗木无处解决了。

在八步沙开出的良田旁边，专门开出了育苗田，健壮的树苗郁郁葱葱，随时能够移栽。超出八步沙栽植量的部分，林场还会向外面的林场提供。这是多么喜人的改变，是多么令人骄傲的成就啊。八步沙林场的人走到街上，腰杆子都能够挺得直直的了。整个县城里，只要提起八步沙，大家都会竖起大拇指，都会说八步沙人是好样的！

八步沙第二代人经过了十年的艰苦创业，七万五千亩的治沙任务终于圆满完成了。现在，整个八步沙都披上了绿装。人生能有几个十年？最早从我爷爷他们开始算起，这已经是第四个十年了。四十年的时间，八步沙绿了，爷爷和钱老汉、史老汉等人都一个个走了。他们即便离世，也依然选择把自己交给半生守护的这片沙海绿洲。一座座坟茔矗立在八步沙的白榆树下，日日夜夜瞭望着他们心底热爱的这片家园。

现在，我爹过早地白了鬓发，过早地秃了头顶。与他脱落的无数发丝相对应的是一系列以“万”为单位的数据。现在，八步沙林场每年的纯收入达10万元以上。据林业专家评估，目前，八步沙林区已经有1000多万株的树木长势良好。这1000多万株木材的积蓄量在1.5万立方米以上，可年产鲜草800万公斤，薪柴500万公斤，其经济价值在1000万元以上。

有顺口溜说“八步沙不绿，土门子不富”，而今，八步沙人带头引领着土门镇积极脱贫。这顶贫困的帽子是土门镇的紧箍咒，人们都在努力挣脱它的桎梏，在新时代的号角声里全力奔跑。而这些目标的实现不单需要吃苦耐劳，还要依赖先进的技术和专业做支撑。自从那年的花棒虫害开始，经过一连串的事件，我爹深深意识到文化知识对于林场的重要性，他一直都在尝试着让年轻人、有文化和有专业技术的青年人加入林场。但是，治理荒漠太苦了，林场几次通过招聘引进了数名高学历的技术人员，可那些人长则三月短则一两周，都摇着头离开了。我爹从不轻言放弃，他心里又有了一个大胆的想法，而这些想法的实现，急需要招揽人才来共同实现，他对于引进人才有着无比的热情。

而我，在我爹眼里应该就是属于他比较看好的那一部分具有高学历的人才。从上大学开始，他就向我灌输着回家种树的思想。心理学上有一个“暗示”的说法，是用旁敲侧击、潜移默化的方式，悄然改变或者影响他人心理的一种方法。我十分怀疑我爹在这方面有着非常巨大的潜力，因为他的影响，我小时候发誓要离开老家的思想不知何时彻底改变了，在选择就业时，我居然毫不犹豫地回到了家乡，进入乡镇机关当了一名普普通通的公务员。为此，我与热恋的大学女友也分道扬镳了。从县上又回到土门镇后，我爹的思想教育工作更加频繁，休息日还要拉上我进沙窝里去，把他骄人的成绩在我面前炫耀一番，以至于我也越发加重了热爱家乡的情结。等我爹说出他伟大设想的时候，“疯了”的我毅然决然地跟随他来了八步沙林场。种树、治沙、再创业、奔小康……种种字眼和一系列的设想，都有着超强的诱惑力，吸引着我想去试一试。

我到八步沙的时候，林场通过翻建，面貌发生了天翻地覆的变化，焕然一新的会议室里，众人团团围坐。

我爹满面笑容地说:“今天开会有两件事，一是我们八步沙来了两位大学生，一位是大学生志愿者连肖红，她是治沙造林专业的研究生，是专家，她是到我们八步沙来调查研究的，她未来出版的《治沙造林研究》就是以我们八步沙为蓝本的一部学术专著。另一位是我们本地的大学生陈军，他是我们土门镇土生土长的大学生，是正式到咱们林场来工作的。让我们以热烈的掌声欢迎他们的到来！”

在大家热烈的掌声中，连肖红、陈军落落大方地站起来向大家鞠躬致谢。

我爹愉悦地又对二人说 :“连肖红、陈军，今天是你们到我们八步沙的第一天，你们的加入，给我们八步沙增添了新生的力量。但是，我们八步沙条件有限，可能会有不点不到的地方，你们要及时地提出来，我们好及时研究解决。”

连肖红是毕业于南方某高校的研究生，她到八步沙，严格来说是以“治沙造林志愿者”这个身份来的。她来八步沙，主要的任务是完成她未来的博士专著《治沙造林研究》。

“高场长，您是我们的榜样和力量，请您以后多教导。”连肖红含笑说。她漂亮白皙的脸庞由不得令大家担心，这样出挑的女娃娃能否经受得住沙漠里的风吹日晒？

陈军接着说："场长，您就给我们压任务吧，我们一定以第一代、第二代八步沙人为榜样，为美好的八步沙的明天努力奋斗！"刚出大学的年轻人踌躇满志，跟以前走马观花般来了又走了的那些大学生如出一辙。

不管能不能留住，八步沙人都予以热烈的掌声欢迎。

我进来的时候，热烈的掌声已经落下了，我不由得喊道："大家也欢迎欢迎我呗！"八步沙林场于我而言并不陌生，从小到大，我来过这里无数次，和这些叔叔、伯伯们自然是相熟的。

见我进来了，我爹的笑容里满含了骄傲："哦，对了。我们一并欢迎高志刚同志即将成为我们八步沙林场的员工。"

众人愕然地向我看来。

雒兴国惊疑地问："场长，志刚可是咱们镇上最年轻的副镇长，你确定他要来咱们林场工作？"

这个问题，今天在座的所有人恐怕都想不通吧？在这之前，我爹要求我辞去公职来种树的事并没有透露给任何人，恐怕也是担心我给他"放鸽子"。

"怎么？大家伙儿不欢迎我吗？"我自己找了个位置坐下，好笑地看着他们。

雒兴国依然不敢相信，机械地拍了两下手掌，又不无玩笑道："欢迎，热烈欢迎！"

此时，大家的表情松懈下来了，大约是觉得作为副镇长的我和大家开了个玩笑吧，所以大家都凑趣地鼓起了掌，只有对面的连肖红和陈军两人互相看了对方一眼，不解地耸了耸肩。

我爹示意大家安静，然后继续宣布："接下来第二件事，我们讨论一下林场下一步再创业的问题。"

再创业？众人都凝肃起来。过去很多年的经验告诉他们，创业有多么的不容易，而再创业又从何谈起，他们都是一头雾水。

我爹今天心情大好，我私心里觉得他这样更多的是因为我的到来，让他想到了自己二十多年前的样子。他认真地解释说 ：“截至目前，我们八步沙 7.5 万亩的治理任务已经圆满完成，该想想接下来的事情了。林场将来要发展，我们就不能光守摊子，还要另寻出路。这就是二次创业。”

雒兴国恍然。一直以来，他作为八步沙林场具有最高文化水平的人，理解和接受能力也是快人一步的 ：“哦，原来是这个说法呀！那场长想好咱们做什么了吗？ ”听雒兴国这么一说，众人兴趣十足地看着我爹。

我爹缓缓地、一字一句地说 ：“我提议我们八步沙林场承包黑岗沙，开辟八步沙第二战场。”

啊?

我爹这一句话，不亚于平地上落下了一颗炮弹，一下子把众人给炸晕乎了……

这是我早预料到的结果，就在昨天我爹来找我探讨八步沙未来的时候。黑岗沙只是一个笼统的叫法，那里还有双槽沙和漠迷沙两大沙漠，与黑岗沙连成一片风沙地域，占地面积 11.4 万亩。黑岗沙距离八步沙 25 公里，在武威市古浪县城东 60 公里，是腾格里沙漠南缘余漠，属于河西走廊沙尘暴策源地之一。每年春天的沙尘高发季节，黑岗沙就是风沙肆虐的恶魔头领，严重威胁着干武铁路、省道 308 线的畅通和黄花滩移民开发区的发展。我爹的构想并不单单是为了治沙而治沙，其实还有一个向沙漠要效益的愿望，我理解并支持，但要说服其他人似乎有些难度。

二十五　加盟

片刻后，副场长史金泉第一个出言反对：“老高，咱们这才消停了几天呀？依我看，咱们就不要再折腾了。”

其他人跟着点头，表示他们都赞同史金泉副场长的意见。

我爹显然有些出乎意料，他本来有思想准备，也预料到会有人反对，但绝没有想到第一个站出来反对的却是史金泉，这个他最信任和倚重的好搭档。

“金泉，别人反对，我能够理解，怎么？你也不同意？我一直觉得你事事都能跟我想到一处，没发现你的思想不知不觉就滑坡了。当初打井，林场最困难的时候，你都是第一个站出来支持我的，现在呢，你的那股子冲劲儿哪去了？”我爹不淡定了，他忍不住激动，站起来不能理解地说。

史金泉叹了一口气：“老高，我不是要跟你唱反调。咱们好不容易过了几天舒心日子，就不能安安生生下去吗？大家伙儿都折腾怕了。”

从来寡言的和生今天也破天荒地争着插言附和：“我觉得如今的日子很好了，也该缓缓了。”

钱林和雒兴国还没有发言，但看他们的眼神就知道，也是站在反对一方的。只有吕急人低头看着桌面，他应该是在权衡，还没有拿定主意。

我们第一天上班，就遇上了林场在重大事情上的决策争论，连肖红与陈军也是一脸懵懂，望望这个又看看那个，在这样的大事上，他们都没什么发言权。选择默默观望的还有我，在八步沙林场的众人眼中，我只是他们自小看着长大的小辈。

我爹用很少有的疾言厉色继续说道：“我说了，这是为了林场的长远发展考虑，不是你们认为的瞎折腾。不发展，祖祖辈辈守着这一亩三分地，什么时候能真正过上好日子？咱们要为儿孙后代做打算吧？再说了，我们治理了八步沙，仅仅是堵住了风沙侵蚀我们古浪县的一个口子。我们古浪县的新区，也就是黄花滩居民区，还亮在黑岗沙的风口上，如果不治理黑岗沙，我们今天的努力有一半就毫无意义了！”

我爹这番话虽然掷地有声，但众人七嘴八舌提出了不同的意见：

“高场长，这都是政府考虑的事情，我们八步沙仅仅是一个六户人家组成的小林场，这些事不应该是我们管吧？”

“高场长，我们吃得不多，管的是不是太多了？黄花滩居民区那是县上的事情，你又不是县委书记，你管它干什么呀？”

“老高，你忘了吗？我们打井贷不上款的时候，县委在干什么？现在，我们好不容易渡过了难关，我们管好自己就可以了！”

……

我爹站起来默默地听着这些话，抽着史金泉给他卷的棒棒烟，在地上踱着步：“大家别忘了，我们是怎么发展起来的？如果没有国家和政府的支持，我们能够发展到今天吗？说穿了，我高山是共产党员，我必须得按照共产党员的要求严格要求自己。如果你们不愿意，我高山没意见。你们不干，我一个人干！”

听了我爹的话，大家都沉默了，但眼神中的不赞同却仍然显而易见。史金泉站起来苦口婆心地说了不少话，但归纳起来就是下面的意思：长远发展我们谁都理解，但想一想走过的那些路，真是让人不寒而栗，最艰难的生活仿佛就在昨天，谁也不敢轻言尝试。从头再来需要足够的勇气，也需要坚实的基础。八步沙是绿了，那是两代人几十年的心血浇灌，可黑岗沙还是原始的不毛之地，是比当初的八步沙还要条件恶劣的荒漠。治理黑岗沙？太冒险了！

静默中，吕急人慢悠悠地站了起来："按说，我没有发言资格，但今天这个场合，我必须得说两句。"大家都向他看过去，吕急人清了清嗓子继续道："过去几年，我临阵脱逃，没有参与林场的大建设，大家伙儿都对我有意见。但不瞒大家，我出门打工好几年，才知道守住家业比在外闯荡要好。现在我决心再来林场，就是为了好好守住这块阵地。所以，场长你说咋干我就咋干。你怎么可能一个人去黑岗沙呢？我陪你去！"

我吃了一惊，想不到率先支持我爹的人竟然是他！我爹向吕急人点点头，示意他坐下慢慢说。不论过去发生过什么样的龃龉和纷争，这个时候能说出这样的话来，能够为我爹的正确意见投上赞成票，连我也对这个传说中的"逃兵"刮目相看了。我了解我爹的脾气，他只要下定决心了，就是十头牛也拉不回头！也就是说，八步沙的再创业势在必行，今天创业还是明天创业，只是早晚的问题，这一点目前大家可能都没有意识到。我笃定，他们很快会想通的，除非八步沙人情愿永远在温饱线上挣扎。

吕急人刚坐下，耿直的钱林就出言攻击："你以为你是谁呀，你站着说话不腰疼。我们卖粮食、卖马牛，挖窟窿借债苦熬的时候你在哪里？这会儿日子好过了跑来充好人，你靠边站着去，这里没你说话的地儿。"

雒兴国也适时接话："就是，没有坚持下来的人就没有发言权。"

吕急人涨红了脸，坐到角落里闷声不动了。他知道我爹的脾气，也知道八步沙再创业是不可能改变的。同时，也许是吕急人在城里打过几年工的原因，他说出的话虽然和大家格格不入，但特别对我爹的胃口。他说："你们这些人，简直是井底之蛙。你们知道外面的世界什么样吗？外面的世界就是没有发展你就是㞞怂，你就得讨街要饭！只有发展了才是英雄好汉！我特别替我们高场长抱屈，怎么就遇上了你们这些心胸狭窄、是非不分的㞞怂了呢？"

这一下，钱林和雒兴国不干了，他们站起来扑到了吕急人面前："姓吕的，你再给我骂一个？你再骂一个试试？”

我爹这时候异乎寻常的冷静：“钱林，兴国，都给我坐回去！我们现在在商量大事呢，我们允许争论。你不争论，怎么能够知道谁是谁非呢？”

我爹这样的话，显然是认可吕急人的。钱林和雒兴国不管我爹怎么说，都一个劲儿地把怒气撒在了吕急人的头上，甚至说出了一些不太合适的话来。

我爹不由得恼怒：“你们这是干啥？讨论问题呢，不兴带人身攻击。”

大家见我爹支持了吕急人，望着钱林、雒兴国赌气坐下了，一个个都不说话，会议室里更加静默。

一直默不作声的老场长一撂烟袋，铜嘴的烟锅在桌腿上“哐哐”敲了两下，面无表情地说：“你们不要吵了，高山，我看还是散会吧！”

老场长佝偻着腰走了，其他人也纷纷起身离开。

大家不欢而散。

会议室里只留下了我爹，还有我们三个新来的大学生。

林场里的争论是属于男人们的事情，但爱妻如命的雒兴国早通过手机偷偷把这些告诉了家里。现在正值学校放假，已经为人母的英子老师急忙去我家找我妈，把林场这里的新动向告诉了我妈。

我家水泥地坪的院里晾晒着才收的新麦，我妈拿着木掀细细地搅过一遍后，看着金灿灿的麦子，却高兴不起来。庄稼是丰收了，日子也一年比一年好过了，但她的心却越来越烦躁。主要还是因为我，应该说主要是为我的婚姻大事，我妈操心得不行。看着别人家跟她年龄差不多的大婶们都抱上了孙子，我妈催婚的节奏也越发紧锣密鼓，甚至偷偷地张罗着请媒人介绍。我才 28 岁，着急结什么婚呢？何况我现在还新处上了一个女朋友，还没有到谈婚论嫁的阶段，只是两个人工作都比较忙，平常接触得少，双方还不太了解。跟姐姐一样，我们都怕极了我妈催婚，很多时候宁可以工作忙为借口，轻易不敢回家去听我妈的唠叨，自然没有把各自感情上的事向家里交代过。

院门推开了，先是英子来了，紧接着，钱林媳妇等人也进来了，倒吓了我妈一跳。

英子焦急地对我妈说：“嫂子，快到林场去看看吧，听说他们又吵起来了。”

“啥？为啥吵呀？”我妈不以为然。

英子夺过我妈手里的工具，担心道：“兴国发消息说是高场长提出要承包黑岗沙沙漠，大家伙不同意就吵开了，你还是赶紧过去劝劝吧！”

我妈一拍大腿：“哎哟，这不是胡整嘛！黑岗沙那是人去的地方吗？走，咱看看去。”

英子拽了我妈出门，坐到摩托车上直奔林场，其他几个婶子们也或自己骑车或请人捎……七八辆摩托车呼啸着风风火火地朝着八步沙开去……

几个女人赶来时，会议已经散了，办公室里只有我爹，还有两个大学生和我。我是深知我妈脾气的，这种时候绝不敢出去拦挡，不然那“炮火”就该朝我开了。于是，我拉着连肖红、陈军他们离开了我爹的办公室。

我妈气势汹汹地冲进办公室质问我爹：“听说你要到黑岗沙种树去？”

“对。”我爹淡淡地答道。

我妈抹着汗埋怨：“放着好好的日子不过，你这是要做啥嘛？”

相对于农村里的大多数妇女，我妈是上过学的人，在很多事情上都看得比较远，唯有在我爹每一次做出重大决定的时候，我妈那被人称道的眼界和头脑就会迟钝许多。这一次，她又重蹈覆辙，反对我爹进军黑岗沙、开辟八步沙第二战场的大计。

我爹也清楚她的性子，知道过一段时间，我妈总要钻一回“牛角尖”。他此时正为黑岗沙的事头疼，没有耐心跟我妈细细解释，烦恼地说:“跟你说不明白，你就别添乱了。”

我妈气恼，见劝不住我爹只能妥协:“行，你要做啥我从来也拦不住。但是，你别攀扯上我儿子。我不同意儿子跟着你来八步沙胡闹！”

我爹怒了 :“你说啥？儿子是你的不是我的啊？”

“志刚好好的公务员干着，政府里当官不好呀？你非要让他回这破林场来。两辈人都在沙窝里滚，还要让第三辈人也跟着你遭罪吗？”我妈的眼泪唰唰流下来，哭骂声清晰地传到了院里。

我爹一般不发脾气，一旦动了真怒也很有气势，他怒吼道 :“你懂个啥？半辈子了胡搅蛮缠，咱儿子要是跟你一个想法那才叫真毁了呢！遭罪咋了？这是他家，从小沙窝里打着滚长大的，接着种树咋就辱没他了？”

到了这个地步，我更加不能露面了，向着哪一方说都是不对的。于是，我给院子里尾随我妈来的大婶大嫂们说了一下，希望她们无论如何把我妈劝回去。

几个女人一看架势不对，都进屋去把我妈拉出了我爹的办公室……

喧闹过后，院里还是鸟语花香。宿舍门前有两方花园，八瓣梅和大丽花竞相争艳，几只蝴蝶在花丛里翩然翻飞。我爹的话还萦绕在耳侧，这里是我的家，我从小就是沙窝里打着滚长大的，接着爷爷、接着我爹的班继续种树是辱没吗？不是。我很清醒，也并非什么英雄主义作怪。刚刚经历的一场场争论中，我看到了我爹的不容易，也看到了他的坚持，就更没有理由退缩。每个人总要有信仰，总要有所追求，我终于真正地懂得了过去一直想不明白的事情，八步沙林场的两代人之所以心甘情愿受苦，为的不就是保护这里的庄稼地和家园吗？对，这里是我们的家园！一个人如果不爱自己的家园，就是数典忘祖，就是无父无母。我当初准备走出这里，是为了“小我”，是为了我自己。现在我明白了，我要是留下来就是古人说的“大我”。再说了，我这是前人栽树后人乘凉，我是站在我爷爷、我爹的肩膀上向着成功前进的。所以，八步沙林场，我来定了，如果这里头还有私心的话，那就是对我爹的心疼……

正在我神思不属而后下定了决心的时候，宿舍门被敲响了。我打开门，却是隔壁的两个大学生来访。

连肖红和陈军与我同龄，却不知道他们来林场能坚持多久，但愿今天的事没有吓到他们。我有必要给他们减减压力。

“吵架的大婶走了？”撒这个谎时，我尽量表现得轻松。

连肖红扑哧笑了：“别装了，刚才我们都听见了，你是高场长的儿子。高副镇长敢辞了公职来种树，原来也怕妈妈呀！”

被揭穿了，我很无奈地摊摊手：“既然你们都知道了，那我就不必再隐瞒了。”

连肖红性格活泼，偏着头打量着我笑道：“没想到第一天上班就这么劲爆火辣，高副镇长有什么看法？”

这是一个不好糊弄的、漂亮的女孩子！我也只能实话实说：“过去，我爷爷那一辈开始在八步沙种树，半辈子治理了八步沙三分之一的荒漠，因为没有让八步沙全绿了，临了都不能闭眼。到我爸他们，累死累活摸爬滚打，才有了今天这样的成绩。可是，你们也看见了，如果没有先进的管理理念和开拓精神，八步沙就只是一片巴掌大的树林子，这跟习总书记的金山银山差距还远着呢！”

连肖红认真地看着我：“那你想做点什么呢？”

我拿过桌上的图纸递给连肖红，这是我最近花了心思绘制的八步沙发展规划平面图。陈军和连肖红接过去仔细观看起来。我指着图纸向他俩解说，内心里是忍不住的踌躇满志。我不但支持进军黑岗沙的计划，还要进行沙生作物的深加工，把八步沙建成多元化的综合性经济体。这是我的构想，也是我们八步沙第三代人的理想。

陈军好奇地抬头问：“综合性经济体？你能说得具体一点吗？”

“具体来说就是建厂。”我把图上标注了重点的地方指给他们看，“建沙棘汁饮料厂、沙漠食品厂、林下养殖场、苗木培植园等等。将来还要在这里修高楼大厦、学校、医院，让山区里那些穷困的人都搬来咱八步沙……”

我一口气介绍了自己给八步沙制订的远景规划，连肖红的眼睛也闪光了：“不得了，这是乡村振兴的大战略啊！”

我对着两个同龄人推心置腹：“当然，这些计划的实现，第一步还是得从治理好荒漠开始，任重而道远呐！”

陈军握着拳难掩兴奋：“听你的计划，我都热血沸腾了！不过……”他话锋一转好奇地问：“你可是镇上最年轻的副镇长，国家干部真的愿意来治沙？”

这是个“好奇宝宝”。我微笑着回答他：“这有什么稀奇的？你们两个大学生不是也来了？”

也许是我的话感动了连肖红，她连称呼都变了，漂亮的大眼睛直直地看着我：“志刚，我越听越有激情了，我们支持你。”

“光有激情可不行。今天你们也看到了，所有人都反对承包黑岗沙，他们可是不愿意再创业的。”面对这样两位有激情的大学生，我想留下他们，但必要的探底还是需要的。

连肖红很淡定地说：“生态文明建设是国家的刚性规划，而场长说的再创业是林场发展的必然结果，他还是有超前意识的，相信过不了多久，大家都会认同。”

真是一个让人惊喜的女孩子，我对她很欣赏：“哦？听起来有点意思，你对这个也有研究？”

连肖红自信地翘了翘鼻子：“我可是专门研究荒漠化治理的，这个还是能够预见的嘛！”

捡到宝了！我一定得把这个研究生留在林场，便郑重地邀请：“英雄所见略同嘛！我正准备大干一场呢，就需要像你们这样有远见的专家一起共商大计。愿意一起奋斗吗？”

连肖红一点都不做作，站起来握住了我的手：“我愿意。”她说得一点都不犹豫。

陈军也把手按在了我们的手上，激动道：“我也愿意！”

三双手紧紧握在了一起，我顿时信心满满。

二十六　台阶

夏天来了，八步沙绿荫遍地，草木葳蕤葱茏，微风拂来，一阵一阵的清香味儿透人心脾。沙梁上低矮的蓬蒿一丛丛开出或淡紫色或黄色的小花，逗引着蜂蝶流连忘返，八步沙现在真的是遍地花香。

这里是八步沙的最高处，也是我爹时常驻足观望的所在。也许不止我爹，还有很多八步沙人都喜欢来这个地方，因为站在这里可以看到八步沙的全景，看着曾经梦想中的景象变成了现实，那些受过的苦和累就都不算什么了。

这一天，我爹约了史金泉在这里喝酒，喝的还是上下五千年酒，想好好和他的老搭档聊一聊。史金泉提着一瓶酒走上沙梁，一言不发地坐到旁边。两个人都沉默着，背后是八步沙的数万亩绿地，而他们的正前方还是无尽的荒漠。我爹面朝荒漠的方向久久凝望，半晌指着远处说："你看，那边就是黑岗沙，离咱们这儿 25 公里。还有另一边的巴丹吉林沙漠，与腾格里沙漠相距不过百十公里，两大沙漠正在向我们包抄而来，再不治理，我们的大凉州也许很快就被掩埋了。"

史金泉没说话，眯眼看向远方。

我爹继续说："你算术好。帮我算算，沙漠以每年 15 米的速度侵蚀我们的村庄，多少年后我们的家园就没有了？"

史金泉表情微动："你咋考虑得那么长远？"

"古语说，人无远虑必有近忧。现在，我们八步沙的风沙线是倒退了 15 公里，这就叫'人进沙退'。如果我们能把黑岗沙再治理好，那是啥成色？"我爹笑一笑，拿过沙地上的酒瓶，动手拧瓶盖。

史金泉从兜里掏出两只酒杯，这是他们俩经常对酌的器具，一喝就是十多年。他把两个斟满了酒的杯子轻轻碰了一下，一个递给我爹道：“这个账我也算过，但其中的苦不敢想。”说完一仰脖子喝完。

我爹也喝尽了自己的酒，又动手给两个人斟满。他回头看着绿树成荫的八步沙，深情地说：“每当这个季节，八步沙就像花海一样，看着它们，我就觉得这个世界上什么苦都没有了！”

史金泉也陶醉在八步沙迷人的花香里，这是他们共同的心理。

我爹又利落地灌下一杯烈酒，坚定的口气跟烧着喉咙的白酒一样热烈：“可是，苦算什么？比起咱们的父辈，我们治沙的经验和方法已经成熟了，这才是优势，也是底气。”

史金泉微笑：“怪不得你张嘴就是吞天的口气，原来都思谋周全了。”

“我不信你就没有思谋过！你听说过机械化压沙吗？听说能省下不少的劳力呢。”我爹了解史金泉，就跟了解自己一样透彻清晰。那天开会时，虽然他是第一个反对的，但接下来的几天，史金泉在那里时而沉思时而写写算算，他就知道史金泉是在干什么。说到底，为了林场的发展，他的副场长不可能无动于衷。

史金泉慢慢地咂着酒品尝，笃定道：“这是志刚那几个娃娃说的吧？”

我爹含着笑点头说：“他们比我们的思维超前啊！我们不服不行。当然了，我也查过资料，治理黑岗沙不仅仅是基础的治理，还得向沙漠要宝、要效益。”

史金泉微微叹口气：“你不会真的打算让志刚像咱们一样，一辈子交代给沙漠吧？”

在这件事情上，我爹总觉得理所当然：“这也是他同意了的，他爷爷、老子的心血都在这儿，他还能眼睁睁撂掉去？金泉，你看到没，我的头发已经白了，我们还能干多久？将来我们走了，这一摊子总得有人接着挑起来。”末了，他指着自己的头给史金泉看，话语里多有感慨。

史金泉看着我爹凌乱稀疏的花发苦笑了一下，动容道：“老高，你又来将我的军了。”

我爹戏谑着问：“那你敢不敢接招？”

“趁我的头发还黑着，接就接，谁怕谁呀？”史金泉说得咬牙切齿。

我爹直接对着酒瓶仰头喝下一大口，哈哈大笑。

史金泉也不甘示弱，拽过酒瓶去，也有样学样地“咕嘟”一大口烈酒入喉：“老高，那咱们就再创一次业吧！”

我爹听了史金泉这句话，高兴地抱起他滚下了沙漠……两个人大声喊道：“我们是这里的主人！”

“我们是这里的主人”的话在沙漠里回响……是的，他们依然是最默契的黄金搭档。

黑岗沙的治理属于跨区域承包，在秋季造林还没有展开之前，我和连肖红、陈军三人紧锣密鼓地为我们的规划做着前期准备工作。八步沙林场的场部原来是治沙中心点。随着沙漠化被遏制，场部已经是适宜生活、居住的好地方了。所以，我的计划是将来建厂也要在八步沙选址。当然了，我自信黑岗沙迟早会跟八步沙一样，变成人见人爱的绿洲。要想达到这个目的，光靠我们八步沙人是不够的，我要把黑岗沙交给更多的人去开发。北部山区还有一部分人在闭塞的大山里头苦苦求生，我希望将来他们可以走出大山，到平原上生活。黑岗沙，只要给我们足够的时间，一定可以再现八步沙今日的绿色神话。

八步沙的治理，前后用了将近五十年的时间，黑岗沙的面积比八步沙还要大，沙化更为严重、条件更为恶劣。但是，时代在进步，各种现代化机械的利用将会使这次的黑岗沙治理比较乐观。根据我们的推算，只要不发生严重的干旱，五年之内，黑岗沙的治理任务必定能够完成，这与我爹提出的“五年计划”

不谋而合。只不过，我爹是本着拼死拼活治理八步沙时的那种精神，而我们则选择了运用机械化治沙造林，把人力劳动力彻底解放出来，这是我们八步沙人的宗旨。

治沙与经济产出同时进行，这是个大投入，遇到阻力也在情理之中。为了劝说林场前辈运用机械化治理沙漠，我们三个人几乎每天都淹没在各种数据和资料里，向他们提供具有十足说服力的论据、论断。建厂、做实业都要建立在治沙的基础上，林场有规模建厂才有资本，市场运作搞活经济，这是未来八步沙发展必然要走的路，我们等不起五十年。而我爹所说的林场再创业，其实也是我们几个年轻人的创业机会，相对于实地治沙经验丰富的林场前辈，我们只有理论依据和满腔激情，我们提出的机械治沙方案也一再遭到了大家的反对。幸好我爹不是一个拘泥迂腐的场长，在我们的一大摞资料论证和坚持面前，他答应先购买一台小型压沙机试试。

真理在于实践，我们需要一次真正的实战来向大家展示机械化的优势。对于这一点，我有信心。坐等秋季造林开始之余，我们仨兴致勃勃地提前计划上了未来，照着图纸在这儿测量一下，在那儿标记一下，惹得不明究竟的八步沙人好奇不已。

钱林和雒兴国一直饶有兴趣地坐在沙梁上观望。

“你说他们到底在做啥？”钱林捅了捅雒兴国问。

雒兴国摇摇头：“看不懂，要不你下去问问？”

钱林表示不屑：“我看就是几个二杆子在胡闹。越有文化的人越是冒料，尤其是志刚，放着好好的国家干部不当，偏要来这八步沙逞能，我看比你当年还‘二’。”

雒兴国瞪他：“滚蛋！我看他们在谋划啥大事哩，夜里都在写东西，三个人还一阵阵地吵架争论呢。”

钱林感叹着："现在的年轻人世面见多了，脑袋里装的东西也多，真是看不透啊！"

连肖红指给我看："你看看，他们二人执着地坐在远处看着我们呢！"我接上说："这两个人虽是和我爹同一个时代的人，但年龄上偏小，比较接近我们，应该没有多么深的代沟吧。"我试探着打招呼："钱叔、兴国哥，下来聊聊？"

雒兴国爽快地应一声，起身就往沙梁下来，钱林犹豫了一下，也慢吞吞地走过来。

"志刚，你们这是在做啥呢？"雒兴国伸头往连肖红手里的图纸上瞄了一眼问。

我听过他的很多传奇故事，包括当护林员时和牧民打架不要命的故事，还有他和英子老师之间的爱情持久战。那时候英子老师还给我们班代过课，他们俩开启了我们镇上自由恋爱的风尚，在被无数年轻人推崇的同时，还一度被老年人骂作败坏风气。这位土门镇新婚恋观的带头人，从他脸上不难看出风霜的印痕，黝黑健硕的体格也为他的传奇增添了些许英雄气概。曾几何时，他也是如我一样的"白面书生"呢！想一想不得不感叹，岁月真的是一把杀猪刀啊。

"兴国哥，把你的私房钱拿出来入股办厂敢不敢？"我笑着问他。

雒兴国打量着我，似乎第一次见面似的，完了瞪我一眼道："你别没大没小的，叫叔。还跟我称兄道弟起来了，也不怕乱了辈分。"

一旁的钱林嘿嘿笑了两声，揶揄他："本来林场就是你最小，现在好不容易逮着这几个小辈，你就在他们面前耍起威风来了。"

大家听了哈哈大笑起来。我把图纸上的规划给他们讲了一遍，听得二人目瞪口呆。在他们来看，我的构想比我爹一次次大胆的尝试还要像天方夜谭，不等听完，他们就双双找借口跑了。

"咱们场长家都是能折腾、敢做梦的主啊！"我听见他们的啧啧称叹声消失在了沙梁那边。

个人敢做梦，时代能圆梦！或许他们跟我们还是有很大很深的代沟的，我和连肖红、陈军摇头苦笑。看来，我们在八步沙再创业，还是要付出更大更多的努力。要让他们相信事实，再慢慢地适应，到最后他们会支持我们的。

在大家的期待中，这一年的秋季造林运动终于在黑岗沙拉开了序幕。

从八步沙西北方向一路过去，25 公里外的地方就是黑岗沙，再往前延伸就是双槽和漠迷两大沙漠。这里有近 12 万亩沙漠，如果光看数字，是没有多大感觉的，一旦置身其中，茫茫无际的荒漠将会用苍凉和绝望来接待你。没错，就是绝望！寸草不生、毫无生气的黑岗沙，现在已经呈现在了大家面前。

在唐代诗人岑参的笔下，沙漠除了人烟稀少外，是富有诗意的："走马西来欲到天，辞家见月两回圆。今夜不知何处宿，平沙万里绝人烟。"在唐代诗人胡皓的《大漠行》里，沙漠是将士们万马奔腾、驰骋杀敌的战场："三军遥倚仗，万里相驰逐。旌旆悠悠静瀚源，鼙鼓喧旋动卢谷。"在王之涣的《凉州词》里，沙漠既有将士们对边塞荒凉苦寒的哀怨和思乡的极度苦闷，又有军人悲壮的宽广胸怀："羌笛何须怨杨柳，春风不度玉门关。"

我们是来治理沙漠的，所以我看到了沙漠丑陋的本来面目，这个时候，我总算理解了林场所有人对我爹提出承包黑岗沙的质疑和反对。实话实说，如果从治理的角度来看，这里仿佛压根儿就不属于人类，不属于这个地球。可是，它却真真实实、堂而皇之地存在着，就在离我们的家园只有几十公里的地方。如果以八步沙治理以前沙漠侵蚀我们家园的速度来计算，我们这一代人之后，黑岗沙就会和八步沙联起手来，把我们古浪县乃至周边地区一口气吞进他们的肚子里去。由此，我想起了楼兰古国一夜之间被沙漠吞噬的悲剧。于是我想，我爷爷、我爹他们太伟大了！如果不是他们两代人的坚持，恐怕我们的家园已经被沙漠吞噬殆尽了……

这时候,我看到了连肖红和陈军脸上的震惊,以及叫作“迷茫”的东西。我想,此刻我的表情并不比他俩好多少。我们太过低估了这片荒漠，在这无边的空旷里，我感觉自己竟渺小得跟一只蚂蚁差不多。

我一直以为八步沙人都是只知道出苦力，没有开拓精神和创新思维的落伍者，甚至内心深处还曾偷偷嗤之以鼻过。当面对浩瀚的荒漠，我们都蒙了的时候，他们却表情淡然地走进了沙漠，开始有条不紊地展开劳动。过去的很多年，他们与沙漠较量，早已锻造出了无惧无畏的心态，这是我们空有一身激情而并无实际参与的人没办法相比的。现在，我再也不敢轻视他们了。面对一望无际的大沙漠，我只有满怀着敬服的心情跟上他们的脚步，进入荒漠之中……

一旦进入大沙漠，我们年轻人的优势就充分显示出来了。我们的机械化压沙机呼呼隆隆开过去，后面的沙漠上就留下了整齐划一的草方格。漂亮的草方格在父辈们的啧啧称赞中，一方方、一块块地增加，很快，眼前就出现了令他们惊叹不已的图画。我爹黑黝黝的脸上盛开出了一朵菊花，花瓣里抖搂出的不是花蕊，而是沙粒……当时反对过我爹的人们也被压沙机这个庞然大物震住了。紧接着，大家都七嘴八舌起来：

“好家伙，这一个家伙，比我们一百人都不止啊！”

“早知道有这么好的家伙，我们早就来了，何必要等到今天。”

“你好大的口气呀！这家伙是好，可你知道这得多少钱吗？”

“是呀，我听说是志刚跑到北京要来的贷款买的……”

“好家伙，这得多少钱呀？”

“人家志刚跟国家签合同了，如果我们把这块沙漠治理了，这机器的钱国家出，不让我们掏一分钱！”

“好家伙，这些大学生们可是不得了！比起高场长他们来更厉害啊！”

“是啊！这叫青出于蓝而胜于蓝，一代更比一代强啊！”

……

现在，我们可以借助现代化的机械压沙造林，可以运用专业的技术管护培植，但必须每一步都脚踏实地。这是我亲身参与黑岗沙治理一个月后的深刻总结。当然，在我们三个年轻人实践、适应的过程中，我爹他们也在学习、接受。压沙机的高效他们看到了，现在，他们又看到了挖掘机治沙造林的威力。这个家伙开挖植树沟就是比人工快速高效，也的确省时省力。随着机械化治沙造林的推进，前辈们的抵触和质疑慢慢地不见了，随即变成了接受和肯定，雒兴国还自告奋勇地学会了驾驶和操作挖掘机，吆喝着治沙队伍，兴高采烈地往荒漠里栽种希望。

一轮治沙造林过后，大家惊喜地发现，往年成千上万人累死累活地拼上一个月，顶多也就完成三五千亩的治沙造林面积，而这一次因为有了机械助力，一个月下来竟完成了一万多亩的造林任务。而往年造林高峰期，多的时候要雇佣上千人、数百人来干活，现在人力节省了一大半，但栽种面积却超出了往年的一倍还要多,人工的节省就是造林成本的极大节省,这是大家喜闻乐见的结果。

在接下来的日子里，大家对那台压沙机和挖掘机赞不绝口，说以后有了这两个宝贝就不用半夜里爬起来赶着去种树了，轻轻松松也能超额完成治沙造林的任务。

这一年，我们两代人顺利、超额地完成了治沙造林任务，也顺利地完成了观念上的对接，在林场的重要会议上，我们终于有了发言权。经过讨论，大家一致同意我们办厂，但经费有限，只能先从投入少、收益快的项目入手。这一点改变已经大大超出了我们的预期，我和连肖红、陈军决定先在八步沙既成的条件下把林下养殖场搞起来，其他的再循序渐进。

我爹对新生事物的接受能力很强，所以他对我们的项目也给予了极大的支持。同时，他还积极地向我们学习。从那以后，不会用电脑的他开始学习操作电脑了，还时不时地向我“请教”。那时候，我感觉我爹的身上不存在因循守旧，相反，他身上有肯于变通、善于学习、敢于创新、乐于吃苦的精神，这应该就是八步沙林场能够在一次次濒临倒闭和解散的困境中坚持到今天的根本原因。而在林场其他人身上，也总能发现他们具备同样的品质。这样的精神，他们或许并不自知，却在实际劳动中体现得淋漓尽致。尽管有时候也会有分歧，也会有一时的顾虑，而一旦决定去做，他们就会把所有精力投入其中，全力以赴地去达成目标。我认为，他们承包治理黑岗沙就是最好的证明。

有如此可爱的一群八步沙人，我们年轻人的新鲜血液一旦注入其中，八步沙再次创业的道路一定会更加宽阔。

二十七　成绩

有积累了几十年的成功的治沙经验，再加上年轻人和现代化、机械化的助力，横行肆虐了几百上千年之久的黑岗沙，在八步沙人面前收起了狂暴的脾气，低下了它嚣张的头颅。几年来，随着草木的大面积覆盖，它渐渐柔软了性子，为人类送还了一份深情款款。驯服的黑岗沙果然是一块风水宝地，逐渐治理好的荒漠地域广阔，正适合我们接下来在这块不毛之地上创造人间奇迹。

接下来，我们通过网上招标和互联网宣传，又招聘到了数名相关专业的大学生和技术性人才，建起了沙生植物深加工产业园，把产自黑岗沙种植基地的枸杞、沙棘和肉苁蓉、锁阳等药材开发成了系列食品。饮料厂生产的纯天然枸杞汁、野生沙棘汁十分畅销，具有保健养生作用的锁阳咖啡、肉苁蓉咀嚼片远销全国各地，还有林下养殖园的“溜达鸡”也供不应求……

而所有的商品都冠以“八步沙”的商标，成为林场的延伸产业，更为林场带来了可观的收益。那些因为八步沙林场运用机械化造林而失去打工收入的村民，则纷纷进入八步沙下属的各个工厂里当起了工人，感受着八步沙日新月异的变化给大家带来的经济实惠。

“以农促林、以林治沙、以副养林”，这个多年前的经营理念，现在升级为以沙产业带动农副业，以经济效益促进林业发展的新格局。

“这一切成绩的取得，除了我们自身的努力和年轻一代的加盟外，还有赖于国家这些年的大政策扶持。一句话，没有强大的祖国，哪有我们个人的这些成绩！”我爹的“碎碎念”像极了以前的爷爷。如今，他真的老了，那些饱含着沙粒的、深情的皱纹，在他的额头上刻得更深了。因为常年超负荷的劳动，他的腰提前塌了下去。但是，那微微佝偻着的清瘦背影却依然倔强。

“治沙还未成功，后辈理应继续努力！”我爹的电脑屏保上是他写给自己，也是写给我们大家的勉励。

如今的林场还是我爹他们在操心，除过春、秋两季造林运动外，我们其他的时间都各自忙碌在自己分管的下属实体上。随着八步沙牌系列食品的开发与销售，我们大家都非常忙。

最近在网上发出的公益林实践活动也引起了网友们的积极回应。这一天，我正在做接下来的线下实地运作计划时，连肖红悄悄地进来了。

“志刚，那边怎么样？”连肖红倒了杯水给我。

我示意她看电脑，把南方一个公司组织队伍来八步沙参加实地治沙实践的事告诉了她。生态文明建设过去只是倡议，而现在提到了国家刚性建设的高度，人们也越来越意识到保护生态环境的重要性，我们的活动很受大城市人的青睐。

连肖红高兴地说：“这可太好了！你知道我今天有什么收获吗？”

“说说呗！”我饶有兴趣地望着她。

连肖红得意地夸耀自己的成绩：“我发出去的网页浏览量过百万了，有不少人回复，对咱们梭梭嫁接肉苁蓉的技术非常看好，有不少人提出要学习种植技术呢！我让他们亲自到咱这儿来学，第一批学员已经定好学习时间了，下周一就到。”

“你真是个实干家。这样一来，既宣传了八步沙，也把新技术推广出去了，公益、效益两不误啊！”对于这名得力干将，我的夸赞从不吝啬。梭梭嫁接肉苁蓉是一门新兴技术，利用梭梭十分发达的根系播种肉苁蓉种子，使肉苁蓉寄生在梭梭的根部，通过梭梭汲取营养，达到自身生长的需求。这个过程一般需要三年，加上梭梭种植后到长成适宜播种的时间，又需要至少三年的时间。肉苁蓉在地下生根长大，能够为人所用并产生经济效益着实不易。这个嫁接技术不但耗时，还要有足够的耐心和得力的管护，才能长成号称“沙漠人参”的这一珍贵药材。大漠从来不缺奇葩，肉苁蓉是奇葩里的奇葩，而嫁接技术则算是顶级奇葩了。梭梭防风固沙能力一流，种植成本不高，成活率却高，当梭梭长成一片林子，就有足够的力量对抗风沙，而将梭梭和肉苁蓉种植在一起，就能够拯救一片沙漠，为人们带来经济收入，从而提高了人们育林护林的积极性，这是一个良性循环。

看我和连肖红聊得热闹，陈军也停下手中的活插言：“你们别光顾着自己的事啊，咱们的林下养殖也不错哦！快来看，网上抢购‘溜达鸡’的订单，今天可是破纪录了。”

这真是三喜临门啊！好消息接二连三，今天绝对是个好日子。连肖红笑道：“要不要庆祝一下？今晚去我那里，咱们涮火锅吃。”

陈军举双手赞成，这家伙从来就是个吃货，他老婆就是两个人吃饭吃出来的，常常被大家拿来当作茶余饭后的消遣话题。

我叮嘱他：“那今天得加班了，既然接了订单就尽快发货，服务和信誉、质量一样，都马虎不得。”

“好嘞，都安排好了，你放心吧！幸亏咱们又招聘了一批年轻人，不然都忙不过来了。”陈军做事我很放心。

连肖红打趣：“这叫运筹帷幄懂吗？志刚可是管过一个镇子的副镇长。”

陈军嘿嘿一笑，贼贼的目光看看我，又看看连肖红，取笑道：“拍个马屁也拍得这么护短嘛！”

连肖红扔过去一个纸团砸他。

我尽量淡定道：“不过，咱们可不能骄傲啊！现在取得的成绩，离我们当初制定的目标还有距离呢！”

“总算干出点实事来了，不然那些叔叔大爷们还总觉得咱们是纸上谈兵呢！”连肖红如释重负地说。

老一辈人跟我们的接触面不一样，产生分歧很正常，他们对我们有误会也能理解。事实证明，只要我们把新观念落实成看得见的实事，他们一定会赞成并支持。记得刚开始，无论我们做什么，他们都非常质疑。说我们钻在阴凉房房里鼓捣个电脑和纸片子就能来钱是白日做梦。现在，这些话都没有了。这是他们认可了我们的劳动成果，接受了新鲜事物了。

“不过我们也不能沾沾自喜。其实，老辈人真的很苦，几万亩的沙漠绿洲，他们都是一步一步用双脚和汗水丈量、浇灌出来的，每个人在沙漠里走过的路，不知道有几个两万五千里了。咱们得多体谅他们。”这些话我也时常跟他们说，恐怕比我爹的“碎碎念”不遑多让。

陈军、连肖红点点头，林场前辈们的辛苦操劳，大家有目共睹。

连肖红又问：“场长同意成立绿化公司了吗？”

提起这个我就开心，笑着告诉她：“放心吧，等这一季的造林结束，就筹备这事。”

等绿化公司成立起来，八步沙就有继养殖场、沙棘饮料厂、枸杞采摘园和沙生药材厂后的五家子公司了。我们都不由得欢呼，庆祝是必需的。看着连肖红因兴奋而涨红的脸，真想把她抱在怀里，告诉她我喜欢她。最近不知怎么搞的，我做梦都在叫着她的名字，可是，可是，木讷的我要怎么跟连肖红说，我妈已经无数次地催促着让我带她回家去认门了呢！貌似今天就是个好机会呢。

我是个没有女生缘的人，大学里处的第一个女朋友，冲破家庭的阻力，执意跟我回老家就业，回到老家工作后，又因为我辞了公职到林场种树，和我一通歇斯底里的吵闹后决然离去了。后来我又找了一个谈婚论嫁的准媳妇，可是为了结婚而结婚，没有感情和缘分的相处，让我望而却步，我甚至都没拉过姑娘的手。人家看我这么木讷，就自动离开了。现在，和我同龄的人，孩子都能打酱油了，而我还是单身，除了工作就是工作。不知不觉，日子在繁忙中匆匆流逝，一晃就成了快要“奔四”的“油腻大叔”了，我妈为了抱孙子愁出了不少白发，一见我的面就跟见到仇人似的怒目而视。吃饭的时候，每次给我盛饭就故意把碗放在桌子上当当响，说这盛饭的差事早应该换人了，论理她应该是太后的角色，儿媳早就把饭端过去了。唉，找媳妇要有缘分，没感觉怎么过日子？抱孙子也得先有儿媳妇呀。我哪里有时间去找那个命定的另一半呢？是，也曾有姑娘对我表示过好感，但吃饭可以将就，感情的事又怎么能凑合，总得互相喜欢才有走到一起的可能吧？何况，和前面两任女友分手给我埋下了心理阴影，她们都有着相似的观点和结论，说我这样胸无大志的傻男人绝不会有女孩子愿意嫁，除非是有人瞎了眼。我不知道她们说的“志向远大”具体是指留在城市里还是钻营在官场里。也许她们说得对，我就是没有那些志在必得，还一再推翻小时候就有的“宏愿”，最终依然选择了回来，选择了一条别人都认为是走下坡路的漫漫绝路。

这个世界上，开弓没有回头箭，没有回头路可以走。每当看着荒漠又长出了一片绿荫，治沙的脚步又往前推进了一步，工厂的产出又递增了一成，我就觉得一切都值了。血汗浇灌下去，体会着一季又一季的春华秋实，沙漠有了绿色，人们脸上有了欢笑，八步沙人所做的努力就没有白费。至于儿女情长，我想还是不必强求吧！如果非要选一个，那把连肖红留下来这件事，不知道是她瞎还是我傻？这是一个问题，需要两个人好好地研究一下。我看到她每次看我时躲闪的眼神，就知道她的心里是有我的，而我每次看到她，心脏也会加速蹦跳。有一次她的手无意间碰到我的手，我的心真的是要跳到嗓子眼了，可能这就是心动的感觉吧。可是她是来调研的，不是来扎根的，我怎么能够耽误她的青春？大漠是我们这些人待的，可不是人家一个研究生待的地方呢！这样的纠结，成了我的心病。

连肖红来林场的第二年，她的父母来看女儿。那时正值春季造林时节，连叔叔、连阿姨从南方一路高高兴兴地来到了八步沙，本想着给女儿一个惊喜，但看到灰头土脸的连肖红扛着铁锹像个汉子似的回来，夫妇俩顿时就崩溃了。出身书香门第的娇娇女，江南烟雨中长大的孩子，名牌大学的高才生，竟然来到这样贫瘠落后的乡村种树，在风沙里备受摧残……

这样的现实，老两口不能接受，立即就要带着连肖红走。之前连肖红打电话给父母，总把自己的工作说得像是在拯救地球般“高大上”，原来就是沙漠里种树。她的妈妈痛哭流涕，而她爸爸则黑着脸怒气冲冲，连肖红没办法，就来找我去做她父母的思想工作。

我曾是土门镇的副镇长，是最年轻有为、前途光明的国家公务员，也是正经大学毕业的“五好青年”，连家夫妇愿意给我三分面子，答应在八步沙住一晚上。说实话，那天我并不觉得能够说服连肖红的父母，干脆破罐子破摔地邀请他们去参观荒漠。既然来了一趟，不看看平沙万里、长烟落日的大漠风光，岂不是有愧于此行？没想到就是这一天的游览，连家夫妇亲眼看见了数百人治沙的壮观场面，还受到了正好带队来种树的县委书记和林业局干部们的热烈欢迎。县委李书记与连叔叔一见如故，坐在沙梁上聊了很长时间，我和连肖红远远看着她爸妈的神情一会儿严肃一会儿放松，心里也没有底。连肖红是我的得力搭档，当然说句自私的话，我还希望她成为我的女朋友，因为缘分这个东西是只能意会的，每天第一时间都有想见到她的欲望，哪怕听到她的声音也好。说实话，我也舍不得让她走，但就像她父母说的，娇生惯养着长大的女孩子，又怎能吃得下沙漠里的这份苦？

连肖红和我坐在绿绿的沙米草上，她靠着沙枣树，将近一年的风沙侵袭，她黝黑的脸上泛着青春的光泽……见我注视着她，她咬着干裂的嘴唇想了想，忽然眨着一双大眼睛问我："你是想让我走还是留下来？"没等我回答，她又强调："如果你说让我留下我就不走了，谁来也别想让我离开！"

我怔了片刻，心头突突跳了两下。大家都是聪明人，不是不懂这话里的一语双关。连肖红漂亮有魄力，更重要的是善解人意，和我三观相合，这样的一个女孩子主动说出这话，我没有理由不答应，只是犹豫着考虑她到底有几分真心。被别人抛弃过两回了，我真的胆怯，况且沙漠里的日子单调乏味。

连肖红定定地看着我，她的大眼睛里有太多说不清道不明的情绪，但唯有坚定令我不能拒绝。

"我……林场不能没有你！"我说的不够坦诚，但要把"我不能没有你"说出口，那该多肉麻啊。打死我都说不出来。我的心像小鹿一样怦怦地跳着。

连肖红不愧是最了解我的人，她粲然一笑点点头："好，我答应你留下来！不过，我有个条件。"

听到连肖红不走，我莫名地激动，静等着她提条件，只要不超出林场的承受能力范围，我完全可以做主应承下来。

"那你从今往后不能再一个人喝闷酒。"看连肖红认真的样子，我知道她不是在开玩笑。

那段时间我刚刚分手，心里难免苦闷，又不想回家听我妈的长吁短叹，就躲在林场宿舍一个人喝酒。连肖红是什么时候开始关注我的，我并没留意，但此时此地提出来这个问题，着实让我又是一怔。但是为了留住这个人才，我很快恢复清醒，一个人喝酒也没多大的意思，不喝也罢，我答应了她。连肖红说："我知道你以前有个爱到骨髓的女朋友，但是你知道，人要相信缘分！天涯何处无芳草。"

连肖红留了下来，奇怪的是，她父母也没再像前一天那么坚决地要带她走。为此，我特意借了一辆全县最高级的小轿车送他们去车站……中途，我总在后视镜里与连家爸妈的目光相遇，我非常怀疑那审视的目光绝对属于挑剔型。我没敢做出其他的任何承诺。说不自信也行，说胆怯也行，反正自那以后工作越来越忙，也没有过多的精力去纠结感情的事。就这样几年下来，陈军都结婚了，成了孩子他爹，我还单着，连肖红也单着。

我们的事业逐步崛起，连肖红的贡献和付出也有口皆碑。作为八步沙的中坚力量，大家在认可她工作能力的同时，也把她的个人问题提到了八步沙能不能发展的高度。尤其以我妈的热心程度，最可作为表率。我妈会时不时地做好吃的邀请连肖红到家里去，或者送到公司里来，她对连肖红比对我要好太多了。至于连肖红到底是怎么想的，或者说准备什么时候摊开来说，我想，可能还缺一个合适的时机吧！眼下太忙了，还有许多事情要全力以赴。

这时候，正值沙漠作物的成熟期，枸杞采摘园里工人们在劳作。今年与各学校合作开展了一个研学活动，每天都有中小学生前来实践劳动，我们还要派人一边指导劳动，一边普及宣传生态文明建设的知识，所以大家都格外忙碌。

采摘园大片的绿色田地里，枸杞鲜艳欲滴，像一颗颗红色的玛瑙点缀枝头，给沙漠带来了盎然生机和如画景致，也为我们提供了经济基础和生活意趣。小学生们穿梭在绿树红果的田间，脸上晶莹的汗水和灿烂的笑容与鲜红的枸杞构成了一幅美丽的图画。

宽阔平整的晒场上，火红的枸杞铺开一地，满场满院都是浓郁的果香，这是晒制干果的一部分，还有一部分则进了饮料厂，做成了鲜甜滋补的枸杞汁销往外地。

饮料厂流水线上，一瓶瓶枸杞汁透着诱人的色彩，整齐有序地从生产线上滑过……而厂区院里，正在装运的箱货车身上印着“八步沙”三个大大的绿色字体，满载了八步沙牌产品，开往火车站或者是长途汽车站……

这是丰收的时节，也是八步沙一年里最繁忙的时节。

几百亩的大田小麦收割，金黄的麦子堆成了一座小山。葵花沉甸甸地垂下了头，也到了马上就能收获的日子。紫色的葡萄一串串缀在藤上晶莹剔透，蛇果在翠绿的枝叶间欲语先羞地露出娇艳的身姿。还有几十亩地的土豆和玉米……地里的活计一茬一茬相接着，大家都在各自的岗位上忙得脚不沾地。白天的时间都满满当当，连开个会也只能选择晚上。

这一天晚上开会的议题是关于承包地貌恢复绿化工程的问题。国家能源大动脉“西气东输”和“西油东送”项目施工要经过林场封育区，势必会对植被造成一定程度的破坏，那么项目施工完成后，地貌的恢复工作就必须尽快进行。尽管这些年我们八步沙的治沙工作取得了很大的成绩，但相对于浩瀚的腾格里，治理荒漠的道路还很漫长，一块草皮、一棵树木都起着至关重要的作用。能源输送要保证畅通，还有省道308线和干武铁路的保护都需要生态绿化来维持，更不要说周边各村十数万亩的良田保护，这些责任和义务不可避免地又落到了我们八步沙人的身上。

这一次的会议没有一个人有异议，我爹才说了打算，大家都举手赞成通过了。地貌还原绿化是八步沙人的强项，交给外行去做谁也不放心，那是聚集了两代人青春和热血的劳动成果，还原再建，他们义不容辞，即便苦累也心甘情愿。

二十八　情怀

国庆节后，地里的农活才渐渐收尾，秋季造林运动又接踵而至。这回不但要继续在荒漠里种树，还有地貌还原工程要干。

我爹在林木栽种管理方面驾轻就熟，三十年在沙窝窝里奔走，哪里的沙丘高多少、哪里的野兔是几窝，他都清清楚楚，堪称“沙漠活地图”，说起林场的事来总是如数家珍，又被大家称之为“八步沙活字典”。我给林场的前辈们人手配置了一部 GPS，是为了让他们在沙漠里不至于迷路。别人都用上了，就我爹看了两眼，撂在一边再没动过，他带着人进沙漠从来不需要刻意去辨别，不论是八步沙 7.5 万亩的林区，还是黑岗沙十几万亩的封育区，就没听说过哪里是他没有踏足过的。

秋季的早晚已经有了些许寒凉，林区干活的人却挥汗如雨。

刚挖好一方树坑，钱林直起腰擦了把汗：“场长，现在咱们的活可真多啊！你说干着这么多的活，咋还越干越有劲了？”

我爹把一株红柳立在树坑里，边填沙土边说：“日子越来越有奔头了，当然苦就不算苦了。”

和生在一旁听到了，憨笑着凑趣：“我就觉着顿顿有肉吃，手里还有钱数就有劲。”

我爹踩实了树苗周围的沙土，拄着铁锹擦汗道：“现在知道我非要承包黑岗沙的用意了吧？西气东输、西油东送，还有干武铁路、省道 308 线，这些经过沙漠的大型项目后的生态恢复工程还得是咱们来干呐！”

史金泉哈哈笑着插言："要不咋说你老高天生就是企业家呢！玻璃脑子化学头嘛！还好当初咱们没有把这好事给推出去，否则眼下的工程也没咱啥事了。"

想起当初，我爹也不由得笑了："那个时候其实也冒险，谁也不知道能发展得这么快啊！不过，咱们八步沙人治沙造林是实实在在的，人家也是看中了咱们的实力，所以就把地貌还原绿化的工程交给我们做。这事是大事，可开不得玩笑。好好干吧，要不就被咱们的学生娃笑话咯！"

雒兴国接话："再不能小瞧学生娃了，人家都是高科技人才，那个 GPS 我已经学会怎么用了。那些学生娃说了，今后我们再也不用骑着摩托车、开着汽车去巡林了，还要用无人机来干活，只要连接电脑就能远程控制，咱们坐在家里，林区的角角落落就像看电视一样显示在屏幕上了。"

雒兴国说得有趣，大家都停下手中的活坐过来，听得一脸向往。

钱林有些半信半疑："听着是好事，可也太玄乎了吧，是真的吗？"

我爹笑道："当初我们还不相信机械化治沙，结果呢？又省事又高效。所以，这次大学生们提议购买无人机来巡林，我已经同意了。"

史金泉感慨着："哎呀，真是不敢想啊！过去靠双腿走、靠毛驴驮，后来自行车、三马子、摩托车、小汽车，现在巡林都用上飞机了，我看咱八步沙是鸟枪换炮了，是土包子进城开洋荤啦！哈哈，想不到咱们八步沙人也能有扬眉吐气的这一天。"

站在这里，刚好能看见黄花滩移民新区，新农村的楼房白墙红顶，一幢幢气派、雄伟、整齐地矗立在昔日的风沙线上。从山区走出来的人们都搬到了移民新区，在开阔的田野里种地，过起了新生活。平坦的柏油马路延伸向更为广阔的沙漠深处，公路到处就有人烟，人烟到处就有希望，大家拧成一股劲与沙漠抗衡，拼的不过是一方人进沙退的生机盎然。

"谁能想到那儿曾经是人畜难行的荒漠呢？"看着不远处的景象，八步沙人曾经畅想的理想未来，距离他们越来越近了。

在八步沙，每一个人都是全力奔跑者，也都是敢于创新者。在我爹他们承接了绿化工程的同时，我们八步沙绿化公司也相应成立了，这里面还与一个人息息相关，那就是我爹我妈的老同学林叔叔。

林叔叔早在几十年前就开始搞绿化工程，那时候还几次三番动员我爹去省城跟他一起做，我爹一度也很动心，后来好不容易下定决心要离开八步沙了，又赶上了那场百年不遇的黑风暴。“八步沙不绿，我哪都不去！”为了践行这句誓言，我爹即使在最困难的时候都没有退缩，硬是撑到了今天，令八步沙林场数次起死回生。林场发展了，可是林叔叔为着我爹的失言很是恼火，多年来憋着气，不肯跟我爹言归于好。

在我筹备成立绿化公司的时候，还是我爹提起，我才想起有这么一个人，顿时就生出招商引资、联合成立绿化公司的想法来。然后，我央着我爹去省城找一趟林叔叔。

现在，八步沙联合林叔叔搞绿化公司，为了顺利招商引资，也为了弥合我爹、我妈和林叔叔三个人之间的感情，我不遗余力地充当着润滑剂，终于把林叔叔请到了八步沙。一个有眼光、有责任的企业家，一个对家乡怀着无限留恋的游子，在考察了八步沙之后毅然决定投资，林叔叔带着他的技术骨干和落叶归根的情怀投入八步沙了。

这一天，绿化公司顺利挂牌，鞭炮声喜庆而热烈。数条“热烈庆祝八步沙绿化公司成立”的长幅在微风中飘扬，明净而蔚蓝的天空中，一群鸟欢叫着飞过头顶，往绿树碧草间寻找属于它们的乐园。

主席台上的剪彩仪式圆满完成，我爹代表八步沙和林叔叔签下了合约。台下掌声四起，一张张笑脸灿烂如朝霞。

我爹拿出一本陈旧的、烧煳了的聘书递到林叔叔面前，含笑示意他打开。

林叔叔狐疑地打开看了一眼，惊讶道："这不是……"

我爹点点头："对，这就是你二十多年前给我发的那本聘书，可惜只剩皮了。"

林叔叔不由得失笑，把聘书按进我爹怀里，没好气地说："你这个人就是个倔驴脾气！当年没去我的公司，还把我的聘书糟蹋成这样，现在反倒把我给招回来了。"

我爹抚摸着烧煳的聘书轻轻叹了一口气，他不想告诉林叔叔，曾经有好几次，他其实是动摇过的。不过，看着如今的八步沙，他并不后悔。

我妈笑着插言："这也是你的家乡。为了家乡建设把公司搬回来跟我们合作，你难道不高兴？"

林叔叔拿手指着我爹妈，含嗔带怨地笑骂："你们两口子倒是夫唱妇随，把我的半辈子可都给坑了啊！"

我爹正要再说什么，一阵鞭炮声震耳欲聋地响起，舞狮队耀武扬威地冲进了大院。这是为开业仪式特地邀请的助兴表演，两只金黄的雄狮威风凛凛，在场部大院里腾挪跳跃，十分博人眼球，大家都被吸引过去。林叔叔也极有兴趣地走过去，津津有味地观看起来。

我妈趁机拿胳膊肘捅了捅我爹，低声问："刚大林那话啥意思，他咋还怨怅上我们了？"

我爹瞥了一眼远处的林叔叔，颇为得意地说："他那是在说你当年没有嫁给他呢！为了等你，他这把岁数了还没成家。"

我妈窘了，嘴上不肯承认："胡说八道！他不成家跟我有啥关系？明明是你招商把他招回到八步沙这事刺激了他。"

我爹微笑着哼了一声，把聘书递给我妈示意她收起来，眯着眼睛道："谁知道是不是又来撬我墙脚的？你少跟他搭话！"

"老都老了没正经！"我妈羞恼，在我爹胳膊上掐了一把埋怨着，却又忍不住觉得好笑。

夫妻俩含笑并肩看着台下的表演。

林叔叔悄悄移开投注在他们身上的目光，伸手抚平花白的头发，微笑着叹了口气。风风雨雨几十年，蓦然回首，那些葱茏岁月就如同沙粒，在时间的手掌里悄然流逝。八步沙的草木里驻留着他们夫妻的青春年华，而自己的脚步原来一直都是向外的。想到这里，林叔叔释然了。

二十九　救赎

晚上，八步沙林区的月亮分外皎洁，月华的清辉洒向人间，照得地面上亮堂堂一片清朗。如此美好的夜晚，几个鬼鬼祟祟聚在一起的身影，无疑给这生机盎然的八步沙带来了极不和谐的气氛。

月色里看得分明，是重回林场低调做人的吕急人。他拽过一个人，压低声音呵斥："都装好了吗？咋这么磨叽？装好了就赶紧给我滚蛋。"

那人冷笑着回他："吕三哥真是越活越回去了，不就是砍了几棵树嘛！胆子这么小，可脾气倒见长了，往后还怎么继续合作啊？"原来，这伙人勾结在一起，正在盗砍八步沙林区里的树木呢！

吕急人不耐烦地说："废啥话？要不是我儿子在城里结婚买房急等着用钱，你以为我愿意干这偷偷摸摸的营生啊！这是犯法，搞不好会进大牢的你知不知道？"

盗伐者是个光头汉子，很不屑地耻笑："你少吓唬人了，以前也没少干呐，还假模假式地装啥装啊！"

吕急人烦躁地催促："闲叨叨啥？到底要不要了，不要就给我走人。"

光头汉子哼了一声，吩咐手下几个人散开干活去了。

吕急人坐在树下，长长地叹息了一声。

这是一个月圆之夜，我借着巡察养殖园的理由，约了连肖红一起往林区深处走去。现在各项工作日趋规范，总算有时间可以坐下来考虑一下我们自己的事情了。再加上受我爹妈与林叔叔他们年轻时的故事影响，我深深觉得感情这件事真的经不起等待，也不能再蹉跎下去了，我准备借此机会向连肖红正式表白，如果她没有意见，我想尽快完成人生的另一件大事——给我妈添一个宝贝孙子。

不过对我来说，告白似乎还是蛮难为情的，明明鼓足了勇气要说的话，张口却变成了:“肖红，刚看了一圈，林下养殖园新投进去的一万只鸡崽很适应嘛！一定要时时留意把围栏扎紧了，不能让野狐子祸害，咱们的溜达鸡现在可是供不应求呢。”话一说出，连我自己都有些懊恼。

果然，连肖红白了我一眼，埋怨道：“晒星星晒月亮的浪漫夜晚，你跟我在一起除了工作还是工作，我们就不能说点别的吗？”

“那你说，你希望听点什么呢？”我赔着笑说完，内心里再一次为自己的情商着急。

连肖红站住，幽怨道：“我来八步沙这几年，眼看着成大龄剩女了，我爸妈老是催着让我嫁人呢！”

这么漂亮能干怎么会成剩女呢！我心里滚过这句话，但舌尖上打了个转又咽了下去，因为连肖红紧接着问道：“这事你怎么想？”

我一呆，顺口回答：“我？你的终身大事，我能说什么……”

连肖红跺脚，生气地来掐我：“你……你也不想想我留下来是为了什么吗？让你说句‘喜欢’就跟上刀山下油锅似的，我都怀疑你是故意的。”

话终于说开了。确定了连肖红的想法，我还犹豫什么呢？她说得对，我就是太懦弱了！天知道我喜欢她都喜欢到骨子里去了，此时不表白更待何时？我含笑看着她，认认真真地对她说:“肖红，其实我……”我一下把她揽到了怀里。

忽然，一阵异样的声音传到了我的耳朵里，连肖红望着我，大眼睛里的娇媚潋滟也顿时冷肃下来。我一把按住连肖红的肩膀矮身蹲下，向她低语：“有情况！”不远处，一阵阵铁锯锯木头的声音清晰地传来，紧接着，“轰隆”一声重物倒地，我百分百地肯定，那是大树被推倒的动静。是盗砍树木的！我的心头不由得热血激荡，摆脱连肖红死死拽着的手臂，绕过沙梁就冲了上去。

这时候，吕急人如愿拿到了一沓钞票，指头上啐了唾沫开始点数。

光头汉子很不满地说："别数了，不会少你一分钱的，都合作这么久了还这么不相信人。"

吕急人把钱揣在怀里，往前走了两步指明方向道："往北走，那里有条路。虽然不太好走，但沿路没有人巡夜，安全。"

光头拉长声调，不无揶揄道："行吧，为了安你吕三哥的心，我们就多受点罪好了。"

吕急人摆手，似乎对他的废话很是厌烦，闷闷地问："下一车啥时候来运？我急等着钱用呢。"

光头点火抽烟，跟吕急人讨价还价："我知道你的难处，这一车 30 根榆木，已经是你这儿最大的了吧？下一回你可得找些再大点的，兄弟我跑一趟要雇人还要雇车，耗费挺大的。"

吕急人一把夺下光头手里的香烟，怒道："这是林区，禁止抽烟，你想引起火灾吗？"吕急人把烟头扔到地上使劲踩灭，又说："这里的情况你又不是不知道，树能长那么大容易吗？做得太过，让林场那些人发现了，你我就吃不了兜着走了。"

光头妥协道："好好好，这都不说了。我明晚再来，还是这个价没问题吧？"

吕急人不说话，算是默认。

几步外，吕急人、光头之间的交易和谈话我看了个清清楚楚，听了个明明白白，眼看那些人就要运走木头，我从藏身的一丛梭梭后跳出来大喝了一声："站住！"对方被突然出现的我吓了一跳，怔怔地看过来，有些惊慌。

真是可恶！借着月光，我看到了那些白惨惨的新锯的树桩子，仿佛能感受到树木身上的疼痛。八步沙的树跟别处不一样，它们受沙漠干旱的影响，成活不易且生长缓慢，长成一根可堪盖房用的椽子，至少需要十年的时间。而正因为这一特点，树木的坚韧性、耐潮性注定了它们在生活应用中不易变形，是上好的建筑和家具木料。就因为这个原因，才引得木材贩子们垂涎三尺。过去，在林场数次陷入困境时，有人就想过砍伐了树木去换钱，被我爹毫不犹豫地否决了，宁可变卖家产去救急，也绝不能打那些树一根树枝的主意。可是，这个吕急人竟敢和盗伐者里勾外连，下手毁坏这些来之不易的树木，是可忍孰不可忍。

我愤怒地质问："好啊，济仁叔，你敢盗砍国家三北防护林里的树木，你知不知道这是犯罪？"

吕急人想要上前说什么，被光头阻止住，两个人盯住我一言不发。

连肖红打完报警电话后，也大胆地跟了过来，站在我身边对他们高声斥责道："吕急人，你这真是监守自盗啊！沙漠里植树多不容易，你们竟敢违法盗砍，我要向森林派出所报案。"

吕急人推开光头，慌乱地上前两步："志刚，你们听我说，我也是没办法啊！"

盗卖林场树木还敢辩解？我冷冷地看着他说："济仁叔，你啥也别说了，还是到派出所去解释吧！"

吕急人连连摇手，还要再说，一旁的光头掀开他，冷笑着向我们走过来："少拿派出所吓唬人。告诉你们，拘留所、大狱老子都进出几个来回了，还怕你们？"说着从腰后掏出一把匕首，一步步逼近我和连肖红。

匕首冷冽的锋芒在月光下闪闪发亮，我护着连肖红慢慢往后退，脑子里快速想着应对的办法。看这个光头的行径和言谈，并不只是一个混混那么简单，看样子，果真如他自己所说，是一个亡命之徒。说实话，我有那么一瞬间的惧怕，我不敢保证能够拿下这样一个有前科的歹人。但是，不管能否打得过他，作为八步沙人，我都必须要挺身而上了，因为八步沙林场的树木一棵都不能少！

吕急人一看光头拿出了凶器，不由得大惊失色地阻拦："你拿刀干啥？有话好好说，不能伤人。"

光头甩开了吕急人，拿着匕首气势汹汹地说："人家都要报案抓咱们了，还能好好说？你别管，老子今天豁出去了！"

老子也豁出去了！我咬着牙一边护着连肖红后退，一边警惕地盯着逼上来的光头。

光头步步逼近，不远处的其他几个盗砍者也纷纷围了上来。光头就在我的一步之外，他凶狠的眼神在夜里像极了一匹吃人的恶狼，我一把将连肖红推下了沙梁："你快走！"

我喊了一声就冲上前去和光头对打起来。光头有凶器在手，一个来回就把匕首扎进了我的胳膊，剧痛之下，我的手臂上血流如注。

光头盯住紧捂胳膊的我，嗜血地笑了两声，又要来捅我。

我急急退了两步避开，胳膊上不停流出的血黏糊糊的，透过指缝滴到了沙地上。透过光头的肩膀，我看到吕急人惊慌失措地跑了过来。

"别打了，别打了！你快点走吧，有人来了！"吕急人拽住光头朝我的身后示意。

我的身后是八步沙林场的场部，我不由得回头一瞥，远处点点灯火正向我们靠近，是林场值班室接到了连肖红的电话，便急忙忙赶来了。知道林场的人来了，我感到非常高兴。

连肖红忽然大叫着从沙梁下扑上来："志刚小心！"

我被扑倒在地，怀里软玉温香，这是连肖红的气息。我伸手去扶怀里的人，胳膊上的疼痛更甚，更为痛心和无助的却是一把明晃晃的利刃刺来，我眼睁睁地看着它扎进了连肖红的后背，却来不及阻止。

"肖红！"我吼着她的名字，感觉身上的人沉沉地软了下去。

连肖红的下巴抵在我的肩窝处，贴着我的耳际吐出一句："放心，我已经让林场报案了！"

警笛声呼啸着渐渐近了，我无力去关心其他，只盼望着他们快点到来，救一救我心爱的人。"肖红，我爱你！"我望着连肖红，希望这份表白还不是太迟……连肖红显然是听到了，她眼里的泪水哗哗哗地流了下来。面对着心爱的人，我泪如雨下……

森林公安连夜追击，将盗砍、盗卖林区树木的一干人等尽数抓获归案，这里面当然也包括吕急人。他们被关进了看守所。

一个从来都没有存在感的人，前前后后在八步沙当了数十年的护林员，居然监守自盗，做出了这样恶劣的事情，而且他也承认了几年前盗伐木材、打晕钱老汉的也是这伙人。听到消息后，八步沙人都不敢相信，因为他盗卖的那些白榆，都是八步沙人几十年的血汗浇灌出来的，难道他一点都不会心疼吗？

老场长听说后，去看了那些新鲜湿润的树桩，他趴在树墩上老泪纵横的样子令大家纷纷落泪。人人都对吕急人恨得牙痒痒，要求严惩他。我爹带着大家对吕急人的谴责和愤怒来到看守所探视。

几天的拘留，吕急人的胡子和头发都白了不少，表情复杂地和我爹隔着监栏相对而坐。

"想不到你还愿意来看我。"吕急人嗤笑一声，不知是对我爹还是对他自己。

我爹微笑着回他："半辈子磕磕绊绊着过来了，我把你没当过外人。"

吕急人不信，苦笑着说："我以为你是恨我的。"

我爹板了脸，挺直腰板严肃道："是，我是恨你，恨你有了难处不跟我说，还能够多次忍心盗砍我们几代人辛辛苦苦种植下去的树木。你要是说了，大家伙儿不可能不帮你。"

吕急人摇头："我张不开那个嘴，半辈子了，我没有求过人，尤其在你跟前。

我总觉得自己不比你差。老场长退休前，谁都说接下来就该我当场长了。可是，你来了。我在沙窝里熬过的日子比你长，为啥你来了就是场长？”

“你真糊涂啊！”我爹叹了口气，恨铁不成钢，“就为了这个破场长的虚名，你跟我置气这么多年？早知道你有这么一个糊涂念头，我真该让你来当场长，让你尝一尝在我们八步沙当场长的苦楚。”

吕急人淡淡一笑：“那都是过去的事了，我如今这个样子，还提那些有啥用。第一次盗卖木材是给儿子凑学费，这一次只想着替儿子在城里买房，看着他结婚成家，我就满足了。”

我爹气恼：“你还是看重虚名。咱们在八步沙附近建设的新农小区 100 多栋高楼，哪里比城里差了？”

吕急人嘲讽地看了一眼我爹：“你知道我最看不上你哪一点吗？明明有更好的出路，正经的工作不干，偏要赖在林场跟我争抢，处处显得你比别人有觉悟。”说到这里，吕急人哼哼笑了两声，轻蔑地又说：“新农小区？说到底还不是在农村，再好也还在八步沙。我儿子在城里的楼房就差装修款了，只要我再努力一把，就能让他成为地道的城里人。”

我爹对吕急人的言论颇为无奈，原来自己不知不觉和他结下了这么大的仇恨，可是治沙为的不是子孙后代吗？吕急人未免有些以小人之心度君子之腹了。看着眼前须发斑白的吕急人，我爹生不起气来，耐心地跟他说：“其实你的心思我都理解。过去，你偷着掖着卖过树苗，卖过花棒，我假装不知道，体谅着你是为了娃娃。可是，你不该打树的主意，那是老一辈一滴汗、一滴血护下来的，你怎么能忍心砍伐？”

听我爹这样说，吕急人勃然大怒，歇斯底里地吼道：“我也舍不得，可我没有办法啊！我不能让儿子像我一样，在沙窝里窝囊一辈子。我要让他在城里有房，有小车……”他的吼声在接见室里异常刺耳。

管教走过来呵斥：“安静！”

吕急人瞪了一眼我爹，垂下头安静下来。

我爹摇摇头：“济仁，你真是大错特错了！好了，话不投机半句多，你还是好好想想吧，我先走了。”他叹口气转身离开。

管教生气地摇了摇头，语重心长地说：“你是应该好好反省一下，盗卖三北防护林体系的树木，还伤了人，第一次打伤了钱老汉，第二次捅伤了八步沙的研究生。像你这个情况，至少要判八年的刑。但八步沙林场已经决定不起诉你了，你能免于起诉，就要珍惜重新做人的机会，这份自由是八步沙林场给你的。”

吕急人抬头，难以置信地看着我爹的背影，花白的头颅一下子抵在监栏上，泪如泉涌地哭喊：“老高，我对不起八步沙，对不起你呀……”

三十 征程

我是个唯物主义者，从不相信鬼神，但在抢救连肖红的过程中，我虔诚地祈祷着，祈求观世音菩萨和神佛再给我一次当面向她求婚的机会，祈求神灵不要带走她。

五个日夜的相守，当连肖红从重症监护室转到普通病房，医生告诉我她终于脱离了生命危险的时候，我忍不住再一次流泪。成年之后，很少有什么事能令我落泪，可是在连肖红这里，在她受伤的短短几天时间里，我不知道自己是第几次情难自禁。

所幸我的伤势属于皮肉伤，恢复得要比连肖红快，所以照顾她我责无旁贷。怕父母担心，连肖红一直都隐瞒着自己受伤住院的事，却瞒不住八步沙的人。我妈听说后，第二天就赶到县医院来探视，那天连肖红还在ICU与死神做着搏斗。

“这姑娘太可怜了，一个人孤身跑到咱们这儿来，为了林场差点把命搭上！”我妈这样说，之后她就留下来和我一起守护着，等连肖红脱离危险后才放心地回去了，她说等出院了就让连肖红住到我们家去，保证把她养得白白胖胖。

老天毕竟还不算太无情，连肖红活过来了，虽然虚弱，但眉眼有神，巧笑倩兮，依然还是那个充满活力、热情干练的美丽女子。如果能摆脱掉手背上那根输液管子就更完美了。我这样想着，觉得有些好笑，打开餐盒来照顾她吃饭。

在这之前，我都没有发现自己竟然还有如此细腻耐心的一面，连喂女孩子吃饭这件事都做得得心应手。

连肖红就着我的手吃饭，明亮的大眼睛里有一种叫作温柔的东西，她含笑看着我的脸。

“看我干什么，不认识了？”我又舀了粥递到她的嘴边。

连肖红的眼神从我脸上扫过一遍，认真道：“第一次见到你时还记得吗？那时候你还是个小白脸。”

我不由得笑出声：“那个时候我在机关里上班，的确是一枚小鲜肉。”

连肖红抬手触了触我的脸，含情脉脉道:“可我就喜欢脸黑一些的你。健康，有力量！”

这算表白吗？我满心欢喜又有些不好意思。一般这种时候，我说的话都会口不应心：“你怎么比男孩子还直爽啊？”

果然，连肖红微恼地瞪着我：“你不喜欢吗？”

“那我能说不吗？”我耸耸肩反问。

连肖红做了一个自以为张牙舞爪的表情：“不然，你说一个试试！”

看她难得露出萌萌的样子，我忍俊不禁，她自己也扑哧笑起来。病房的窗外有一片小花园，几株国槐还傲立在秋阳里展现着枝头葱茏，小小的雏菊却已然开出了黄灿灿的花朵来，青绿的草地绒绒软软，看得人心底也柔情一片。

春有百花秋有月，夏有凉风冬听雪。多少文人墨客笔下的季节都是鲜明的，各有各的景致，各有各的心情。但是，在八步沙人的眼里，一年只有春秋两季。春季造林加上秋季造林，日子就在起早贪黑奔赴沙漠的忙碌里过去了。

明年就是中华人民共和国成立七十周年了，八步沙林场只有五十来岁，正是年富力强、蒸蒸日上的时候。年轻人，撸起袖子加油干！面对郁郁葱葱的沙漠，我们没有理由止步不前。

转眼之间，又到了来年的春季治沙造林的时间了，由八步沙林场第三代人组织的造林队伍，向黑岗沙以外的腾格里更深处进发。这是我这个八步沙第三代人的代表当上八步沙场长后的第一次行动，也是我们八步沙人将要开辟的第三战场，那里有 26 万亩沙漠在等着我们，那里是距离八步沙 80 公里以外的中国北部沙区——甘肃和内蒙古边界地区的大沙漠。

爷爷那一辈人摸爬滚打挣下了八步沙，我爹这一辈人又跌跌撞撞地拿下了黑岗沙,每一代人都有一片属于自己的疆场。而到我们这一代,治沙技术成熟了，人们的认识也改观了，怎么能比前辈们逊色呢？和连肖红、陈军，还有这两年陆续进入八步沙的其他年轻人研究商讨了一下，我们向林业局申请到甘蒙边界开辟治沙造林的第三战场。我爹很高兴，他不但全力支持我们，还请求参与到我们年轻人的行列里。

这一天清晨五点，天空中星光点点，大地还在沉睡之中，汽车的发动机声却悄悄催醒了黎明。紧接着打破了万籁俱寂的是五辆大卡车和坐在车里说说笑笑的年轻治沙队员们以及装载了压沙机械、治沙造林机械的大型运输车辆……

五点过十分，汽车启动，我们浩浩荡荡地往北部沙区一路进发。

早先有来林场打短工的村民编过一段顺口溜，其他的我记不得了，但有一句记得特别清楚，他们说：“早上麻乎乎，中午一乎乎，晚上黑乎乎。”说的是八步沙造林的时间，早上天麻麻亮出发，中午不休息，只有很短暂的吃午饭的时间，而晚上却要天黑了才收工。这话说得一点都不假，两季造林时，沙漠墒情最适宜的也就那短短的二三十天，过了那个阶段，栽下去的树就没办法保证成活率。为了在一个月之内完成目标任务,八步沙人只能起早贪黑地跟时间赛跑。

荒漠造林的节奏就是这样。记得有个大学生刚来林场时，正赶上黑岗沙造林，通知说要早起进沙漠，他还特意定了闹钟六点起床。第二天睡眼蒙眬地赶到出发点一看，一个人都没有，还以为是自己起早了，打电话给其他人才知道，别人一个小时前就出发了，现在树都栽下去几百棵了。大学生照着地图急忙往黑岗沙赶，等他蹬着林场里闲置的破自行车到植树点，已经是中午吃饭时间。筋疲力尽的小伙子吃过干馒头就白开水，又跟着种了一下午的树，然后就向我爹提出来要走。“太苦了！”小伙子丢下一声感叹，离开了八步沙。

有吃不了苦的人，也有知难而上的人。现在有更多的年轻人加入到治沙队伍中来了，这是最值得我们八步沙人高兴的事。

“治沙军团——八步沙林场青年突击队”的大字横幅悬挂在卡车两边，不知谁唱起了《五星红旗迎风飘扬》这首歌，大家都跟着唱了起来，洪亮的歌声响彻大漠。这时候，这些青春的面庞上洋溢着无畏和自信……

往北而行，经过黑岗沙时天已经亮了。这几年的治理管护成效显著，昔日的不毛之地黑岗沙，现在已经是绿野遍地了。沿途沙枣树上还结着头一年秋季留下的红艳艳的果实，几只早起觅食的黄羊听到汽车声，警觉地昂着脑袋向我们看过来……一阵喇叭声，它们就惊得迈开长腿连跑带奔地往林区深处去了。卡车上的年轻人高声呼喊着，给睡眼惺忪的沙漠带来了一束初阳，红彤彤的地平线遥远而又苍茫。

我开了车跟在卡车后面，车里是我爹、连肖红和老场长。

我爹一路都觉得过意不去，跟老场长絮絮叨叨着：“北部沙区的 26 万亩荒漠又是一块硬骨头，路途这么遥远，您年纪大了就别去了，可咋就是劝不住呢！”

老场长捋着长长的白胡子，含笑说：“高山呐，你不是个唠叨的人啊，咋还尽说个没完了？”

我爹无奈：“您说现在咱们的队伍里就剩下您一个‘老革命’了，我们咋能忍心再让您这把岁数了还进沙漠呀？”

老场长手抚着车窗玻璃感慨：“看着这些娃娃们，我就想起了年轻时候的我们，还有你们一步步走过来的影子。趁我还能动，就让我跟你们去一次新承包的治沙区域吧，尤其是第一天，咋也得凑足了咱们八步沙三代‘愚公’啊！”

我从后视镜中看着秦爷爷老树皮般皲裂的笑脸，发现他的长相里有我爷爷的影子，也有小时候见过的其他几位老爷子的影子。也许是他们都留着长长的胡子，都一律清癯的身板，又或者如出一辙的皱纹和骨节粗大的手掌……我微笑着对他说："秦爷爷，您是老骥伏枥志在千里。这次去治理的荒漠在甘蒙边界上，您这是要去看一看最后一片威胁着咱们的大沙漠吧？"

我爹从后面拍了一把我的头，瞪着眼道："尽出馊点子，你也不怕把你秦爷爷累着！那巴丹吉林沙漠离这儿说远不远、说近不近，秦爷爷能受得住长时间坐车吗？"

"哎，不要紧！"秦爷爷摆摆手，不服气地说："你们咋忘了，年前我还坐了飞机去北京领奖来着，那个像足球一样的奖杯还是我亲手捧回来的呢！"

连肖红笑着说："秦爷爷说的这个奖我们都知道，叫地球奖，奖杯就陈列在八步沙林场的纪念馆里，它不但是对第一代治沙人治沙工作的肯定，也应该是秦爷爷您最为骄傲的事情吧？"

"闺女说得对！"老场长点点头半是炫耀地说："领奖的时候，我还去天安门广场了，还观看了升旗仪式呐！首都真好，真好！"

我开玩笑地问他："秦爷爷，那您说是首都好啊，还是咱们八步沙好？"

秦爷爷想都没想，呵呵笑着说："哪都好！首都好，八步沙好！咱们国家处处都好！"

我们齐齐笑了起来。

连肖红衷心地说："秦爷爷，这回治沙，只要您去往那儿一站，我们干活就更有决心和信心了！"

秦爷爷非常开心，跟我们夸道："听这闺女说得多好！这形影动作跟我们志刚还真像呢！"连肖红笑着说:"对象对象，总有相似的地方嘛！谢谢秦爷爷！"

我爹这下子有话说了："志刚呀，你听听人家肖红，多开通！"我望了一眼偷偷吐舌头龇牙的肖红："肖红，我们得抓紧时间了。否则的话，就拖八步沙的后腿了呀！"肖红的脸一下子红到了耳根："志刚……"

我爹淡淡地笑着没有再说话，可从他眼睛里，我却看到了认可。他不但认可我和连肖红的交往，而且认可我的能力。但是，我爹从不当面夸我，林场开会表彰时都吝啬言辞，至于我爹背后有没有向别人夸耀过，我就不得而知了。反正，我是以他为傲的！

林场纪念馆的陈列柜里，各种奖杯、奖状满满当当，已经拥挤得再也放不下了，可还有一系列的荣誉在等着去领取。每次看到这些，我爹他们都很谦虚地说："没有啥，没有啥！"

每当这时候，我就想，真的不值一提吗？我从不敢否定。而每个人淡定的话语里，无不彰显着一份低调的荣耀。之所以宠辱不惊，是因为他们从一开始就不是为了得到褒奖才去治沙的！我爷爷那一代，为的只是守住庄稼地有吃有喝；我爹那一代，为的是坚守和完成爷爷他们不曾达到的目标，为儿孙留下一方没有沙尘的晴空，接下来才是创收；而到了我们这一代，则不光用高科技来治沙造林，还把创收当成了我们不断前进、努力奋斗的催化剂。

三代人终于一步步地让八步沙走出了武威，走向了全国。今天，我们八步沙人的思想境界升华了，我们要为绿水青山的家园继续努力，还要为振兴美丽乡村不遗余力……荣誉，对于八步沙来说当然重要，但更重要的是通过八步沙精神激励、鼓励更多人投入并参与进来。

这一天是一个特殊的日子，八步沙林场的会议室里挤满了人，大家站的站、坐的坐，都围在电视机前屏息凝神。

偌大的屏幕上正在直播一场颁奖盛会。电视里，灯光璀璨的大背景上映出了一行大字：第五届 CCTV 年度慈善人物颁奖晚会。

我爹走上台的时候，我们的心情瞬间激动起来，我妈拉着我的手，她的手心里有湿漉漉的汗渍。

镜头聚焦到了满头白发的领奖人脸上，我爹的皱纹在高清镜头下无从遮掩，如同一道道沟壑显明、沧桑。当主持人要他说几句获奖感言时，我爹对着镜头憨笑："山青了，树绿了，财富也就有了，我们的中国梦就实现了。"

屏幕内外响起了热烈的掌声。

我扶着我妈的肩膀，激动得双手发抖："妈，你看我爹，我真为他骄傲啊。"

我妈的眼泪像断了线的珠子，她流着泪却笑道："他老了，你看，你爹的头发全白了。"

"治沙六兄弟！"屏幕上又打出一行字来，从我爹开始，一个个名字闪过荧屏，我看到在场的所有人都呵呵笑了，笑着笑着却都流下了眼泪……

电视里浑厚的背景音乐响起，那位我最喜爱的铁汉演员铿锵朗诵道："六枚鲜红的指印，六个家族的信仰。数十万亩贫瘠的荒漠。三代人出征的疆场！半个多世纪如风而过，一片绿洲已经茁壮。那是生活的顽强，那是不灭的希望！如铁，似钢！"

连肖红温软的手掌覆上了我的手背，我回握住她的手，两两相对傻笑，我们久久拥抱在了一起。再过几个月，我们将在绿野遍植、鲜花满地、雾岚缭绕、一片生机的八步沙与十几对新人一起举行集体婚礼，我们将心手相牵，漫步在鲜花遍野的八步沙，让长眠在那里的爷爷见证我们的爱情。如果他泉下有知，一定会在八步沙的美景中哈哈大笑的。我们第三代治沙人用先进的科技和创新迎接崭新的征程，我们的身后是八步沙蓬勃的日子……

结束语

八步沙、六老汉、三代人。这是一个真实的故事，这是一个当代的传奇。

经过半个多世纪的不懈努力，数十万亩荒漠变成了绿洲。

“六老汉”和他们的后人，先后治理荒漠近40万亩，形成了一条防风固沙的绿色屏障，让风沙线倒退了15公里，有效地遏制了沙进人退的被动局面，确保了当地工农业生产的发展和人民群众的生态安全。他们凝聚的精神脊梁，撑起了八步沙的一片晴空，书写了一段悲壮、豪迈、可歌可泣的故事……

根据联合国权威调查报告显示，中国在植树造林方面堪称世界第一。全球从2000年到2018年新增的绿化面积中，30%以上来自中国，对全球绿化增量的贡献比居全球首位，已日益成为全球生态文明建设的重要贡献者和引领者。

作者补记：在本书开始创作的时候，中共甘肃省委、省政府授予八步沙林场“先进集体”称号。在本书初稿完成的时候，我的手机上收到了一条消息：“近日，中共中央宣传部授予甘肃省八步沙林场六老汉三代人优秀群体‘时代楷模’称号，号召全社会向他们学习。中宣部。”

2019年4月27日于甘肃武威